suhrkamp taschenbuch 5425

Als in ihrer Firma plötzlich die Klimaanlage und der Strom ausfallen und dann sämtliche Ausgänge verriegelt werden und Rauch aus den Belüftungsschächten strömt, muss Emma hilflos zusehen, wie ihre Freundin panisch aus dem 15. Stock des Luxushochhauses springt. Kurz darauf wird Emma verhaftet. Sie soll sich in die Gebäudetechnik gehackt und die Katastrophe ausgelöst haben. Emma sieht sich einer Intrige ausgesetzt. Als dann ein weiteres Attentat verübt wird, bei dem sie selbst das Ziel ist, beschließt Emma zurückzuschlagen. Eine erste Spur führt nach Brixton Hill, zu Alan, der sie schon seit Wochen stalkt. Doch sehr schnell kommt Emma einem Verbrechen auf die Spur, bei dem es um sehr viel Geld geht und bei dem ihre eigene Familie eine ganz eigene Rolle spielen könnte.

Zoë Beck ist Schriftstellerin, Übersetzerin, Verlegerin und Synchronregisseurin für Film und Fernsehen. Sie lebt und arbeitet in Berlin. Zoë Beck zählt zu den wichtigsten deutschen Krimiautor:innen und wurde mit zahlreichen Preisen, unter anderem mit dem Friedrich-Glauser-Preis, dem Radio-Bremen-Krimipreis und dem Deutschen Krimipreis, ausgezeichnet.

Zuletzt erschienen: *Die Lieferantin* (st 4964), *Paradise City* (st 5157) und *Memoria* (st 5292).

Zoë Beck

BRIXTON HILL

Thriller

Suhrkamp

Der vorliegende Text ist eine Neuauflage des 2014 unter demselben Titel beim Wilhelm Heyne Verlag, München, erschienenen Romans.

Klimaneutral
Druckprodukt
ClimatePartner.com/14438-2110-1001

Erste Auflage 2024
suhrkamp taschenbuch 5425
Neuausgabe

Umschlaggestaltung: zero-media.net, München
Umschlagfoto: FinePic®, München
Druck und Bindung: CPI books GmbH, Leck
Printed in Germany
ISBN 978-3-518-47425-9

www.suhrkamp.de

BRIXTON HILL

29. März 2013

1

Es ist nicht der Aufprall, an den man sich später erinnert. Was man immer wieder vor sich sehen wird, ist der Moment des freien Falls.

Und man wird die Stille dieses Moments hören. Denn die Welt hört auf, sich zu drehen. Alles ist ruhig.

Nur der Körper fällt, schwebend, lautlos.

2

Dabei war Kimmy Rasmussen überhaupt nicht lebensmüde. Warum auch. Kimmy stand mindestens fünfmal am Tag zufrieden, wenn nicht sogar glücklich am Fenster ihres neuen Büros im fünfzehnten Stock des Limeharbour Tower und schaute hinaus. Vor ihr, oder eigentlich unter ihr, die Großbaustelle für den nächsten Tower, dahinter die vergleichsweise niedrigen alten Wohnblocks und Reihenhäuser, wie man sie in ein paar Jahren hier nicht mehr finden würde. Auch nicht die Menschen, die darin lebten.

Die strenge, klare Architektur der Wolkenkratzer von Canary Wharf hatte Kimmy von Anfang an geliebt. Und auch wenn sie erst einmal mit einem Randplatz vorliebnehmen musste, auch wenn der Ausblick in die falsche Richtung ging – zur Baustelle statt zum One Canada Square –, war Kimmy Rasmussen weit davon entfernt, sich schlecht zu fühlen oder gar ihr Leben beenden zu wollen.

Sie wartete auf Emma Vine, der allein sie es zu verdanken hatte, dass sie den neuesten Auftrag für ihre Agentur an Land ziehen konnte. Vor einem halben Jahr etwa hatten sie sich auf einer Veranstaltung kennengelernt und auf Anhieb gut verstanden. Em war *die* Frau in der Entertainmentbranche, wenn es darum ging, Liveshows zu inszenieren. Rockstars, Fashion Events, Filmpremieren – Em hatte alle großen Namen in ihrem Portfolio. Kimmy war weniger künstlerisch kreativ, hatte dafür aber ein Händchen für Finanzen und einen Instinkt für gute Geschäfte. Die perfekte Ergänzung.

Das war die berufliche Seite. An Kimmys Privatleben gab es, zumindest seit einigen Monaten, ebenfalls nichts auszusetzen. Nach einer Reihe unbedeutender Liebhaber war sie nun auf einen getroffen, der möglicherweise der vielzitierte Richtige war. Wie sie war er gebürtiger Kanadier, und wie sie liebte er London, gutes Essen und harten Sex.

Außerdem verstand sie sich gut mit ihren Eltern und ihren beiden Brüdern, erfreute sich bester Gesundheit und bewohnte mit zwei netten Spanierinnen ein hübsches Apartment in Bermondsey. Und wie schon erwähnt, würde sie gleich Emma Vine in ihrem Büro empfangen, um auf den gewonnenen Pitch anzustoßen und die Einzelheiten der Projektumsetzung zu besprechen: die Verleihung der British Academy Film Awards. So etwas wie die Oscarverleihung, nur eben in England. Kimmy hatte keine Angst vor dieser Aufgabe, von der manche denken mochten, sie sei zu groß für ihre vergleichsweise kleine Agentur. Sie freute sich darauf. Sie war stolz. Sie hatte Pläne. Sie hoffte darauf, Em für eine dauerhafte Zusammenarbeit gewinnen zu können.

Es gab also wirklich keinen Grund für Kimmy Rasmussen, unglücklich zu sein. Trotzdem würde sie in weniger als einer Stunde aus dem Fenster des fünfzehnten Stocks springen.

Vermutlich fing alles an, als das Internet streikte. Vielleicht war es aber auch zuerst die Klimaanlage, die ausgefallen war. Irgendwann bemerkte Kimmy, dass sich die Temperatur im Raum verändert hatte. Sie hielt schon den Telefonhörer in der Hand und wollte die Nummer des Portiers wählen, als Em hereinkam und sagte:

»Leg wieder auf. Ich weiß, ich bin spät.«

»Ich wollte gar nicht *dich* anrufen«, sagte Kimmy und legte auf.

»Ich bin mit dem Fahrstuhl stecken geblieben.« Em zog den schwarzen Ledermantel nicht aus. »Kalt habt ihr's hier drin.« Sie ließ sich auf den Besucherstuhl vor Kimmys Schreibtisch fallen und schlug die langen Beine übereinander.

»Was?!«

»Nicht so kalt wie draußen, aber ...«

»Nein, ich meine den Aufzug.«

Em verdrehte die Augen und winkte ab. »Das hat keine halbe Minute gedauert.«

Kimmy schüttelte den Kopf. »So etwas darf nicht passieren. Und dann?«

»Dann ging's weiter. Einfach so.«

»Hast du den Alarm ...«

»Nein. Ich dachte, ich warte erst mal ab.«

So war Em: überlegt, kühl. Kimmy fragte sich, was passieren musste, um sie aus der Reserve zu locken. Und wie es wohl in ihr aussah.

»Ich hätte nach einer Viertelsekunde den Alarmknopf gedrückt.«

Em grinste und lehnte sich zurück. Kimmy nahm wieder den Telefonhörer auf, doch der Portier wusste auch nur zu berichten, dass es kleinere Störungen im ganzen Tower gab, um die man sich unverzüglich kümmern würde.

Als Kimmy wenige Minuten später die Eventkalkulation

auf dem Server ihres Rechners aufrufen wollte, reagierte dieser immer noch nicht. Dann wurde der Bildschirm schwarz. Sie konnte auch nicht mehr telefonieren. Kimmy wollte etwas zu Em sagen, doch laute Rufe vom Flur schnitten ihr das Wort ab. Em sprang auf und lief aus dem Büro. Kimmy brauchte einen Moment. Etwas hielt sie fest, eine alte Angst, die sich regte. Sie musste sie abschütteln, um Em zu folgen.

»Jemand steckt im Aufzug fest«, sagte Jono, einer ihrer Praktikanten, als sie zu ihnen kam. Ihr Buchhalter hämmerte sinnlos gegen die geschlossenen Aufzugstüren. Dahinter hörte man eine Frau aufgeregt rufen.

»Bestimmt geht es gleich weiter«, sagte Em. »Vorhin ist er auch schon mal kurz stecken geblieben.«

Die Frau aus dem Off rief weiter um Hilfe.

»Im ganzen Gebäude ist der Strom ausgefallen«, sagte Jono. »Das Internet streikt auch.«

»Wozu hat man Smartphones?«, sagte jemand im Hintergrund.

Kimmy sah, wie Em die Schultern hochzog. »Wir können nur hoffen, dass sich schnell jemand darum kümmert.« Sie schob den Mann, der weiter gegen die Aufzugstür schlug, beiseite und sagte zu der eingeschlossenen Frau, Hilfe sei unterwegs, sie solle sich möglichst ruhig verhalten. Es half nichts, die Frau schrie weiter.

»Panikattacke«, sagte Em, und Kimmy musste denken, dass Em bestimmt noch nie in ihrem Leben eine Panikattacke gehabt hatte. Nicht Em.

Für Kimmy war Angst eine Zeit lang ihr ständiger Begleiter gewesen. Der Grund dafür lag allerdings schon viele

Jahre zurück. Damals hatte sie noch in Toronto gelebt. Mit ihrem Freund war sie abends im Bovine Sex Club verabredet gewesen, einem angesagten Indie-Club, der zwischen Chinatown und dem Fashion District lag. Es sollte eine junge kanadische Band namens Metric auftreten, und was Kimmy vorab von der Band gehört hatte, gefiel ihr. Sie freute sich auf den Abend.

Das Konzert fand nicht statt, denn irgendjemand versprühte Reizgas. Massenpanik brach aus. Kimmy stürzte zu Boden, und die Leute trampelten über sie hinweg. Sie spürte, wie ihre Rippen brachen, und das Atmen fiel ihr schwer, nicht nur wegen der Schmerzen, sondern auch, weil das Gas in Nase und Hals brannte. Es dauerte eine gefühlte Ewigkeit, bis jemand sie hochriss und hinaustrug, doch bis dahin hatte sie schon so schlimme Quetschungen und Prellungen besonders im Bereich der Wirbelsäule erlitten, dass sie drei Monate lang im Krankenhaus liegen musste.

Während der ersten Wochen war sie überzeugt gewesen, nie wieder laufen zu können. Sie hatte kein Gefühl in den Beinen. Sie versuchte, sich ein Leben im Rollstuhl vorzustellen. Man gab ihr Antidepressiva und Beruhigungsmittel, damit sie diese Gedanken ertrug. Ihr Freund erwies sich wieder einmal als Feigling – nicht er hatte sie aus dem Club gerettet, wie sie nun wusste, sondern ein Fremder – und verließ sie. Kimmy hielt ihn nicht auf. Tag für Tag lag sie da, starrte an die Decke, weinte, haderte, hasste.

Aber es kam alles in Ordnung. Die Schwellungen gingen zurück, sie spürte ihre Beine wieder, nichts war dauerhaft geschädigt. Nur die Angst hatte sich festgesetzt. Man attestierte ihr eine posttraumatische Belastungsstörung und schickte sie zur Therapie. Sie brauchte lange, bis sie sich wieder in Menschenmengen traute. Bis sie nicht mehr in jedem Gebäude als Erstes überprüfte, wo die Notausgänge waren. Keine Heulkrämpfe mehr bekam, wenn im Fernsehen Bilder von Tränengaseinsätzen gegen Demonstranten zu sehen waren. Heute, gute zehn Jahre später, waren diese Ängste nur noch ein Schatten, jedenfalls bis zu dem Zeitpunkt, als der Feueralarm im Limeharbour Tower losging.

Rauch quoll in den Flur.

Kimmy hörte nicht, was Em zu ihr sagte. Sie starrte auf den sich ausbreitenden weißen Nebel und versuchte zu verstehen, was gerade geschah. Wo sie war. Für einen Augenblick sah sie nämlich die leere Bühne vor sich, die bunten Scheinwerfer, wie vor zehn Jahren im Bovine.

Um Kimmy herum aufgeregtes Schreien, atemloses Husten. Sie spürte, wie sich ihre Kehle verengte. Sie wollte nicht atmen müssen, gleichzeitig forderte ihr Körper, dass sie es tat, und kaum dass sie Luft geholt hatte, brannten ihre Schleimhäute, als hätte man sie verätzt.

Tränengas. Oder Schlimmeres. Gift. Dieser Rauch war vergiftet. Die Bühne blitzte wieder auf, und Kimmy hörte das anschwellende Gemurmel Hunderter Menschen. Jemand schrie: »Raus hier, sofort!«, und Kimmy sah sich nach der Stimme um. Vier oder fünf ihrer Kollegen, sonst war dort niemand. Sie konnte nicht ausmachen, wer gerufen hatte. In ihren Ohren rauschten unzählige Stimmen durcheinander, alle in Angst, alle in Not.

Sie drückte sich gegen die Wand. Wusste, dass sie sterben würde. Wenn sie hier noch weiter dieses Gift einatmete, würde sie sterben. Sie spürte, wie es in ihren Körper kroch. Es zerstörte sie von innen, lähmte die Muskeln. Ließ sie Dinge sehen und hören, die nicht sein konnten.

Jemand rief: »Die Notausgänge sind blockiert.« Diesmal konnte sie die Stimme zuordnen. Es war der Buchhalter.

Kimmy sah sich weiter um, den Körper fest gegen die Wand gepresst. Sie sah Em, die sich um Jono kümmerte, der nun mit geschlossenen Augen auf dem Boden lag.

Auf dem Boden.

Wieso lag er auf dem Boden?

Immer mehr Menschen drängten aus ihren Büros auf den Flur. Sie schlugen gegen die verriegelten Türen zum Treppenhaus, gegen die Aufzugtüren, gegen die Fenster. Manche telefonierten nervös. Manche schrien herum. Kimmy kannte sie alle. Und doch konnte sie die Gesichter nicht auseinanderhalten. Sie versanken in einer konturlosen Menschenmenge, ein Bild, das sich wie ein Schleier über ihren Blick legte und die Perspektiven verrückte. Wieder hörte sie jemanden rufen. »Raus hier, sofort!« Sie schloss die Augen, weil sie niemanden mehr sehen wollte, und versuchte, nicht zu atmen.

Die Bühne.

Noch leer, aber die Scheinwerfer waren bereits eingeschaltet.

Lichtprobe, sagte ihr Freund. Ein Roadie erschien, und die Menge wollte schon klatschen, doch der Junge winkte ab. Dann rief jemand: »Raus hier! Sofort!« Kimmy sah sich um. Von der rechten Bühnenseite aus drang feiner weißer Nebel in den Club. Der Roadie fiel auf die Knie und hielt sich schreiend die Hände vors Gesicht. Der Nebel kam nun aus zwei oder drei anderen Richtungen.

Mehr Schreie, mehr Rufe. Die Menge bewegte sich aufeinander zu. Kimmy war für einen Moment eingekesselt, dann stieß jemand sie zu Boden.

Sie lag auf dem Boden.

Füße traten auf sie ein.

Sie würde sterben.

Kimmy spürte das Gas in ihren Lungen. Wie es sich immer tiefer in Nase und Rachen hineinbrannte. Ihr wurde schwindelig, sie fühlte sich, als würde sie gleich umkippen. Kimmy riss die Augen auf. Blinzelte. Sie sah ihre Umgebung nur noch verschwommen, wenn überhaupt. Der Feueralarm konnte die Stimmen der Menge nicht betäuben. Wenn sie erst einmal auf dem Boden lag, würde es zu spät sein. Diesmal würde sie es nicht überleben. Diesmal würden sie ihr das Rückgrat brechen, wenn sie nicht schon vorher erstickte.

Atmen konnte sie kaum noch.

Kimmy Rasmussen war davon überzeugt, in diesem Moment die einzig richtige Entscheidung zu treffen. Gerade bekam sie eine zweite Chance, das war offensichtlich. Sie hielt sich ihr Halstuch vor Mund und Nase und lief durch den Nebel in Richtung ihres Büros. Jemand versuchte, sie festzuhalten, aber sie machte sich los und rannte weiter. Es war laut, alle schrien durcheinander, Hunderte Stimmen, Hunderte Menschen, die alle zum Konzert gekommen waren. Heute würde sie sich nicht aufhalten, nicht zu Boden reißen lassen. Kimmy hatte aus ihren Fehlern gelernt. Es gab nur einen Weg: raus.

Denn sie hatte sich längst in ihrem Kopf verlaufen, war

nicht mehr im Limeharbour Tower auf der Isle of Dogs, sondern im Bovine in Toronto. Ein Zustand, der sich in zehn Minuten vermutlich wieder gelegt hätte.

Niemand hielt sie mehr auf, als sie ihr Büro betrat, einen Feuerlöscher nahm und ihn mit aller Kraft so lange gegen die Fensterscheibe schlug, bis das Sicherheitsglas zerbrach. Kimmy warf einen letzten Blick zurück. Sie sah nur dichten Rauch, roch das tödliche Gas, wusste, dass es keinen anderen Weg der Rettung gab, glaubte, dass vor ihr auf gleicher Ebene die Straße lag.

Als Em mit ein paar anderen durch diesen Nebel trat, war Kimmy schon gesprungen.

3

Vor zwanzig Jahren war es noch schwer vorstellbar gewesen, in den heruntergekommenen Docklands zu wohnen, wenn man dort nicht aufgewachsen war. Vor zehn Jahren hatte man sich an den Gedanken gewöhnt.

Die Verbesserung der Infrastruktur wurde durch einen führerlosen Zug erzielt. Die Hochhäuser bekamen eigene Fitnessräume und einen Einkaufsservice.

Unter dem höchsten Hochhaus, dem One Canada Square, entstand eine Shoppingmall der oberen Preisklasse.

In der U-Bahn-Station liefen Kurzfilme.

Canary Wharf war zum zweiten Finanzzentrum der britischen Hauptstadt geworden. Wer heute hier seine Büroräume eröffnete, dachte in Millionen und Milliarden. Wer hier wohnte, dachte in 80-Stunden-Wochen.

Emma Vine wohnte dort seit einem Jahr. Der krude Charme der Isle of Dogs. Die Romantik des Verfalls einerseits, das Versprechen der glänzenden Wolkenkratzerfassaden von Canary Wharf andererseits. Es gefiel ihr. Sie mochte Gegensätze. Veränderung.

Wenn sie aus dem Fenster ihrer Wohnung schaute, dann sah sie Wasser und Hochhausfassaden und die O2-Arena auf der anderen Seite der Themse.

Canary Wharf war der Mittelpunkt der Isle of Dogs. Der neue Londoner Osten. Das Herzstück der Docklands: Es wuchs immer weiter, es würde noch zwanzig Jahre lang eine Großbaustelle sein.

Man hatte nur vergessen, tatsächlich ein neues Herz einzupflanzen. Wenn man ganz genau hinsah, war Canary Wharf tot.

4

Der Limeharbour Tower war nicht weit von Ems Wohnung entfernt, aber sie durfte nicht nach Hause.

»Zu gefährlich«, hieß es.

»Personalien müssen aufgenommen werden.«

»Es ist zu Ihrer eigenen Sicherheit.«

Jeder hatte eine Antwort, die keine war.

Em wurde eine Decke über die Schultern gelegt. Sie wollte keine.

»Es ist besser für Sie«, sagte der Polizist und lächelte sie an.

Em gab die Decke wortlos zurück. Sie war mit den anderen, die sich im Limeharbour Tower aufgehalten hatten, in einen Büroblock in der Nähe gebracht worden und half nun mit, dem marmornen Foyer den Charme eines Flüchtlingslagers zu verleihen. Überall Decken und Plastikbecher mit süßem Tee: Es musste eine Katastrophenschutzeinheit geben, die nur zum Teekochen abgestellt war. Polizisten und Sanitäter bewegten sich durch Hunderte von Menschen. Jemand sagte, in den oberen Etagen seien noch mehr untergebracht. Über allem lag ein Raunen, das tiefer klang als sonst bei Menschenmengen üblich. Keiner sprach wirklich laut. Einzelne Schluchzer, mal aus der Nähe, mal weiter entfernt, brachen gelegentlich das dumpfe Surren auf. Em registrierte die unruhigen Blicke der bleichen Gesichter. Nicht zu wissen, was geschehen war, bedeutete für alle die größere Katastrophe. Em fragte sich, wer von Kimmys Tod wirklich betroffen war.

Jono kam auf sie zu und lächelte unsicher. Seine Augen waren rot. Vom Weinen, das wusste sie. *Er* weinte wirklich wegen Kimmy.

»Ich komm mir so blöd vor«, sagte er. »Da werd ich einfach ohnmächtig, und weil alle um mich rumstehen, merkt keiner, dass Kimmy ...« Er hatte wieder Tränen in den Augen. »Sorry«, murmelte er und wischte sich übers Gesicht. »Du bist so ... ruhig. Hattest du keine Angst?«

»Doch. Aber nicht davor, zu sterben.«

Jono kaute auf seiner Unterlippe herum. »Ich weiß echt nicht, was da mit mir los war.«

»Panik.«

»Aber Kimmy ...«

»Ich weiß es nicht«, sagte Em. »Auch Panik. Nur schlimmer.« Eine Weile betrachtete sie wieder die Menschen, die um sie herum waren. Frauen, die sich hilflos gaben. Männer, die galant wirken wollten. Wie Extremsituationen die Gesellschaft doch um mindestens hundert Jahre zurückwarfen. Bei aller Sympathie und Begeisterung für die Wissenschaft wollte Em nicht glauben, dass Männer die geborenen Versorger waren. Auch wenn alles gerade danach aussah.

Jono schien ihre Gedanken zu lesen.

»Ich bin echt ein Mädchen, was?« Es sollte wohl wie ein Scherz klingen.

»Nicht lustig«, sagte Em.

»Sorry.« Er lehnte sich an eine der Marmorsäulen und glitt daran herunter. »Ich hab noch nie gesehen, wie jemand ...«

»Du hast es nicht gesehen«, unterbrach sie ihn.

»Aber …«

»*Ich* hab sie fallen gesehen, okay? *Du* hast überhaupt nichts gesehen.«

Er schwieg eine Weile. Dann sagte er, mehr zu sich: »Doch nicht so cool.«

»Nein. Nicht wirklich.«

»Aber du wirkst immer so.«

»Jahrelange Übung.«

Er nickte gedankenverloren, als wüsste er genau, was sie meinte. Em hockte sich neben ihn, betrachtete ihn von der Seite. Vorhin, als er ihr ohnmächtig vor die Füße gefallen war, hatte sie sich darauf konzentriert, ihn in eine stabile Position zu bringen, sich darum gekümmert, dass er wieder zu sich kam. Sie hatte jemandem zugerufen, er solle Wasser aus dem Wasserspender neben dem Aufzug holen. Von einem anderen forderte sie das Jackett, um es Jono unter den Kopf zu legen. Die beiden Männer waren froh gewesen, Anweisungen zu bekommen, und hatten diese dankbar, fast schon glücklich ausgeführt. Sie halfen, weil es ihnen selbst half, vor der eigenen Angst zu fliehen.

Jono war ein hübscher Junge, Anfang zwanzig, sehr schlank, mit der Figur eines Balletttänzers. Dunkle Locken, dunkle Augen, helle Haut. Südafrikaner mit portugiesischen und englischen Wurzeln. Seit einem Monat machte er ein Praktikum in der Buchhaltung der Agentur, hatte er erzählt, und er hatte schnell gemerkt, dass es nicht das Richtige für ihn war. Trotzdem hatte er das Praktikum durchziehen wollen. Wem er damit etwas beweisen wollte, wusste Em nicht, und sie hatte ihn auch nicht danach gefragt. Vielleicht sollte sie es jetzt tun, um ihn abzulenken. Und sich selbst ebenfalls.

»Was hast du eigentlich vor?«

Jono sah sie fragend an.

»Ich meine, das Praktikum wirst du wohl abbrechen.«

»Du fragst mich *jetzt*, was ich vorhabe?«

Sie antwortete nicht und wandte den Blick von ihm ab. Das mit dem Ablenken hatte schon mal nicht funktioniert. Am liebsten würde sie gehen. Gleichzeitig wollte sie nicht allein sein. Aber eben auch nicht unter Menschen. Nicht so jedenfalls.

»Wollen Sie einen Tee?«

Sie sah auf, ein Sanitäter stand vor ihnen. Er fragte schon zum vierten Mal, er konnte sich die vielen Gesichter nicht merken. Diesmal nahm sie ihm den Plastikbecher ab, dankbar, dass er ihre Gedanken unterbrochen hatte, und reichte ihn weiter an Jono. Sie lehnte sich mit der Wange gegen die kühle Marmorsäule und überlegte, ob sie jemanden anrufen sollte. Ihren Bruder. Oder einen Freund. Um mit jemand anderem als Jono zu reden, weil der Junge es am Ende noch schaffen konnte, sie ebenfalls zum Weinen zu bringen. Sie entschied sich dagegen, nahm trotzdem ihr Telefon aus der Manteltasche und ging online, um zu sehen, ob sie in den Nachrichten was über Kimmy brachten. Em hatte vor fünf Minuten schon nachgesehen. Und vor zehn Minuten. Ständig, eigentlich. Offiziell gab es nichts Neues. Sie wechselte zu Twitter, gab probehalber ein paar Suchbegriffe ein und las sich durch, was die anderen, die irgendwo hier mit ihr in diesem Marmorfoyer mit einer Decke über den Schultern dasaßen, getwittert hatten. Von

»Giftgas« hatte jemand geschrieben. »Terroranschlag«, behauptete ein anderer. Em wusste es besser. Weil die meisten Meldungen unter dem Suchbegriff #canarywharf erschienen, benutzte sie ihn ebenfalls und schrieb:

kein giftgas, nur rauchpatronen #canarywharf

Sie brachte es nicht über sich, etwas über Kimmy zu schreiben, und sie ärgerte sich darüber, dass Dutzende in einer Art Pseudo-Massentrauer Dinge wie

RIP kimberly rasmussen #canarywharf

mit einem Link auf Kimmys Agentur in die digitale Welt hinauswarfen. Ohne sie überhaupt gekannt zu haben. Wer sie *wirklich* kannte, würde so etwas nicht machen. Aber jemand hatte gleich nach dem Sprung ihren Namen veröffentlicht. Lange bevor die Rettungskräfte eingetroffen waren, war ein Tweet abgesetzt worden.

Agenturchefin Kimberly Rasmussen: tödlicher Sprung aus 15. Stock

Die Presse hatte den Namen sofort aufgenommen und alles über Kimmy ausgegraben, was sich auftreiben ließ.

Es gab keine Geheimnisse mehr im 21. Jahrhundert. Jedenfalls nicht, wenn Menschen mit internetfähigen Geräten in der Nähe waren.

Als Em von ihrem Display aufsah, stand eine uniformierte Polizistin vor ihr. Sie hielt einen Block in der Hand, lächelte nicht und sagte: »In welchem Stockwerk waren Sie?«

»Im fünfzehnten.«

»Sehen Sie sich in der Lage, ein paar Fragen zu beantworten?« Dies nicht fürsorglich, eher rhetorisch.

Em nickte und stand vom Boden auf.

»Ihre Personalien haben wir schon aufgenommen?«

Sie nickte wieder und steckte das Telefon weg. Jono erhob sich unsicher. Seine Beine knickten ein. Sie hielt ihm die Hand hin und half ihm auf.

»Wenn Sie sie mir noch einmal geben könnten, damit ich Ihre vorläufige Aussage aufnehmen kann.«

Em nannte ihren Namen, die Adresse, das Geburtsdatum. Sie erklärte ihren Beruf, warum sie mit Kimmy verabredet gewesen war und dass sie sich um den ohnmächtigen Praktikanten gekümmert hatte, als Kimmy das Fenster eingeschlagen hatte. Dann war Jono an der Reihe, der sich sichtlich unwohl fühlte, der ohnmächtige Praktikant zu sein.

»Was können Sie zum Hergang der ... Situation sagen?«

»Sie war allein in ihrem Büro, soweit ich das in dem dichten Rauch erkennen konnte«, antwortete Em. »Ich hab nur schemenhaft gesehen, wie sie auf die Fensterbank geklettert ist. Niemand hat ihr dabei ... geholfen.«

»Haben Sie versucht, sie davon abzuhalten?«, fragte die Polizistin. Sie hatte die langen braunen Haare zu einem Zopf geflochten, und ihr Gesicht hätte hübsch sein können, wären ihre Augen nicht so ausdruckslos gewesen.

Em unterdrückte den Impuls, ihr Jonos Tee über den Notizblock zu kippen. »Wir waren zu sehr damit beschäftigt, Wetten abzuschließen, ob sie wirklich springt.«

Jono unterdrückte einen Laut. Die Polizistin hob den Blick, und Em sah, dass Sarkasmus bei dieser Frau elend verhungerte. »Natürlich habe ich es versucht. Oder *wir*. Wir haben gerufen, sie soll da wieder runterkommen.«

»Hat sie noch etwas gesagt?«

»Sie meinen, ob sie eine Abschiedsrede gehalten hat?«

»Ms Vine, ich weiß, die emotionale Anspannung ist sehr groß, aber könnten Sie sachlich bleiben?« Die Polizistin klang nicht mal gereizt, nur müde.

Em entschuldigte sich bei ihr.

»Ich hatte den Eindruck, dass sie uns gar nicht bemerkt. Sie hat sich nicht nach uns umgedreht und auch nicht gezögert. Sie ist einfach gesprungen. Wir waren zu spät.«

Die Polizistin sah sie nicht an, sie machte sich nur Notizen. Beim Schreiben bewegte sie die Lippen, wie um sich die Wörter vorzusagen. Den Stift umklammerte sie wie einen Meißel. Die Buchstaben, die sie in ihren Block gravierte, waren groß und rund. Ihre Fingernägel waren sehr kurz und wirkten abgekaut.

»Warum müssen wir hierbleiben?«, fragte Jono.

»Weil wir die Möglichkeit eines Terroranschlags nicht ausschließen können«, sagte die Polizistin.

»Und wir sind hier, weil wir geschützt werden sollen, oder weil man uns verdächtigt?«

Jetzt sah die Polizistin von ihrem Block auf, Jono direkt in die Augen, und sie schien sich zu fragen, warum jemand, der vorhin noch so schwach und verletzlich gewirkt hatte, mit einem Mal so nerven konnte. »Sie sind zu Ihrer eigenen Sicherheit hier und weil wir ausschließen wollen, dass Sie etwas mit dem Anschlag zu tun haben«, antwortete sie. Ausweichend.

»Aber es waren doch nur Rauchpatronen«, sagte Em. »Ein Terroranschlag mit Rauchpatronen, glauben Sie das wirklich?«

Die Polizistin straffte die Schultern und stellte sich etwas breitbeiniger hin.

Unbewusste Vorgänge. Wie viel sie über uns verraten, dachte Em.

»Woher wissen Sie das?«

»Das konnte man riechen. Und sehen. Ich arbeite dauernd mit dem Zeug. Nebelmaschinen. Pyrotechnik.«

»Trotzdem war es ein Anschlag. Können Sie bestätigen, dass vor dem Unfall der Strom ...«

»Vor dem *was*?«, unterbrach Em.

»Vor dem Vorfall«, verbesserte sich die Polizistin. »Dass vorher schon ungewöhnliche Dinge passiert sind?«

Jono sagte: »Klar, der Strom war ausgefallen, und eine Frau steckte im Fahrstuhl fest. Und das Internet, also der Server war nicht erreichbar. Und, na ja, die Klimaanlage, und hat nicht jemand erzählt, dass auf dem Klo sogar das Wasser abgestellt war?«

»Das Wasser war abgestellt?«, fragte Em.

»Ich weiß nicht. Vielleicht auch nicht.« Jono klang unsicher.

»Wann fing das alles an?«, fragte die Polizistin.

Er überlegte. »Eine Viertelstunde, zwanzig Minuten vorher?«

»Die Notausgänge waren blockiert«, sagte Em.

»Wie kann so was überhaupt passieren?« Jono machte eine ausladende Geste. Der Tee schwappte aus seinem Becher. Ein paar Spritzer landeten auf dem Notizblock der Polizistin. Sie sah Jono nicht an, als sie mit dem Ärmel ihrer Uniform die Flüssigkeit abtupfte. »Ich meine, die Aufzüge, okay, die brauchen Strom, aber die Türen?«

»Das Gebäude hat offenbar einen Schließmechanismus, der die feuerfesten Türen zum Treppenhaus hin zentral verriegelt.«

»Damit man, wenn es brennt, nicht abhauen kann?«, fragte Jono, und diesmal schwappte der Rest des Tees auf die Schuhe der Frau.

»Damit das Feuer auf der Etage eingedämmt und der Fluchtweg über die Treppe nicht abgeschnitten wird«, sagte die Polizistin und sah dabei auf ihre nassen Schuhspitzen. »Es gibt ja noch die Nottreppe.«

»Zu der die Tür aber auch verschlossen war«, sagte Em. »War das auf allen Etagen so? Und der Rauch, war der auch überall?«

Die Polizistin nickte. »Überall dasselbe. Das mit den Notausgängen muss noch untersucht werden.«

»Überall? Wie viele Rauchpatronen waren das denn? Ich meine ...«

»Ich glaube, das war jetzt erst mal alles«, schnitt ihr die Polizistin das Wort ab. Sie nickte den beiden knapp zu und ging weiter.

»Wie will sie hier den Überblick behalten?«, fragte Jono.

»Oder die anderen?« Em deutete auf die Uniformierten, die sich nach und nach mit ihren Notizblöcken durch die Menge frästen. Vor dem Gebäude langweilte sich schon seit Stunden die Presse, und Em fragte sich, was wohl gerade in dem geräumten Bürotower geschah. Sehr weiträumig war nicht abgesperrt worden, eine Bombe befürchtete man also nicht.

Mitten in London, und keiner hatte Angst vor einer Bombe. Es gab immer wieder etwas, das einen staunen ließ.

Wieder zog sie ihr Telefon hervor, wieder sah sie nach, was es Neues gab. Ein paar Leute verhöhnten sie auf Twitter, weil sie etwas von Rauchpatronen geschrieben hatte. Ob sie noch an Märchen glaube. Ob sie überhaupt dabei gewesen sei. Jemand schrieb:

@em_vine geht es dir gut? bist du verletzt? brauchst du hilfe? #canarywharf

Der Absender: eine wirre Zahlen- und Buchstabenkombination, das Twitterprofil offensichtlich neu angelegt. Kein Profilfoto, keine Follower, und nur eine Person, der er folgte: natürlich ihr.

Sie wusste, wer es war. Er hatte jeden Tag einen anderen Twitteraccount, eine andere Mailadresse.

Jono stieß ihr mit dem Ellenbogen in die Seite. »Da will jemand was von uns.«

Sie sah vom Display auf. Der Junge zeigte auf den Eingang des Foyers, wo sich die Uniformierten um einen Mann im Anzug scharten. Es hätte nach einer Einsatzbesprechung aussehen können, wären nicht alle Blicke der Polizisten auf Em und den Praktikanten gerichtet. Der Mann im Anzug löste sich von der Gruppe und kam auf sie zu, die uniformierte Polizistin von eben im Schlepptau.

»Emma Vine?«

Em nickte und schluckte das ungute Gefühl hinunter.

»Detective Constable Cox, Scotland Yard. Wenn Sie mich bitte begleiten würden.«

Sie sah ihn fest an. »Wohin?«

»Es gibt hier einen Raum, in dem wir uns ungestört unterhalten können.«

Em wusste längst, dass etwas schieflief, aber Jono begriff es erst in diesem Moment. »Hä? Was soll das jetzt?«, fragte er, seine Stimme klang schrill.

»Also, gehen wir?« Cox wies mit der rechten Hand die Richtung.

Sie rührte sich nicht. »Was ist los?«, fragte sie, und auch ihre Stimme kam ihr etwas zu schrill vor.

»Wir haben nur ein paar Fragen an Sie. Detective Chief Inspector Palmer wird auch gleich da sein.«

»Ein DCI? Brauche ich einen Anwalt?«

Cox zögerte. Aus der Nähe sah man seinem Anzug an, dass er oft getragen und viel strapaziert war. Er konnte nicht sehr viel gekostet haben. Cox selbst war jünger als Em – Ende zwanzig. Er war so groß wie sie, aber sehr viel breiter gebaut, dabei nicht unsportlich. Mittelblondes kurzes Haar, sorgfältig gestylt, und stechende grüne Augen. Schließlich sagte er zu der uniformierten Polizistin: »Durchsuchen.«

Em trat instinktiv einen Schritt zurück und hob abwehrend die Hände. Die Polizistin blieb auf Abstand. Vermutlich nur, weil hinter Ems Rücken längst zwei weitere Polizisten standen, was ihr ein Blick über die Schulter verriet.

»Was soll das?«, rief Em.

Cox schien selbst ganz überrascht von dem, was er gerade gesagt hatte. Er schnaufte und bedeutete der Polizistin mit einer knappen Handbewegung, sich nun doch endlich Em zu widmen. Diesmal zögerte die Polizistin nicht, und Em stand Sekunden später mit dem Gesicht gegen die Marmorsäule gepresst. Die Polizistin ertastete Ems Telefon und steckte es ein, zusammen mit ihrem Schlüsselbund.

»Was soll das?«, wiederholte sie und versuchte, den Kopf so zu drehen, dass sie Cox sehen konnte.

»Sauber«, sagte die Polizistin.

»Festnehmen«, sagte Cox.

»Sind Sie verrückt?« Em schrie jetzt. Ihr Blick fiel auf Jono, der mit offenem Mund danebenstand.

Die Polizistin riss sie an der Schulter herum, und einer ihrer Kollegen legte Em Handschellen an.

»Warum? Warum werde ich verhaftet?«

»Wo soll ich da anfangen«, sagte Cox, als hätte er absolut keine Ahnung. Dann schien er sich eines Besseren zu besinnen. »Erst einmal wegen versuchter Körperverletzung in mindestens fünfhundert Fällen und fahrlässiger Tötung. Vielleicht wird noch Mord daraus. Nehmt sie mit.«

»Sie sind doch wahnsinnig!«, rief Em. »Jono! Ruf meinen Bruder an.«

»Deinen Bruder?«

»Eric.« Sie nannte ihm den Namen seiner Kanzlei. »Lass dich nicht abwimmeln.« Erics Mitarbeiter würde es höchst effizient versuchen. »Hörst du? Erzähl alles, was passiert ist. Jono? Hast du verstanden?«

Jono nickte und wurde ganz grün im Gesicht.

Die Polizisten führten sie nicht durchs Foyer zum Hauptportal, sondern zu einem Hinterausgang, der in einen Innenhof mündete, wo einige Polizeiwagen geparkt waren. »Wegen der Presse«, sagte Cox, und Em musste lachen, wenn auch bitter. Jeder im Foyer, der ein Smartphone besaß, hatte sie längst fotografiert und ihr Foto getweetet, versehen mit dem Hashtag *#canarywharf*. Etwas anderes anzunehmen, wäre irgendwas zwischen naiv und dumm. In zwei Minuten würden die Journalisten den passenden Namen zu ihrem Gesicht haben, und die Schlagzeile könnte lauten: »Emma Vine – inszenierte die Queen der Megashows das Attentat von Canary Wharf?«

Ihr wurde übel.

Als sie auf den Rücksitz des Streifenwagens kletterte, klingelte Ems Telefon aus der Uniform der Polizistin heraus. Es würde nicht mehr aufhören zu klingeln, bis man ihr erlaubte, es abzustellen.

5

Einen Anwalt in der Familie zu haben, war ein unbestreitbarer Vorteil. Umso besser, wenn es der eigene Zwillingsbruder war. Eric Vine war kein Strafverteidiger, sondern kümmerte sich unter anderem um die Geschäfte der in Familienbesitz befindlichen Privatbank. Aber er war für sie da. Dankbar ließ sich Em von ihm umarmen und drückte ihn ein paar Sekunden länger an sich, als zur Begrüßung nötig war. Er hatte einen Kollegen vom Fach mit zu Scotland Yard gebracht. Em betrachtete den adretten jungen Mann mit leichtem Misstrauen und machte dabei wahrscheinlich ein ganz ähnliches Gesicht wie DC Cox, auch wenn die Gründe für ihre Skepsis anders gelagert waren. Während Cox berufsbedingt kein gutes Verhältnis zu Strafverteidigern haben mochte, dachte Em darüber nach, ob Erics Kollege wirklich so gut war, wie es sein teurer Anzug vermitteln wollte. Von Eric wusste sie, dass er seine Arbeit gut machte, aber sie kannte auch seine Schwächen, beruflich wie privat, und mehr als einmal hatte er ihr gestanden, wie er erst in letzter Sekunde eigene schwerwiegende Fehler entdeckt und gerade noch so korrigiert hatte. Mit Anwälten war es wie mit Ärzten: Kaum kannte man einen von ihnen privat, schon schwand der Glaube an den gesamten Berufsstand.

Aber immerhin waren die beiden Anwälte jetzt da und machten Wind.

Mit Cox sprachen sie nur das Nötigste. Sie hörten sich an, was Em zu sagen hatte, verlangten dann, einen Vorgesetzten von Cox zu sprechen, wenn möglich gleich den

Commissioner. Man kannte sich schließlich aus irgendeinem Gentlemen's Club persönlich.

Es war nicht der Commissioner, der eine halbe Stunde später auftauchte, dafür DCI Palmer vom Special Branch, eine hervorragend frisierte und perfekt geschminkte Endvierzigerin mit dezenten Absätzen, die sich mit den beiden Anwälten in ihr Büro zurückzog, während Em weiter im Vernehmungsraum mit einem missmutigen Cox und zwei Polizistinnen warten musste.

»Es spricht *alles* gegen Sie«, murmelte Cox, nicht zum ersten Mal. Er hatte spätestens seit Palmers Anweisung, er solle sich nicht von der Stelle rühren, unterirdische Laune. Von seiner Überzeugung, eine gefährliche Terroristin quasi noch mit der Bombe in der Hand erwischt zu haben, war schätzungsweise noch so viel übrig wie von einer flügellahmen Taube in einem Hinterhof voller Katzen. Weshalb er sein »Es spricht alles gegen Sie« auch wie ein Mantra wiederholte. Cox versuchte, das Gesicht zu wahren.

Wenn Em alles richtig verstanden hatte, dann war es offenbar jemandem gelungen, Telefonleitungen und Stromversorgung im gesamten Gebäude lahmzulegen, Rauch über die Klimaanlagen auf alle Etagen zu blasen und die Sicherheitstechnik ad absurdum zu führen. Tags zuvor waren zwei Mitarbeiter der Firma, die sich um die Klimatechnik des Bürotowers kümmerte, wegen Reparaturen im Haus gewesen. Ein Mann und eine Frau, deren Beschreibung angeblich auf Em passte. Auf sie und Millionen andere. Groß, schlank, dunkelhaarig, Anfang dreißig. Die Firma hatte nicht bestätigen können, jemanden geschickt zu haben. Die vermeintlichen Techniker hatten die Klimaanlagen manipuliert und das gesamte Equipment zurückgelassen, nur leider keine Spuren. Jedenfalls hatte man bis jetzt noch keine gefunden, die sich verwerten ließen. Ob und wie sie sich Zugang zu den Computersystemen der Haustechnik verschafft hatten, war noch unklar. Fest stand nur, dass sich jemand von außen eingehackt und alle Systeme für eine Weile lahmgelegt hatte.

»Von außen?«, hatte Em gefragt. »Ich war *im* Gebäude.«

»Außerhalb des Systems«, erklärte Cox. Allerdings war sie sich sicher, dass er selber nicht hundertprozentig verstand, wie alles abgelaufen war.

»Und Sie kommen auf mich, weil ich ›stadtbekannte Hackerin‹ im Ausweis stehen habe? Ich kann einen Computer bedienen, aber ich habe keine Ahnung, warum er funktioniert oder wie er funktioniert.«

Die Leidenschaft, mit der Cox daraufhin nickte, bestätigte ihren Verdacht, dass sich auch seine Affinität zu digitaler Technik eher auf ihren Gebrauch beschränkte. »Unsere Experten haben da etwas zu Ihrem Rechner zurückverfolgt.«

»Zu meinem Rechner? Okay, ich weiß nicht, auf welchem Spezialgebiet Ihre Experten Experten sind, aber *das* kann nicht sein. Ich hab meinen Rechner tagelang nicht benutzt. Ich war unterwegs, da benutze ich nur mein Smartphone.«

Cox sah in die Unterlagen, die man ihm reingereicht hatte. »Äh, zu Ihrem Smartphone. Genau.«

»Zu meinem Smartphone? Und was soll ich damit gemacht haben?«

»Zum selben Zeitpunkt, als die Störungen im Limeharbour Tower losgingen, wählte sich Ihr Telefon in das WLAN-Netz des Gebäudes ein.«

»Was?«

»Die, ähm, Techniker untersuchen jetzt, ob es der Auslöser war für ... also, so etwas wie der Zünder.« Cox hatte Schweiß auf der Stirn stehen und fuhr mit dem Zeigefinger die Zeilen im Bericht entlang.

»Das ist so schwachsinnig. Wie hätte ich das denn machen sollen? Ich habe überhaupt keine Ahnung von solchen Sachen.«

»Dafür haben wir ja unsere Experten«, sagte er, sah sie an und legte die Papiere zur Seite. »Ihr Telefon wird gründlich untersucht.«

»Von mir aus. Wann bekomme ich es wieder?«

»Wenn unsere Experten damit fertig sind.«

»Ihre *Experten*. Sie sagten es schon. Wollen wir noch ein bisschen weiter über Ihre *Experten* reden?«

»Außerdem«, wechselte er das Thema, »wussten Sie das mit den Rauchpatronen vor allen anderen«, sagte Cox. »Sie haben es getwittert.«

Natürlich hatte sie es gewusst. Sie arbeitete oft genug mit Rauchpatronen. Em machte sich nicht die Mühe zu antworten.

Dass sie nicht die Frau gewesen sein konnte, die sich als Klimatechnikerin Zutritt zu den Technikräumen verschafft hatte, könnte sie schnell belegen, wenn auch widerwillig.

»Muss das wirklich sein?«, fragte sie wenig später Eric, und am Gesicht seines Kollegen konnte sie ablesen, dass dieser sofort begriffen hatte, was Ems Problem war.

»Es muss«, sagte Eric schulterzuckend.

»Dann brauch ich mein Telefon zurück.«

Nach einigem Hin und Her hatte Em zwar nicht ihr Telefon, aber doch die Nummer, die sie benötigte. Sie tippte sie in Erics Telefon ein, und nach viermaligem Klingeln meldete sich eine männliche Stimme.

»Hi. Hier ist Em. Emma.« Pause. Stille. »Emma Vine.«

»Ja, schon klar ...«, sagte der Mann. »Es ist nur gerade ...«

»Ich weiß. Hör einfach nur zu.« Sie sah, wie Eric und sein Kollege gleichzeitig warnend die Zeigefinger hoben. Nicht beeinflussen. Nicht mal die Spur eines Verdachts der Beeinflussung aufkommen lassen. Sie hatten es ihr mehrfach gesagt. »Es gibt hier ein Missverständnis mit der Polizei. Sie wollen dich etwas fragen, und ich möchte dich bitten, dass du ihnen ehrlich antwortest. Es ist sehr wichtig. Danke.«

»Aber ...«

»Sorry.«

»Wie, bitte schön, soll ich das ...«

»Danke. Bis dann.« Sie beendete das Gespräch und gab Eric das Telefon zurück. »Die Nummer hast du jetzt. Gib sie Cox oder wem auch immer. Der Typ heißt Steve Banks.«

Erics Kollege konnte ein Schmunzeln nur schwer unterdrücken.

»Und der arme Mr Banks hofft jetzt, dass die Polizei nicht bei seiner Frau anruft?«, fragte Eric angespannt.

Em hatte gestern so etwas wie ihren freien Tag gehabt und diesen in einem Hotel in Brighton verbracht. Steve und sie hatten seit zwei Monaten ein Verhältnis, das an die einzige Bedingung gekoppelt war, dass sie zu nichts verpflichtet waren. Nun würde er sich mit Sicherheit nicht mehr bei ihr melden.

Sie würde es überleben.

Cox hatte letztlich nichts mehr, woran er sich klammern konnte, und wiederholte nur schwach seine Rechtfertigungen, als DCI Palmer hereinkam und Cox zu verstehen gab, dass sie ihn nun nicht mehr bräuchte.

Sie gingen in Palmers Büro. Erics Kollege wischte noch im Gehen auf seinem iPad herum. Em erkannte die Oberfläche von Twitter.

»Wir könnten eine Menge Verleumdungsklagen gewinnen«, sagte er zu Em, während sie sich setzten. »Jemand schreibt sogar, Sie gehörten al-Qaida an.«

»Zu viel der Ehre«, sagte Em.

»Die PLO hätte ich noch im Angebot.«

»Ich denk drüber nach.«

»Über die PLO oder die Verleumdungsklagen?«

Eric mischte sich ein. »Em, ein paar Fragen noch, dann können wir gehen. Ist das okay?«

»Wo ist mein Telefon?«, fragte sie.

»Morgen, denke ich«, sagte Palmer. »Wir müssen das noch alles prüfen.«

»Das kann doch nicht so lange dauern. Das haben Sie doch schnell ausgelesen, oder was machen Sie damit?«

»Ich kann Ihnen nur sagen, was die Technik sagt. Die haben ihre eigenen Abläufe im Labor.«

»Und was wollen Sie jetzt noch wissen? Ich dachte, wir sind uns einig, dass ich nicht diejenige war, die Rauchpatronen gezündet und ein ganzes Gebäude lahmgelegt hat?«

»Sie meinen ins Chaos gestürzt hat. Mit Verletzten und einer Toten«, sagte Palmer.

Em schwieg und sah zu ihrem Bruder, der leicht den Kopf schüttelte. Sie wusste, was er dachte: einfach den Mund halten.

»DCI Palmer würde gerne wissen, ob du dir vorstellen kannst, dass jemand absichtlich den Verdacht auf dich lenkt«, sagte Eric.

Sie schüttelte den Kopf.

»Jemand, der es vielleicht direkt auf Ms Rasmussen abgesehen hat? Viele Menschen wussten wohl von ihren Ängsten.« Palmer sah von Em zu Eric und von Eric zu seinem Kollegen, der, ohne aufzublicken, die Schultern zuckte.

»Sie hat jedem, mit dem sie häufiger zu tun hatte, irgendwann erzählt, dass sie Angst vor Feuer hat, weil sie einmal in einem brennenden Club eingesperrt war und dabei sehr schwer verletzt wurde«, sagte Em.

»Und Sie haben nicht daran gedacht, als sich überall Rauch ausbreitete? Dass Sie sich besonders um Ms Rasmussen kümmern müssten?«

»Es hat doch gar nicht gebrannt!«

»Ms Rasmussen hatte keine Angst vor Feuer, sondern vor genau dieser Situation: starke Rauchentwicklung und keine Fluchtmöglichkeit. Damals in dem Club handelte es sich um Reizgas. Sie stürzte, einige trampelten über sie hinweg und verletzten sie schwer.«

Em sah Palmer lange an. »Das wusste ich nicht. Ich dachte, es sei ein Feuer gewesen. Sie hat es mir vor Wochen einmal abends im Pub erzählt.«

»So etwas merkt man sich doch.«

»Meine Güte, dann hab ich das mit dem Feuer wohl dazugedichtet. Ich weiß nur, sie sagte was von einer Massenpanik in einem Club und dass überall Rauch war. Da kann man schon mal an Feuer denken.« Em verschränkte die Arme vor der Brust.

Palmer verzog den Mund ganz leicht nach unten. »Der Tod von Kimmy Rasmussen scheint Sie nicht sehr zu berühren.«

»Mehr, als Sie denken. Oder darf ich erst gehen, wenn ich geheult habe?«

»Em«, sagte Eric leise.

»Oh, lassen Sie Ihre Schwester ruhig. Ich finde das sehr interessant«, sagte Palmer spitz.

»Wie schön«, sagte Em.

»Emma hat Probleme damit, ihre Gef…«

»Eric!« Sie schlug mit der flachen Hand nach seinem Arm.

»Ich denke, in gewissen Situationen wäre es hilfreich, um nicht zu sagen relevant, wenn du darüber …«

»Nein«, sagte sie entschieden. Ihr Bruder wusste, wie es ihr gerade wirklich ging. Dass Palmer es auch wissen sollte, sah sie gar nicht ein.

Schweigen in der Runde, bis Palmer sagte: »Jonathan Baker, einer von Rasmussens Praktikanten, erzählte uns auch von den Ängsten seiner Chefin. Er macht sich große Vorwürfe, dass er ihr nicht geholfen hat.«

Em musste sich räuspern. Ihre Stimme war belegt. »Jono war ohnmächtig, und ich habe *ihm* geholfen.«

»Sie können sich also auch nicht vorstellen, dass der Anschlag direkt Ms Rasmussen galt?«

»So viel Aufwand, um einen Menschen zu töten?«, fragte Em.

»In den Selbstmord zu treiben.«

»So viel Aufwand?«, wiederholte Em.

Palmer nickte, sah wieder von einem zum anderen, dann erhob sie sich. »Wir haben noch sehr viel Arbeit. Ms Vine, halten Sie sich bitte zu unserer Verfügung. Ich habe Ihren Anwälten gesagt, wo Sie sich melden können, um Ihre Sachen wiederzubekommen. Im Moment gibt es keinen Grund mehr für uns, Sie hierzubehalten. Danke für Ihre Mitarbeit.« Sie öffnete die Bürotür und gab den beiden Anwälten zum Abschied die Hand. Als Em an ihr vorbeikam, sah Palmer auf ihre Armbanduhr und wandte sich ihrem Schreibtisch zu. Em ließ ihre ausgestreckte Hand sinken und hob die Schultern.

Sie hatte sich schon in der Pubertät daran gewöhnt, keine Beliebtheitswettbewerbe zu gewinnen. Jedenfalls nicht bei einer bestimmten Sorte Frauen.

»Ist Jono noch hier?«, fragte Em ihren Bruder.

»Er wartet unten auf uns. Er hat mir gleich gesagt, dass er nicht ohne uns weggeht. Ohne dich, eigentlich.«

»Gut.« Em wandte sich an Erics Kollegen. »Wie heißen Sie noch mal?«

Er lächelte. »Du erkennst mich nicht mehr?«

»Muss lange her sein, sonst könnte ich mich erinnern.«

»Sehr lange. Fünfzehn Jahre? Ich bin Alex.«

»Alex Hanford? Ist nicht wahr! Jetzt muss ich wohl so was sagen wie: Mein Gott, bist du aber groß geworden!«

Alex nickte und breitete lächelnd die Arme aus. Eric schob seinen Kollegen zur Seite, bevor Em ihn umarmen konnte. »Tut mir das nicht an. *Denkt* nicht mal dran.«

Alex und Em verzogen beleidigt die Gesichter.

6

Als Em daran dachte, was ihr Bruder schon alles mit ihr hatte erleben müssen, meldete sich ihr schlechtes Gewissen. Sie war streng genommen die Ältere und hatte sogar einen Tag vor ihm Geburtstag, weil sie vor Mitternacht geboren war, und Eric erst eine gute halbe Stunde danach. Natürlich hatte das überhaupt nichts zu sagen. Eric hatte stets auf sie aufpassen müssen. Die Rolle des Vernünftigen, des Besonnenen passte zu ihm: Er hatte sie ermahnt, wenn sie zu hoch auf einen Baum geklettert war. Er hatte sie gerettet, wenn sie sich mit den älteren Nachbarjungs angelegt hatte. Er hatte sie zum Arzt begleitet, wenn sie sich mal wieder verletzt hatte. Auch wenn sie überzeugt war, schon seit langer Zeit sehr gut auf sich allein aufpassen zu können, war sie froh, dass er heute bei Scotland Yard erschienen war. Dass er gnädigerweise die Wohnung mit ihr teilte, rechnete sie ihm ebenfalls hoch an. Welcher Bruder ließ mit dreiunddreißig noch seine Schwester bei sich wohnen, nur weil diese keine Lust hatte, sich etwas Eigenes zu suchen? Sich nicht festlegen wollte? Aber Eric hatte gerade keine Beziehung, und die einzige Bedingung, die er ihr gemacht hatte, war: Bring keine Männer mit. Ihre Weigerung, sich auch in Beziehungsdingen nicht festlegen zu wollen, ging ihm nicht nur auf die Nerven, sondern erschütterte fast schon sein Weltbild. Er glaubte an die große Liebe, an Ehe, an Familie, und das, obwohl er keinen Grund dazu haben konnte. Ihre Mutter hatte die Familie verlassen, als sie vier Jahre alt gewesen waren. Sie hatte nie wieder Kontakt zu ihren Kindern gesucht, und die beiden wussten nicht einmal, wo sie lebte. Oder ob überhaupt.

Eric war der kleine große Bruder für sie, immer zur Stelle, immer da, immer mit endloser Geduld und mehr Zuwendung, als sie manchmal glaubte ertragen zu können. Eric war ein hervorragender Beobachter, und so war es wenig erstaunlich, dass er im Auto, kurz nachdem sie Jono vor einer Reihenhausbruchbude, in der er mit ein paar Kommilitonen hauste, abgesetzt hatten, zu ihr sagte: »Verrat mir, wen du verdächtigst.«

Es wäre Unsinn gewesen, das »Ich weiß nicht, was du meinst«-Spiel zu spielen. Nicht mit Eric. Sie sagte, sie würde gern warten, bis sie zu Hause waren. Dort stürzte sie als Erstes ein großes Glas Wein hinunter, zog dann die Stiefel aus, warf den Mantel über einen Sessel, von wo Eric ihn aufsammelte, um ihn an die Garderobe zu hängen, und ließ sich auf die weichen Sofakissen fallen. Dann schenkte sie sich ein neues Glas ein.

»Also?« Eric setzte sich ihr gegenüber in einen Sessel.

Sie schüttelte den Kopf. »Ich kann das immer noch nicht glauben.«

»Das mit Kimmy?«

»Sie ist einfach gesprungen. Nein, nicht gesprungen. Sie ist ... rausgeklettert. Als wäre unter dem Fenster fester Boden gewesen.« Langsam hob sie das Glas an ihre Lippen. Bevor sie trank, sagte sie: »Fünf Sekunden früher. Wir hätten sie retten können.«

Eric sah seine Schwester lange an. »Das bringt nichts. Das weißt du.«

»Wir hätten sie retten können!«

»Em, das ist jetzt wirklich …«

»*Ich* hätte sie retten können. DCI Palmer hatte recht. Ich war ihr keine gute Freundin.«

»Das hat sie doch gar nicht …«

»Ich wusste nicht mal, was in diesem Club in Toronto passiert ist«, unterbrach sie ihn wieder. »Weil ich nicht richtig zugehört habe. Sie hat es mir doch erzählt. Ich dachte, das ist eine alte Geschichte, ich muss mir nur merken, dass sie Angst vor Feuer hat. Nicht mal ihre Angst hab ich *wirklich* begriffen. Eric, was ist los mit mir?«

Er schwieg, trank nun selbst einen großen Schluck. Dann, endlich: »Du hast immer noch nicht alles verarbeitet.«

»Es ist eine Ewigkeit her.«

»Das heißt gar nichts.«

»Was ist mit dir?«

»Ich bin anders. Wir sind so unterschiedlich, Em. Andere Zwillinge sind identisch. Wir sind komplementär.«

Sie nickte, drückte sich tiefer in die Kissen.

»Also, wen verdächtigst du?«, wiederholte Eric seine Frage, die er bereits im Auto gestellt hatte.

»Alan«, sagte sie.

»Alan?«

»Dieser Typ. Du weißt doch.«

»Du wirst verstehen, wenn ich nicht ganz so detailliert über deine Männergeschichten im Bilde bin. Im Übrigen bewundere ich es ja, dass du dir immer noch alle Namen merken kannst.«

Sie reagierte auf diese Seitenhiebe schon gar nicht mehr. Eric übertrieb. Er tat so, als hätte sie jede Woche einen anderen. Natürlich wollte er sie gerade nur ablenken. Diese Sticheleien waren seine Art zu zeigen, wie sehr er sich um sie sorgte. Dann blies er sich immer auf. Ganz der große Bruder eben.

»Alan Collins, der Hacker.«

»Erinnere mich, bitte.«

Sie glaubte bemerkt zu haben, wie er ein leises Lächeln unterdrückte, und schoss zurück. »Wenn du deine herablassende Privatschul-Eliteuni-Staranwaltsattitüde für einen Moment lassen könntest? Danke. Der Typ, der mich stalkt. Weshalb ich eine neue Handynummer habe. Den ich überall im Internet blockieren musste. Du hast mir doch gezeigt, wie ich E-Mail-Adressen blockieren kann.«

»Oh, *der* Alan. Sorry, ich hatte seinen Namen vergessen. Oder verdrängt? Das liegt in deiner Männerzeitrechnung doch auch schon wieder Äonen zurück?«

»Haha.«

»Sag doch gleich: Der Typ, der an Weihnachten einen Berg von Paketen vor die Tür der Everetts gelegt hat, weshalb Tante Katherine das Bombenräumkommando rief.«

Die Everetts: So nannten sie die Familie ihrer Mutter: Katherine, die Tante. Frank, Katherines Ehemann. Vor allem aber: Patricia, die Großmutter der Zwillinge. Die Everetts lebten in Patricias großem Haus im West End. Sie arbeiteten alle drei für Patricias Bank, die Everett Privatbank.

Alan hatte irgendwoher gewusst, dass die Geschwister dort Weihnachten verbrachten, und tatsächlich zwei große Pakete vor der Tür abgestellt. Da kein Adressat aufgeführt war und Em nicht zugeben wollte, dass sie seit ein paar Wochen einen Verehrer hatte, den sie nicht loswurde, war Katherine zur Tat geschritten und hatte die Polizei antanzen lassen. Als Vorsitzende einer Privatbank war ihr Leben, so dachte sie, ständig in Gefahr. Das verstand man sofort bei Scotland Yard, und am Ende des Einsatzes war nichts in die Luft geflogen. Dafür hatten die Spezialisten der Polizei schöne Geschenke für ihre Kinder: Riesenteddybären und andere Plüschtiere.

»Genau. *Der* Alan. Er schnüffelt mir immer noch auf Facebook hinterher, natürlich unter falschem Namen, und ändert dauernd seine Identität auf Twitter.«

»Sicher?«

Sie trank ihr zweites Glas in einem Zug aus. »So sicher, wie man sein kann. Kaum hatte ich ihn geblockt, kam eine Freundschaftsanfrage von einem Donny Doyle oder so ähnlich. Habe ich nicht in meine Freundesliste genommen, aber er hat meine Aktualisierungen abonniert und hebt bei allen öffentlichen Postings den ›Gefällt mir‹-Daumen.«

»Ist doch nett.«

»Eric.«

»Klar. Okay. Also Alan, der Hacker, alias Donny, der ›Gefällt mir‹-Daumen, ist hinter dir her. Und er hat auch gleich deine neue Telefonnummer rausgefunden, er wusste, dass du heute in dem Gebäude sein würdest, er hat jemanden angeheuert, um die Klimatechnik zu manipulieren und diesen ganzen Stunt abzuziehen ... um sich an dir zu rächen? Weil du ihn bei Facebook geblockt hast?«

»Wenn du es so sagst, hört sich das ziemlich blöd an.«

»Vielleicht ist die Idee einfach auch nur ziemlich blöd.«

»Hey, dieser Typ kann alles mit Computern machen, ehrlich. Der hackt sich in jedes System rein!« Sie registrierte erstaunt, dass sie bereits angetrunken klang. Und dass die provokante Art, wie er mit ihr sprach, sie nicht etwa belustigte wie sonst. Im Gegenteil. Sie spürte, wie sie wütend auf ihren Bruder wurde.

»Kurze Zwischenfrage: Woher wusste er, dass du einen Termin bei Kimmy Rasmussen hattest?«

Em schwieg. Hob die Schultern. Starrte in ihr leeres Weinglas.

»Siehst du.«

Sie schlug mit der flachen Hand auf den Couchtisch. »Vielleicht hat er sich in meinen Onlinekalender gehackt. Was weiß denn ich? So ein Stalker recherchiert alles. Und wir speichern alles ab, oder nicht?«

»Ist er dir mal gefolgt, so in echt? Hast du ihn in diesem Jahr schon gesehen? In den letzten paar Wochen vielleicht?«

»Als ich vor drei Wochen in Brighton war ...«

»Ich dachte gestern?«

»Da auch. Aber als ich vor drei Wochen schon mal in Brighton war, hat er mir eine Nachricht geschickt: *Viel Spaß in Brighton.* Keiner wusste davon.«

»Außer deinem Lover, nehme ich an.«

»Genau. Das heißt, Alan hat sich in meine Mails gehackt und liest alles mit, was ich schreibe, oder?«

»Du musst nur irgendetwas auf Facebook gepostet haben, und schon zeigt es an, wo du dich gerade befindest. Du schreibst was über das Wetter, und da steht automatisch: ›in der Nähe von Brighton‹. Kann es so nicht gewesen sein?«

»Wenn ich in Brighton gewesen bin, habe ich nie irgendetwas online gemacht. Aus genau diesem Grund.«

»Du kennst die Ehefrau?«

»Sie kennt mich.«

»Ich frage besser nicht weiter.«

»Nein.«

»Aber du denkst, dass Alan deine Mails liest?«

»Könnte doch sein.«

»Daher wusste er, dass du heute bei Kimmy sein würdest, und deshalb hat er das alles veranstaltet, um dir zu schaden?«

Sie hob die Schultern.

»Ich bin nicht sehr davon überzeugt«, sagte Eric.

Em ließ sich zurück in die Sofakissen sinken. »Wer weiß denn schon, was in so einem vor sich geht. Ich meine, es ist wochenlang kein Tag vergangen, an dem er mich nicht mit Nachrichten bombardiert hätte. Und jetzt so eine krasse Aktion, für die man wissen muss, wie man sich in irgendwelche computergesteuerten Systeme hackt. Das kann doch nur ...«

Erics Telefon klingelte. Er warf einen Blick auf das Display, wies den Anrufer ab. Sie sah ihm an, dass er lieber drangegangen wäre. Sie sah ihm auch an, dass er etwas vor ihr verheimlichte. Das ganze Gerede, Zwillinge seien sich so nah und wüssten alles über den anderen – völliger Unsinn. Natürlich war der andere Zwilling der Mensch, den man am längsten im Leben kannte. Aber irgendwann trennten sich die Wege, emotional, räumlich, wie auch immer, und nein, Gedankenlesen oder Gefühle erspüren, das gab es nicht, jedenfalls nicht zwischen ihnen. Em hatte nicht die leiseste Ahnung, wer ihren Zwillingsbruder so spät am Abend auf dem Handy anrief.

Er tippte rasch eine SMS. Dann nahm er den Faden wieder auf. »Ich glaube, dass diese ganze Sache weder etwas mit dir noch mit deiner Freundin zu tun hat. Warten wir ab, was die Kriminaltechnik sagt, aber meinem Gefühl nach hat es nur durch Zufall dich erwischt.«

»Und Kimmy ist auch *nur* ein Kollateralschaden? Wie beruhigend. Dann ist es ja nicht so schlimm, dass sie tot ist.« Sie schmetterte ihr Weinglas auf den Boden. Es zerschellte auf dem Parkett, das noch so jungfräulich wirkte wie an dem Tag, als sie hier eingezogen waren. Nur wenige Wochen nach Fertigstellung des Hochhauses. Die kleinen Scherben flogen bis zur Küchenzeile am anderen Ende des großzügigen Raums.

Eric rührte sich nicht. Er wartete ab. Irgendetwas war anders an ihm, und es fiel Em erst jetzt auf. Lag es an dem Anruf, den er nicht angenommen hatte? Hatte er ihretwegen eine Verabredung absagen müssen und war jetzt sauer?

Em legte den Kopf in den Nacken und rieb sich mit beiden Händen die Schläfen. »Scheiße«, sagte sie.

»Besser?«

»Nein.«

»Du könntest es mit Weinen versuchen. Ich habe gehört, das hilft. Jedenfalls den meisten Leuten.«

Sie warf den Kopf nach vorne und starrte ihn böse an. »Kann es sein, dass du heute scheißzynisch bist?«

»Ich bin nicht zynisch.«

»Dann nur selbstgerecht und aufgeblasen? Was hab ich dir getan?«

Er stand vom Sessel auf, ging zum Besenschrank und nahm Handfeger und Kehrschaufel heraus. Als er die Scherben beseitigt hatte, richtete er sich auf und sagte ruhig: »Du hast vor einem Jahr gefragt, ob du für eine Weile mit mir zusammen hier wohnen kannst, und ich habe Ja gesagt. Eine Weile. Ich dachte, du meintest ein paar Wochen. Aber jetzt bist du immer noch hier. Warum triffst du in deinem Privatleben keine Entscheidungen? Du kriegst beruflich doch auch alles hin. Wovor hast du Angst?«

Der krasse Themenwechsel überraschte Em. Sie suchte nach einer Erwiderung und schaffte nur ein lahmes: »Ich bin viel unterwegs. Ich bin irgendwie noch nicht dazu gekommen.«

»Such dir eine eigene Wohnung. Ich will das nicht mehr.«

Sie schüttelte den Kopf. »Was ist los, Eric? Hab ich irgendwas falsch gemacht? Ich meine, warum kommst du *jetzt* damit?«

Eric kippte die Scherben in den Mülleimer. Dann verstaute er Kehrschaufel und Besen und stellte sich neben den Sessel, in dem er vorhin gesessen hatte. »Ich komme bei dir nicht mehr mit. Ständig ist irgendein Drama. Mit irgendeinem Mann oder wegen deines Jobs oder ...«

»Eine Freundin ist heute *gestorben.* Vor meinen Augen.« Em trat gegen den Couchtisch.

»Ja. Genau. Und was tust du? Du weinst nicht mal. Die höchste Gefühlsregung ist, dass du Scherben machst und ...«

»Hast du Angst um deinen Parkettboden?«

»Du machst ein paar Scherben und ein bisschen Lärm, aber warum tust du immer so ... ungerührt? Zu cool, um zu trauern? Ist Aggression das Einzige, was du noch rauslassen kannst?«

Sie schnappte nach Luft. »Du weißt genau, dass ich ...«

Eric fiel ihr ins Wort. »Wir sind jetzt dreiunddreißig. Langsam muss man gewisse Dinge auch mal hinter sich lassen.«

»Ach ja? Eben hast du noch gesagt ...«

Aber er hatte sich längst umgedreht und war in sein Schlafzimmer gegangen. Mit dem dumpfen Geräusch moderner Schalldämmung fiel die Tür hinter ihm ins Schloss.

Em stand auf und holte ein neues Weinglas. Sie goss sich den gesamten Rest der Flasche ein und trank das Glas aus. Der schwere Rotwein zeigte Wirkung. Sie ließ sich auf dem Sofa zurücksinken und schloss die Augen. Alan ... Wer sonst sollte dahinterstecken? Es gab niemanden, der Kimmy den Tod gewünscht hätte. Das war nicht der Zweck des Anschlags gewesen. So etwas konnte man außerdem nicht planen. Aber Em in Schwierigkeiten zu bringen – das war gelungen. Nicht ernsthaft. Eher wie eine Art Denkzettel. Em öffentlich bloßzustellen. An ihrem Ruf zu kratzen. Einen Skandal zu erzeugen.

Kimmy hatte nicht sterben sollen.

Aber Em war schuld an ihrem Tod. Ohne sie hätte Alan nie diese wahnsinnige Aktion durchgezogen. Ohne sie wäre Kimmy niemals in diese Situation gekommen, die ihre alten Ängste geweckt und sie in solche Panik versetzt hatte, dass sie ihren Verstand ausgeschaltet hatte und aus dem Fenster gesprungen war, in dem Glauben, sich dadurch zu retten ... Alan war Kimmys Mörder.

Em stand vom Sofa auf. Sie schwankte, brauchte einen Moment, um sich zu fangen. Sie hatte eine Flasche Wein getrunken und kaum etwas gegessen, aber sie war absolut klar und wusste, was zu tun war.

7

Nämlich online zu gehen. Eric hatte einmal zu ihr gesagt: »Vor der Nutzung sozialer Medien sollte es eine Alkoholkontrolle für jeden geben.« Damit hatte er nicht sie gemeint, sondern sich auf Geschichten bezogen, die ihm Kollegen in der Kanzlei erzählt hatten. Eigene Geschichten. Die von Klienten. Oder von Freunden. »Dann würden die Leute nicht so viel Unsinn in die Welt setzen.«

Em hatte erwidert: »Und als Nächstes musst du Redeverbot in allen Pubs einführen.«

»Das ist was anderes«, hatte er behauptet.

Aber das stimmte nicht. Zwischen den Menschen hatte sich nicht viel verändert. Sie wollten vor allem geliebt werden. Jetzt eben im Internet. Sie schrieben auf Facebook über ihre Befindlichkeiten und präsentierten Fotos und stellten ihre Musik vor, damit ihre Freunde sagen konnten: *Gefällt mir*. Sie hatten Freunde, die keine waren, Freunde, die sie nicht wirklich kannten. Was daran sollte neu sein, oder anders? Nach wie vor war es eine große gesellschaftliche Ächtung, jemanden aus seinem Freundeskreis auszuschließen. Nicht teilhaben zu lassen. Die Reihen zu schließen. Nur nannte man es auf Facebook »entfreunden«. Manchmal war entfreunden so, als werfe man den Fehdehandschuh. Jemanden »blockieren« konnte man auch, dann wurde man für denjenigen in der virtuellen Welt unsichtbar. In der realen Welt allerdings nicht.

Was hatte sich also geändert? Dass sich die Daten leichter einsehen ließen? An Daten hatte man schon immer herankommen können, je nachdem, wie viel Aufwand man betreiben wollte und konnte. Aber die Gefühle – sie blieben dieselben, mit und ohne Internet. Die Sehnsucht nach Anerkennung. Nach Liebe. Das eitle Präsentieren, das unterwürfige Schmeicheln. Es mochte einfacher geworden sein, seiner Wut freien Lauf zu lassen. Im Schutz der Anonymität warf man mit Dreck, zeigte seinen Hass, kotzte endlich einmal aus, was einem schon lange auf der Seele lag.

Aber das war nicht wirklich neu. Es war nur ein bisschen anders.

Und anders als Eric gehörte Em zu denen, die man *early adopter* nannte: Leute, die von Anfang an dabei gewesen waren. Sie hatte die neuen Medien nicht einfach nur genutzt, sondern sie wirklich ausprobiert und sich ausgetobt. Sie hatte Phasen gehabt, in denen sie sich selbst Internetverbot erteilen musste, um überhaupt zum Arbeiten zu kommen, und sie hatte sich in den letzten Monaten auf ein paar wenige Plattformen beschränkt, um den Überblick zu behalten. Ihre Homepage pflegte sie selbst, ebenso ihre öffentlichen Accounts auf Twitter und Facebook, die sie zu Marketingzwecken eingerichtet hatte. Sie postete über ihre Veranstaltungen, stellte Probenfotos online, erzählte von ihrem vermeintlichen Alltag, gab sich nahbar, zog aber eine klare Linie zu ihrem Privatleben. Em wunderte sich über Menschen, die ohne Skrupel Fotos von ihren Häusern, ihren Kindern, ihren Autos online stellten und erzählten, wann sie wo im Urlaub waren und welche Schule ihre Kinder besuchten. Dazu war Em viel zu vorsichtig. Doch bei aller Vorsicht war es ihr nicht gelungen, einen Hacker fernzuhalten. Darauf war sie nicht vorbereitet gewesen.

Nun saß sie auf ihrem Bett, hatte ihren Laptop auf den Knien und dachte: Wenn du mir eine öffentliche Botschaft schickst, werde ich es auch tun.

Kurz darauf war auf ihrem Twitteraccount zu lesen:

ich weiß, wer das heute war. ich weiß auch warum.
#canarywharf

8

Anders als ihr Bruder hatte Em keinen Führerschein. Nicht dass sie in dieser Nacht noch hätte fahren können, dazu hatte sie zu viel getrunken. Aber grundsätzlich sah sie keine Notwendigkeit, in London ein Auto zu besitzen. Sie vermisste es nie. Man konnte nicht sagen, dass sie besonders gern die öffentlichen Verkehrsmittel nutzte. Auch nicht ungern. Eher leidenschaftslos. Sie hatte wahrscheinlich noch nie darüber nachgedacht, so wie man nicht darüber nachdenkt, ob man gern einen Bürgersteig entlanggeht. Man tut es einfach.

Den Liniennetzplan hatte sie im Kopf und könnte ihn, mit ein paar Unsicherheiten an den äußeren Rändern, jederzeit aufzeichnen. Sie nahm die Jubilee Line bis London Bridge, stieg um in die Northern, fuhr bis Stockwell, dann ein letztes Mal umsteigen in die Victoria, um eine Station weiter bis zur Endstation Brixton zu fahren. Das Umsteigen verlief ohne nachzudenken, und erst als sie in Brixton durch das Drehkreuz zum Ausgang ging, fiel ihr ein, dass sie gar nicht wusste, wo sie entlangmusste. Sie kannte nur den Weg zur Brixton Academy, weil sie dort manchmal Konzerte besuchte.

Brixton: The Clash hatten noch vor den Brixton Riots in den Achtzigerjahren den Song »Guns of Brixton« aufgenommen, der das Lebensgefühl der Gegend zu beschreiben versuchte. Im Zweiten Weltkrieg zerbombt, danach durch verstärkten sozialen Wohnungsbau weiter heruntergekommen. Afrikanisch-karibische Einwanderer wurden hier angesiedelt; Brixton galt als das schwärzeste Viertel Londons. Die Brixton Riots waren selbst noch in den Neunzigern durch das gewaltvolle Aufeinandertreffen weißer Polizisten und schwarzer Einwohner ausgebrochen. Es gab keine Hotels in Brixton und keine teuren Läden in der Brixton Road, der Einkaufsstraße. Die Gentrifizierung des Viertels hatte dennoch begonnen. Schleichend zwar und nicht so offensichtlich wie im Londoner Osten oder in anderen Südlondoner Stadtteilen. Aber sie war da. Der Brixton Market war als Touristenattraktion in jedem Stadtführer aufgeführt. Das Brixton Village galt als Ort für weiße Künstler und Kleingewerbler, die sich anderswo die Mieten nicht leisten konnten. Neue Cafés waren nach Schriftstellern benannt, weiße Studenten mit MacBooks hielten sich dort auf. Tänzer und Sänger, mit denen Em manchmal arbeitete, waren hierhergezogen, weil die Anbindung an die City schnell und gut war. Wie lange es wohl noch dauern würde, bis Brixton so angesagt war wie Notting Hill? Für Em klang Brixton noch immer nach den Riots. Mit den Bildern blutender Polizisten und brennender Läden war sie aufgewachsen. Bilder aus einer anderen Welt, von der anderen Seite des Flusses.

Den Weg zu Alan musste sie erst rekonstruieren. Wo sie damals entlanggegangen waren. An welche Gebäude sie sich erinnerte. An welche Details. Sie ging die Straße links hinunter, weil es ihr richtig vorkam. Em versuchte, sich an mehr zu erinnern. Ob der Name einer Seitenstraße ihr etwas sagte. Nach einigen Minuten drehte sie sich um und stellte fest, dass sie die ganze Zeit leicht bergauf gegangen war, ohne es zu merken. Nichts kam ihr bekannt vor. Aber es war auch nichts vollkommen fremd. Sie ging weiter, konzentrierte sich auf die Erinnerung, dachte an die Nacht mit Alan, die nun schon über drei Monate zurücklag.

Er arbeitete als Tontechniker bei einem Showevent, für das sie die künstlerische Leitung hatte. Erster Blickkontakt während der Proben, dann in den Pausen ein wenig reden. Auf der Premierenfeier, nach einigen Gläsern Champagner und Wein – in seinem Fall Bier und Whisky –, kamen sie sich näher. Er hatte nicht den ersten Schritt gemacht. Er hatte eher so gewirkt, als rechnete er damit, das Opfer einer Wette zu sein. Dabei sah er nicht schlecht aus. Alan war groß, hatte dunkle, melancholische Augen, ein vielleicht etwas zu weiches Gesicht, die dunklen Haare fielen ihm weit über die Augenbrauen und bildeten einen krassen Gegensatz zu seiner hellen Haut. Im Look eine Mischung aus Brit-Pop und Nerd, im Auftreten schüchtern, unsicher, scheu. Jemand, der versuchte, die Aufmerksamkeit eher von sich abzulenken, als sie auf sich zu ziehen. Eine verletzliche Seele, ein Abgrund, den viele als Schwäche deuteten. Em fand ihn anziehend.

In den frühen Morgenstunden hatte Alan erstaunt auf die Uhr gesehen und gesagt: »Ich hab gar nicht gemerkt, wie die Zeit vergeht.«

Es war offensichtlich, dass er nicht häufig Partys besuchte. Sie fragte ihn, ob er direkt nach Hause wolle. Teilte ihm mit, dass sie ihn begleiten würde. »Irgendwo gibt's doch bestimmt noch was zu trinken. Hier trocknet die Bar langsam aus.« Und als er sie nur verständnislos ansah, schob sie nach: »Vielleicht bei dir zu Hause?«

Er hob die Schultern, als hätte er sie immer noch nicht richtig verstanden, und um ihm die Entscheidung zu erleichtern, küsste sie ihn.

Sie konnte nicht leugnen, eine romantische Ader zu haben, auch wenn sie für die Dinge, die gemeinhin als romantisch galten, nicht viel übrig hatte. Hätte Alan Kerzen angezündet und sanfte Musik gespielt, sie wäre auf der Stelle aus seinem Zimmer verschwunden. Damit, dass er wie in Schockstarre neben ihr verharrte, als sie eine Weile später nackt auf seinem Bett lag und die Bildschirme auf seinem Schreibtisch zählte, hatte sie nicht rechnen können, wirklich nicht. Auch nicht damit, dass er sich schließlich, als er die Sprache wiedergefunden hatte, lange darüber ausließ, welche Bedeutung zwischenmenschliche Beziehungen für ihn hatten und wie er den Einfluss einer sexuelle Ebene auf selbige generell einschätzte, um dann darüber zu sinnieren, welche Form des Zusammenseins er sich mit Em vorstellte.

Dies war nicht die Art Vorspiel, mit der Em umgehen konnte, und sie war überzeugt, dass man ihre Reaktion, sich anzuziehen und gehen zu wollen, durchaus als mehrheitsfähig bezeichnen konnte, was erklären würde, warum ein hübscher, intelligenter Junge wie Alan keine Freundin hatte. Geschweige denn nennenswerte Erfahrung mit Frauen.

Alan war ihr hinterhergelaufen und hatte versucht, sie aufzuhalten. Bis zur Straße war sie gekommen, als er sie packte und zum Stehenbleiben zwang. Der Druck seiner Hände war so stark, dass Em blaue Flecken bekommen hatte.

»Hab ich was Falsches gesagt?«, fragte er.

»Wonach sieht das wohl aus? Und lass mich los, du tust mir weh.«

Er hatte nicht gemerkt, wie fest sich seine Finger um ihre Arme gekrampft hatten. Erschrocken ließ er sie los. »Tut mir leid, ich wollte dir nicht wehtun. Wirklich nicht.«

Sie rieb sich die Arme. »Ich bin weg. Lass mich in Ruhe.« Sie drehte sich um und ging weiter.

»Em, was hab ich denn getan? Wir können doch über alles reden. Hab ich dich beleidigt?«

Vielleicht war es der entscheidende Fehler gewesen, in diesem Moment zu zögern, stehen zu bleiben, ihm zu antworten. Mitleid war kein gutes Gefühl, für niemanden. Es hatte immer etwas Herablassendes. »Hör zu. Ich dachte, wir hätten einen schönen Abend. Und dann hältst du mir einen Vortrag, als ginge es darum zu heiraten.«

Er nickte stumm.

»Alan, das ist ein bisschen ... viel. Das kann man nicht machen.«

»Ich will doch nur, dass du weißt, wie ernst ich es meine.«

Sie schüttelte den Kopf. »Ich dachte, wir haben ein bisschen Spaß zusammen. Und dann sehen wir, was daraus wird«, log sie.

Er sah enttäuscht aus.

»Sorry. Ich geh jetzt besser.«

Wieder packte er sie, diesmal am Handgelenk und mit nur einer Hand, aber sehr viel fester als zuvor. Em rührte sich nicht, aus Angst, er könnte ihr den Unterarm brechen. So viel Kraft hatte sie ihm nicht zugetraut.

»Du hast doch *mich* angesprochen«, sagte er leise.

»Ja. Hab ich. Lässt du mich bitte los?« Sie sprach so ruhig, wie es ihr möglich war.

»*Du* hast mich angesprochen, und *du* hast gesagt, du willst mit zu mir nach Hause. *Du* hast mich geküsst. *Du* hast dich ausgezogen. Und jetzt gehst du einfach? Warum machst du das mit mir?«

»Noch mal: Ich dachte, wir hätten ein bisschen Spaß zusammen. Ganz normal. Lässt du mich los?«

»Ganz normal?« Er hielt sie noch immer fest.

»Ja, also ... Du weißt schon.«

»Em, ich liebe dich.«

Sie lachte. »Das kann nicht dein Ernst sein. Du kennst mich doch gar nicht richtig.«

»Ich weiß alles über dich. Ich ...«

»Wie, du weißt alles über mich?«, fiel sie ihm ins Wort. »Was soll das denn jetzt?«

Er sah zu Boden. »Ich dachte wirklich, dir liegt was an mir. Ich dachte, du meinst es ernst.« Der Druck an ihrem Handgelenk wurde stärker, und sie schrie vor Schmerz auf.

Zu diesem Zeitpunkt dachte sie zum ersten Mal daran, dass mit ihm etwas nicht stimmte. Aber nicht auf diese harmlos-ungeschickte Art, wie sie den Computernerds immer nachgesagt wurde.

Er ließ sie los, schob die Hände in die Hosentaschen und sah sie mit einem seltsam traurigen Blick an.

»Das hat wehgetan.« Em schüttelte ihr Handgelenk.

»Ja. Mir auch«, sagte Alan.

Sie hatte die Gelegenheit ergriffen und sich beeilt, von ihm wegzukommen. Nach ein paar Metern hatte sie bemerkt, dass er ihr nachging. Sie war die Straße hinuntergelaufen bis zu der Kreuzung, die sie auf die große Straße führte, die wiederum leicht abschüssig verlief und sie zum Bahnhof brachte. Alan hatte es irgendwann aufgegeben, ihr nachzugehen.

Als sie gegen sechs Uhr morgens zu Hause ankam und noch kurz ihre Facebook-Seite checkte, bevor sie sich ins Bett legte, hatte sie schon vier lange Nachrichten von ihm. Eine Entschuldigung (»Ich wollte dir doch nicht wehtun ... habe dich verschreckt ...«). Eine Liebeserklärung (»Als ich dich zum ersten Mal sah ... Dieser Kuss hat mich glücklicher gemacht, als ich es mir je vorstellen konnte ...«). Einen wütenden Ausbruch (»Mich so zu behandeln ... Dass es dir nicht leidtut?!«). Einen verzweifelten Aufschrei (»Bitte, lass uns noch einmal reden ... Ich liebe dich!«).

In dieser Art ging es noch ein paar Tage weiter. Seine Liebesschwüre wurden immer dringlicher, seine Wutausbrüche immer beängstigender.

Em blockierte ihn auf allen Kanälen und sorgte dafür, dass seine E-Mails sie nicht mehr erreichten. Er legte sich neue Identitäten zu und sendete Nachrichten von anonymen Mailaccounts. Sie versuchte, seine Nachrichten nicht zu lesen, tat es manchmal aber doch. Erschrak jedes Mal. Fühlte sich unwohl. Elend. Bis sie sich endgültig zwang, alles ungelesen zu löschen.

An die Adresse der Everetts, wo sie Weihnachten feierte, schickte er zwei große Pakete mit Stofftieren – die fast dem Bombenräumkommando zum Opfer gefallen wären. Sie erhielt sogar Briefe und Päckchen von ihm an Orten, an denen sie arbeitete. Er schien ihren Zeitplan genau zu kennen und immer zu wissen, wo sie war. Manchmal schickte er ihr ein Buch, von dem er glaubte, es könnte ihr gefallen. Oder USB-Karten, angeblich mit Filmen oder Musik. Natürlich sah sie sich nicht an, was auf den Karten drauf war. Wer konnte schon sagen, was sich daraufhin unerkannt auf ihrem Rechner installieren würde. Alan schickte Blumen, Wein, Eintrittskarten fürs Theater. Hin und wieder tauchte er in Restaurants oder Cafés auf, in denen sie sich mit jemandem verabredet hatte. Einen Tag nachdem sie Steve kennengelernt hatte, bekam sie eine Mail: »Dieser Mann ist nicht gut für dich. Er ist verheiratet.« Was sie längst gewusst hatte und was mit das Attraktivste an Steve war. So würde er nicht auf die Idee kommen, mit Em eine feste Beziehung eingehen zu wollen. Etwas, das Alan nicht verstehen würde.

Em versuchte weiterhin, Alans Zuwendungen zu ignorieren und keine Angst zuzulassen.

Erst vor drei, vier Wochen war es etwas ruhiger geworden. Möglicherweise war es die Ruhe vor dem Sturm gewesen.

Sie glaubte nicht, dass sich etwas geändert hätte, wenn sie zur Polizei gegangen wäre. Alan hatte ihr genug über sich erzählt: Er war zwar gelernter Tontechniker und hatte Jobs bei Konzerten und anderen Live-Veranstaltungen, war ansonsten aber leidenschaftlicher Hacker und verfolgte damit politische Ziele.

»Du willst die Welt retten?«, hatte sie mit hochgezogener Augenbraue gesagt, und er hatte genickt und von WikiLeaks und Geheimdienstakten und gehackten Servern bei Weltkonzernen angefangen, bis ihr ganz mulmig geworden war.

Deshalb wusste sie, dass keine gerichtliche Auflage weit genug greifen konnte, um ihn daran zu hindern, mit ihr Kontakt aufzunehmen. Es sei denn, sie führte ab sofort ein komplett geheimes Leben unter einer neuen Identität. Am besten offline. Und diese Macht über sie wollte sie ihm nicht zugestehen. Sie wollte normal weiterleben, als sei nichts geschehen. Schließlich schickte er ihr nur ein paar liebeskranke E-Mails, Briefe, Päckchen. Er näherte sich ihr nicht, wenn er sie sah, beobachtete sie nur aus der Entfernung. Meist nicht mal besonders lange.

Sie spielte Alans Verhalten herunter. Den Gedanken, er könnte ernsthaft krank sein, hatte sie vorsorglich ganz weit von sich geschoben. Seine gelegentlichen Drohungen, ihr eines Tages so wehzutun wie sie ihm, hatte sie vergessen wollen.

Was der Auslöser gewesen war, dass sich Alan ausgerechnet jetzt an ihr rächen wollte, konnte sie sich nicht erklären. Aber sie glaubte zu wissen, warum er es getan hatte: Er wollte sie zwingen, mit ihm zu reden, weil sie nie mehr auf ihn reagiert hatte. Offenbar hatte er beschlossen, ihr eine Nachricht zu schicken, die sie nicht mehr ignorieren konnte.

Wenn er also reden wollte – das konnte er haben.

Em hatte lange und hart an sich arbeiten müssen, um ihr explosives Temperament in den Griff zu bekommen. Erst einen Schritt zurücktreten, die Lage analysieren, dann zur Tat schreiten. Ruhig und überlegt. Jeder, der sie in den letzten zehn Jahren kennengelernt hatte, würde schwören, dass es so gut wie nichts gab, das Em aus der Ruhe bringen konnte. Ihren inneren Vulkan hatte sie stillgelegt. Doch seit sie gesehen hatte, wie Kimmy aus dem Fenster im fünfzehnten Stockwerk des Limeharbour Tower gesprungen war, brodelte es wieder unter der Oberfläche.

Und so hatte Em ihrer Wut auf Alan, der ihr nun schon seit Monaten nachstellte und ihr das Gefühl gab, keine Minute mehr unbeobachtet zu sein, nachgegeben und sich auf den Weg nach Brixton gemacht. Em konnte nur noch daran denken, Alan zu schlagen. Ihn, wenn es sein musste, an den Haaren zur nächsten Polizeistation zu schleifen. Ihm wehzutun. Sie hatte keine Angst vor ihm. Sie glaubte nicht, dass er wirklich vorgehabt hatte, jemanden zu verletzen.

Aber er hatte es getan.

Erst als sie nun langsam nüchterner wurde und die Seitenstraße suchte, in der Alan wohnte, fiel ihr ein, dass er möglicherweise gar nicht zu Hause war. Mit ihrem unüberlegten Tweet hatte sie ihn vorgewarnt. Er würde denken, die Polizei sei hinter ihm her, und abhauen. Vielleicht war er sich seiner Sache auch so sicher, dass er einfach nur abwartete, was als Nächstes geschah.

Em sah einen Wegweiser zur Brixton Windmill. Das sagte ihr etwas. Sie bog in die Seitenstraße ein, stellte dann aber nach zweihundert Metern fest, dass es hier nicht sein konnte. Zurück zur Hauptstraße, den leicht ansteigenden Hügel hinauf, bis das Hinweisschild auf das Gefängnis kam. Dort kam sie nicht weiter. Eine Schranke markierte den Anfang des Gefängnisgeländes. Sie drehte um, überquerte die Straße, versuchte es auf der anderen Seite, doch dort wirkten die Häuser recht bürgerlich und die Vorgärten gepflegt, zu gepflegt für das, woran sie sich zu erinnern glaubte.

Em suchte weiter. Im Zickzack ging sie die Straßen entlang, wieder zurück in die Richtung, aus der sie gekommen war, bis sie endlich ihr Ziel erreicht hatte: Alans Haus.

Hier war es. Hier stand das verkommene Reihenhaus, eingequetscht zwischen die anderen Häuschen. Sie alle hatten handtuchbreite, vernachlässigte Vorgärten. Einige davon dienten als Ablageplatz für Müllsäcke, andere beheimateten Sperrmüll, und in manchen standen Fahrräder, die nicht erkennen ließen, ob sie noch fahrtüchtig waren oder nicht. In wenigen der Häuser brannte Licht, und hinter den Fensterscheiben konnte man keine Zimmer ausmachen, die darauf schließen ließen, dass die Bewohner sich Mühe gaben, ein nettes Zuhause zu schaffen. An allen Gebäuden auf dieser Straßenseite hingen Transparente mit Aufschriften wie *Das ist unser Zuhause* und *Wir lassen uns nicht vertreiben*.

Das vordere Wohnzimmer in Alans Haus war hell erleuchtet. Sie klopfte an die Tür, und sofort hörte sie Schritte. Sie hatte Alan erwartet, weil sie vergessen hatte, dass er sich das Haus mit jemandem teilte. Deshalb wich sie erschrocken einen Schritt zurück, als sie vor einem hochgewachsenen Schwarzen stand, etwa Ende zwanzig, mit kurz rasiertem Haar. Ein junger Don Cheadle.

»Buh«, sagte er und klang belustigt.

»Sorry«, sagte Em. »Ich hatte Alan erwartet.«

»Du willst zu Alan?«

»Ich weiß, es ist spät. Aber ich muss mit ihm reden.«

»Wow.« Er nickte beeindruckt. »Da denkt man, es gibt

Telefon und Internet, und niemand macht sich mehr die Mühe, leibhaftig irgendwo zu erscheinen, und dann so was. Spät am Abend.«

Sie sah ihn ruhig an. »Ich hab dich wohl kaum geweckt.«

»Richtig. Ich sag Alan Bescheid. Warte hier.« Er bat sie nicht herein, ließ aber die Haustür offen, während er zur Treppe ging und nach oben brüllte: »Alan, eine Frau! Für dich!«

Sie konnte nicht verstehen, was Alan antwortete.

Sein Freund lachte. »Nein, ich verarsch dich nicht.«

Wieder Gemurmel von Alan.

»Groß, *weiß*, schwarzer Ledermantel, kurze Haare, Oberschichtenakzent, dein Alter, und nein, sie will kein Geld.« Mit einem Grinsen wandte er sich Em zu und sagte entschuldigend: »Er hat nie Besuch.«

»Danke fürs Jünger-Schätzen«, sagte Em trocken.

»Nicht sein Alter?«

»Älter.«

»Und du willst wirklich zu Alan? Keine Verwechslung?«

Alan kam die Treppe heruntergepoltert. Als er Em sah, blieb er stocksteif stehen.

»Okay. Tatsächlich«, sagte Alans Mitbewohner.

Em sagte: »Hast du meine Nachricht bekommen?«

Stumm schüttelte er den Kopf. Er wirkte viel jünger, schmaler, verwundbarer, als sie ihn in Erinnerung gehabt hatte.

»Willst du sie da draußen stehen lassen? Es ist noch nicht so richtig Frühling«, sagte Alans Mitbewohner.

Alan nickte nur verwundert, was sein Freund als Einverständnis dafür nahm, Em hereinzulassen. Er streckte ihr die Hand hin und sagte: »Ich bin Jay.«

»Em«, sagte sie und nahm seine Hand nicht. »Ich will allein mit ihm reden.«

Jay hob entschuldigend die Hände und verschwand ins Wohnzimmer.

»Was gibt's?«, fragte Alan und zog nervös an seinen Fingern. »Hast du meine Mails gelesen?«

»Ich lösche deine Mails ungelesen.«

Er schüttelte heftig den Kopf. »Nein, nicht ... nicht diese Mails. Ich meinte, in den letzten ... drei Wochen?«

»Ich sagte, ich *lösche* deine Mails.«

Aus dem Wohnzimmer drang Jays gut gelaunte Stimme: »Wenn ihr euch *privat* unterhalten wollt, geht aus dem Flur raus, ich verstehe jedes Wort!« Dann ertönte laute Musik. Em hatte selten eine so diskrete Lärmexplosion erlebt.

Sie sah Alan fragend an. Bemerkte, dass ihr Ärger verflogen war, weil sie den Alan, der gerade vor ihr stand, nicht mit der Person zusammenbringen konnte, die sie für fähig gehalten hatte, einen Anschlag auf ein Bürogebäude zu verüben und dabei mehrere hundert Menschen in Gefahr zu bringen, den Tod eines Menschen in Kauf zu nehmen, nur um sie öffentlich bloßzustellen. Andererseits ...

Er ging voran in die Küche und zeigte auf einen Hocker. »Willst du, ähm, etwas trinken?«

»Alan, ich bin hier, weil ich wissen will, warum du das getan hast«, sagte sie und fühlte sich im selben Moment schrecklich müde.

»Du hast meine Mails *doch* gelesen?«

Sie sah ihn an. Er stand gegen den Kühlschrank gelehnt

und zupfte wieder an seinen Fingern herum. Seine Augen leuchteten, und Em fragte sich, was es mit diesen Mails wohl auf sich hatte. Offensichtlich hatte sie etwas verpasst. Hatte er sein Attentat angekündigt? Sie beschloss, auf das Spiel einzugehen.

»Na ja«, sagte sie vage. »Nicht alle.«

»Aber es geht dir gut, ja? Wegen dieser Sache im Limeharbour Tower. Dir ist heute Mittag nichts passiert?«

»Nein. Ich bin okay.«

»Puh. Ich hatte wirklich Angst um dich. Und das mit Kimberley Rasmussen ... wie furchtbar.« Er sah sie besorgt an.

»Ich verstehe einfach nicht, warum du das getan hast.«

»Was meinst du?« Er zog die Augenbrauen zusammen. »Ach so. Ja. Ich hab es wegen dir getan.«

»Ja, schon klar, aber ... hast du nicht daran gedacht, dass du andere Menschen in Gefahr bringst?«

Er nickte heftig. »Trotzdem. Manchmal muss es eben sein. Für ein höheres Ziel, also ...«

»Für ein höheres Ziel?«

»Weißt du«, sagte er, jetzt ganz eifrig, und seine Unsicherheit schien vollkommen verflogen. »Diese Dinge sind sehr kompliziert und müssen über lange Zeit geplant werden. Irgendwann kommt dann der Punkt, an dem man nicht mehr aussteigen kann. Und ich fürchte, dieser Punkt ist jetzt da. Es wird auch für dich gefährlich.« Wieder nickte er heftig und sah sie dabei eindringlich an.

Er drohte ihr. Stand dort an den Kühlschrank gelehnt, bot ihr etwas zu trinken an und drohte ihr. Während sein Mitbewohner nebenan Musik hörte.

»Ich habe mit meinem Bruder über alles gesprochen«, sagte sie. »Eric. Hab ich dir von ihm erzählt? Er ist Anwalt. Er weiß Bescheid.«

»Natürlich weiß ich, wer Eric ist. Glaubst du, dass das eine gute Idee war?«, fragte Alan, blinzelte, und Em wurde übel.

»Er weiß Bescheid«, wiederholte sie.

»*Ihm* vertraust du also.«

»Ja.«

Alan schüttelte den Kopf. »Wart ihr schon bei der Polizei?«

»Nein, ich ...«

Sein Blick war jetzt hochkonzentriert. Em merkte zu spät, dass sie einen Fehler gemacht hatte. Sie hätte sagen müssen: Ja, auch die Polizei weiß Bescheid. Draußen steht ein Streifenwagen und wartet darauf, dass ich heil rauskomme. Oder so ähnlich.

»Das ist gut«, sagte Alan ruhig. »Denen kann man nicht trauen. Und außerdem, ich bin noch nicht ganz fertig. Ich brauche noch ein, zwei Tage.« Er strich sich die Haare aus den Augen. Sie fielen sofort wieder zurück. Sie sahen aus, als hätte er sie seit Monaten nicht mehr schneiden lassen. Aus Nachlässigkeit, nicht etwa aus modischen Erwägungen.

Sie wusste nicht, wie sie damit umgehen sollte: Alans krankes Verhalten, sein offenkundiger Wahnsinn ... Er hatte ihr gedroht. Er hatte gesagt, sie sei in Gefahr und dass er noch ein, zwei Tage brauche. Dass sie nicht zur Polizei gehen solle, weil man der nicht trauen kann.

Sie überlegte. Wenn sie wegrannte, würde ihn das wütend machen. Sie war schon einmal vor ihm weggerannt, jedenfalls könnte er es so auslegen. Sie könnte seinen Mitbewohner um Hilfe bitten. Allerdings ging keine direkte Bedrohung von Alan aus. Er hatte kein Messer in der Hand, und alles, was er gesagt hatte, konnte er leugnen oder umdeuten. Abgesehen davon war ihr nicht klar, wie gut Alan und sein Mitbewohner sich kannten. Am Ende war dieser Jay genauso verrückt. Also musste sie eine andere Strategie wählen. »Alan, pass auf, ich bin gerade entsetzlich müde. Es ist sehr wichtig und interessant, was du sagst. Ich fahre jetzt nach Hause und lese noch einmal in Ruhe deine Mails durch. Einverstanden?«

Er machte einen Schritt auf sie zu. »Du kannst sie auch hier lesen. Ich kann dir ... ich kann sie dir ausdrucken, wenn du nicht am Bildschirm lesen magst. Manche Leute lesen ja lieber auf Papier.« In demselben Tonfall hätte er auch sagen können: Manche Leute tanzen gern nackt durch Maisfelder. »Willst du nicht doch etwas trinken, wenn du noch länger bleibst?«

»Oh, vielen Dank, aber ...« Sie improvisierte. »Mein Bruder wartet draußen im Auto auf mich, und ... er muss morgen früh raus. Okay?«

»Ich weiß nicht, ob das so eine gute Idee war, Eric alles zu erzählen«, sagte Alan kopfschüttelnd.

»Dann sage ich ihm ab jetzt einfach nichts mehr, einverstanden?«

»Das ist besser. Für dich.«

»Wie du willst.« Sie stand auf und ging rückwärts aus der Küche, ohne Alan aus den Augen zu lassen. »Mach dir keine Umstände, ich finde allein raus.«

Als sie die Haustür hinter sich zugeschlagen hatte, rannte sie die Straße entlang zur Hauptstraße. Sie hatte Glück, ein Taxi kam vorbei und nahm sie mit.

Es war eine schwachsinnige Idee gewesen, Alan allein zu konfrontieren. Sie hätte abwarten und der Polizei von ihrem Verdacht erzählen sollen. Sie war sogar ohne Telefon losgegangen. Wenn das Taxi nicht vorbeigekommen wäre, sie hätte sich nicht mal eins rufen können. Was, wenn Alan ihr gefolgt wäre?

Em drehte sich um und sah durch die Heckscheibe. Eine immer kleiner werdende Gestalt stand regungslos mitten auf der Straße. Schnell sah sie wieder nach vorne. Sie waren schon fast auf Höhe der U-Bahn-Station, als Em fragte: »Wie heißt diese Straße hier eigentlich?«

»Oh, das ist der älteste Teil von Brixton. Vor zweihundert Jahren gab es hier die ersten Häuser. Sonst nur Sümpfe und Felder«, sagte der Fahrer. »War dann irgendwann sogar ne gute Gegend, aber das ist lange her. Da erinnert sich keiner mehr dran. Wie die Straße heißt? Wie der Hügel. Wir sind auf dem Brixton Hill.«

9

Zurück auf der Isle of Dogs und mit dem Fahrstuhl in die Wohnung im einundzwanzigsten Stock des Isle Tower, der vor einem Jahr am South Quay hochgezogen worden war und vor lauter Luxus und Komfort nur so schimmerte, Tag und Nacht. Den Laptop starten, um nach Mails zu suchen, die sie vor Tagen, vor Wochen in den Papierkorb verschoben hatte.

Alle unwiderruflich gelöscht. Keine einzige ließ sich auffinden.

Keine einzige.

Em ging auf Facebook und durchsuchte dort die Nachrichten. Donny Doyle, von dem sie glaubte, dass Alan dahintersteckte, hatte ihr nichts von Belang geschrieben. Auch auf Twitter: keine Nachrichten, die von Alan sein konnten. Sie würde nie erfahren, was er ihr geschrieben hatte. Es sei denn, sie fragte ihn.

Vielleicht hatte er seine Tat angekündigt. Vielleicht gab er Hinweise auf das, was er als Nächstes vorhatte.

Ich bin noch nicht ganz fertig. Alans Worte.

Sie hätte seine Scheißmails lesen sollen. Oder wenigstens aufheben. So hatte sie nichts in der Hand, wenn sie zur Polizei ging.

Die Detectives könnten Alans Computer untersuchen lassen, aber was würde das bei jemandem wie ihm bringen. Er hatte ihr angeboten, die Mails auszudrucken. Sie hätte das Angebot annehmen sollen. Aber sie hatte Angst bekommen – vor dem blassen, schlaksigen Jungen, der ihr nicht einmal richtig in die Augen sehen konnte. Dabei hatte sie gedacht, dieses schwächende Gefühl überwunden zu haben. Em schämte sich, ärgerte sich, dass sie so feige weggelaufen war. Sie hatte alles nur noch schlimmer gemacht. Statt Beweise zu erhalten, dass Alan dieses ungeheuerliche Attentat wochenlang geplant und schließlich durchgeführt hatte, um ihre Aufmerksamkeit zu erlangen, war sie fortgerannt. Sie überlegte, wie sie die Polizei überzeugen konnte. Wenn sie sich jedoch vorstellte, wie sie jemandem wie DC Cox die Situation erklärte, war sie schon kurz davor, es sich anders zu überlegen.

Sie lag auf ihrem Bett, den Laptop auf den Knien, die Kleidung, die sie schon den ganzen Tag trug, noch nicht ausgezogen. Nur den Mantel und die Stiefel. Sie sah auf das Display. Halb drei. Unruhig klappte sie den Laptop zu und warf ihn neben sich, zog die Stiefel wieder an und verließ ohne Mantel die Wohnung. Mit dem Aufzug fuhr sie ins Foyer.

»Hey, Sanjay«, begrüßte sie den Nachtportier. »Haben Sie eine Zigarette für mich?«

»Für Sie doch immer, Ms Vine«, sagte er und strahlte. »Was dagegen, wenn ich mit rauskomme?«

»Wäre mir ein Vergnügen.«

Sie stellten sich in die Kälte und rauchten. Em rauchte nur sporadisch. Auf einer Party, nach dem Sex, einfach so. Aber nicht regelmäßig, nie zu Hause, nicht, wenn sie allein war. Ausnahmen bestätigten die Regel, natürlich.

»Wie läuft das Studium?«, fragte Em.

Sanjay war der Sohn indischer Einwanderer. Er hätte eigentlich das Restaurant seiner Eltern übernehmen sollen, sich dann aber mit Mitte zwanzig entschieden, dass er lieber Informatik studieren wollte. Mit seinen Eltern hatte es deshalb angeblich einen riesigen Streit gegeben. Nun jobbte er hier, statt bei ihnen im Restaurant. Em vermutete allerdings, dass der Streit mehr damit zu tun hatte, dass sich Sanjay weigerte, die Frau zu heiraten, die man ihm ausgesucht hatte. Dass Sanjay schwul war, war kaum zu übersehen.

»Gut, macht viel Spaß«, sagte er.

»Das freut mich.«

»Dieser Anschlag heute, haben Sie davon gehört?«

Em nickte. »Ich war sogar dabei.«

Sanjay nickte nun auch.

»Na los. Fragen Sie mich«, sagte sie. »Sie haben doch bestimmt irgendwo gelesen, dass mich die Polizei mitgenommen hat.«

»Twitter«, gab er zu.

»Und? Was denken Sie?«

»Kann mir nicht vorstellen, dass Sie so einen Blödsinn machen.«

»Die meinten, ich hätte irgendwas mit meinem Smartphone ausgelöst.«

»Wie denn das?«

Sie atmete den Rauch tief ein. »Ich weiß es nicht. Die offenbar auch nicht. Haben Sie eine Idee?«

Er rauchte nachdenklich. »Mehrere. Wenn ich da ein paar Details wüsste …«

»Mal sehen, was ich von der Polizei erfahren kann.«

Sie rauchten eine zweite Zigarette.

»Meinen Sie, es war irgendein blöder Spaß, der gewaltig schiefgelaufen ist? So eine … flashmobartige Aktion? Es den Reichen in Canary Wharf mal zeigen?«, fragte Sanjay.

»Möglich. Aber ich habe da noch eine ganz andere Idee.«

Er sah sie neugierig an, aber als sie nicht weitersprach, fragte er auch nicht.

»Hat die Polizei eigentlich Öffnungszeiten?« Sie wusste jetzt, was sie zu tun hatte. Zu dieser Frau gehen, deren Namen sie vergessen hatte, und ihr von Alan erzählen. Sie hätte es längst tun müssen.

»Kommt drauf an, mit wem Sie sprechen wollen. Irgendjemand ist bestimmt immer da.«

Aber Em wollte nicht mit irgendjemandem sprechen, sondern mit DCI Palmer.

Sie hatte den Namen doch nicht vergessen.

Em war schon fast am Aufzug, als Sanjay etwas vor sich hin murmelte.

»Bitte?«

»Ach. Nichts. Es sind nur diese verdammten Anzeigen. Blinken einfach drauflos. In diesem Gebäude ist doch alles computergesteuert, und wenn es irgendwo eine Fehlfunktion gibt, wird sie hier angezeigt. Man kann nur nie genau sagen, ob man sofort etwas unternehmen muss oder ob es Zeit hat. Stichwort Bürozeiten. Vor ungefähr drei Wochen zum Beispiel blinkte es hier wie verrückt, und dabei war nur …«

»Wo blinkt es jetzt?«, unterbrach ihn Em. Sätze mit »Computer« und »Fehlfunktion« gefielen ihr gerade nicht.

Sanjay lachte. »Ach, das ist sogar bei Ihnen. Im einundzwanzigsten. Wir haben hier so eine Art Gebrauchsanweisung, könnte man sagen, und wenn ich das richtig sehe, dann ist nur eine Kleinigkeit mit der Sprinkleranlage ...«

Em war schon auf dem Weg in den Aufzug. Die Fahrt in den einundzwanzigsten Stock kam ihr episch lang vor, und sie musste daran denken, wie sie noch am selben Morgen mit einem Aufzug stecken geblieben war.

Dieser Aufzug blieb nicht stecken. Als sich die Türen endlich öffneten, roch sie bereits den Rauch. Es war keine Rauchpatrone. Sie konnte das Feuer hören.

Em schloss die Wohnungstür auf und prallte zurück. Hitze und Qualm schlugen ihr entgegen, und nur Sekunden später schlug der Feueralarm im Flur an. Die Sprinkleranlage wurde in Gang gesetzt.

Warum nicht in der Wohnung?

Em rief nach Eric, aber er antwortete nicht. Sie hielt sich Mund und Nase zu und betrat die Wohnung, kam aber nicht weit. Das gesamte Wohnzimmer stand in Flammen, die Möbel schmorten zusammen. Sie würde es unmöglich bis zu Erics Zimmer schaffen. Es sei denn ...

Es sei denn, sie ging über den Balkon, der einen Teil der Wohnung umlief. Bis zur Balkontür konnte sie es schaffen. Em rannte erst auf den Flur zurück, um Luft zu schnappen. Sie zog sich den Pullover aus, hielt ihn kurz unter den Sprinkler, drückte ihn sich auf den Mund und rannte zurück in die Wohnung. Sie schaffte es zur Balkontür. Sie lief bis zu Erics Zimmer, hämmerte gegen die Scheibe. Versuchte, hineinzusehen.

Eric lag im Bett und schlief. Er hörte sie nicht. Wenigstens war er in Sicherheit. Die Flammen hatten ihn noch nicht erreicht.

Sie schlug weiter gegen die Scheibe und rief seinen Namen. Verfluchte die gute Schallisolierung, von der Eric immer geschwärmt hatte. Warf sich mit aller Kraft gegen die Balkontür, die sie von ihrem Bruder trennte.

Dann sah sie, wie die Flammen an der Zimmertür fraßen. Von unten, von den Seiten. Er würde wach werden von dem Lärm, den das Feuer machte. Sie trommelte weiter mit beiden Fäusten gegen das Glas der Balkontür.

Eric blieb liegen und rührte sich nicht.

Weit unter sich hörte Em die Feuerwehrsirenen. Das hauseigene System war direkt mit der Feuerwehr verbunden. Blieb ein Feueralarm länger als dreißig Sekunden aktiv – so lange hatte man Zeit, ihn auszustellen, falls man heimlich im Gebäude geraucht oder die Weihnachtsgans zu lange im Ofen gelassen hatte –, wurde automatisch die nächste Dienststelle informiert. Sie würden nicht lange brauchen, um hier heraufzukommen.

Em schlug gegen die Scheibe und schrie weiter und trat gegen die Balkontür. Hielt dann inne, weil ihr etwas einfiel: Eric hätte durch den Feueralarm längst wach werden müssen. Ihr Bruder hatte keinen tiefen Schlaf. Aber nun lag er reglos im Bett. Während seine Schlafzimmertür in Flammen stand.

Sie rannte zurück, doch die Flammen hatten sich im Wohnzimmer bereits zu weit ausgebreitet. Sie kam nicht mehr in die Wohnung. Aber sie hörte Stimmen. Jemand rief laut nach ihr.

»Hier bin ich«, rief Em, rief es noch einmal, bis sie glaubte, eine Antwort zu hören. »Hier draußen! Auf dem Balkon!«

Eine Gestalt in Schutzkleidung und Helm kam durch den Rauch auf sie zugerannt. Em deutete in Richtung von Erics Zimmer und lief vor. »Er ist noch da drin!«, schrie sie. »Hören Sie mich? Er ist noch da drin! Mein Bruder!«

Die Gestalt, die ihr gefolgt war, nickte. Ein zweiter Mann erschien auf dem Balkon. Er hatte Werkzeug dabei, eine Axt, und bedeutete Em, zur Seite zu gehen. Bevor sie reagieren konnte, packte sie der erste an den Schultern und schob sie hinter sich.

Sie hörte Glas splittern und atmete erleichtert auf. Eric war gerettet. Sie rief seinen Namen, merkte, dass sie weinte. Erleichterung, Glück, alles zugleich. Eric rührte sich immer noch nicht. Er musste von dem Rauch, von den Dämpfen bewusstlos geworden sein. Die beiden Retter öffneten die Balkontür, packten Eric, trugen ihn raus auf den Balkon. In diesem Moment setzte die Sprinkleranlage in der Wohnung ein. Einer der Feuerwehrleute rannte zur vorderen Balkontür und verschwand in der Wohnung. Der andere zog seine Handschuhe aus und nahm die Atemschutzmaske ab. Sanitäter und ein Notarzt erschienen mit großen Koffern, hockten sich neben Eric und legten ihm eine Sauerstoffmaske an. Em klammerte sich am Balkongeländer fest und weinte hemmungslos.

Ihr Bruder. Fast hätte sie ihn verloren. Wie war das alles geschehen? Sie war nur zehn Minuten weg gewesen. Oder eine Viertelstunde. Sie hatte unten vor dem Haus geraucht, geredet, nachgedacht, und in der Zeit – hatte er etwas auf dem Herd angelassen? War eine Leitung defekt gewesen? Oder ...

Nicht Alan. Wie hätte Alan hier ein Feuer legen können?

Niemand war an ihnen vorbeigegangen, während sie draußen gewesen war. Aber Sanjay, der Portier, hatte etwas von computergesteuerten Systemen und Fehlfunktionen gesagt.

Alan.

Sie spähte nach unten, einundzwanzig Stockwerke tief. Sie fror. Die Lichter der Hochhäuser spiegelten sich auf der Wasseroberfläche der Themse. Der Fluss wirkte friedlich. Wie die ganze Stadt unter ihr.

Wirklich Alan?

Einer der Sanitäter legte ihr eine Decke um die Schultern. Wieder eine Decke, die zweite in vierundzwanzig Stunden, aber diesmal konnte sie sie gebrauchen. Sie stand auf dem Balkon des Hochhauses, in dem sie wohnte, es war Ende März, und sie war nur mit ihrem BH, einem kurzen Rock, Strumpfhose und Stiefeln bekleidet. Der Pullover lag klamm und zusammengeknüllt auf dem Boden. Auf ihm hatten sich Scherben der Sicherheitsverglasung gesammelt.

»Wie geht es ihm?«, fragte sie den Sanitäter. »Er war ohnmächtig, er braucht Sauerstoff, nicht wahr?«

Der Sanitäter sah sie an, ließ ihre Schultern, um die er die Decke gelegt hatte, nicht los.

Sie sah auf Eric, der dort mit der Beatmungsmaske lag, während drei Leute um ihn herum knieten. Sie sah durch die zerschmetterte Balkontür. Die Sprinkleranlage gab ihr Bestes. Das Feuer hatte sich nicht bis in Erics Schlafzimmer ausgebreitet. Im Wohnzimmer waren die Flammen eingedämmt. Die letzten Brandherde würden in wenigen Minuten erloschen sein.

»Wie geht es ihm?«, fragte sie den Sanitäter wieder, als sie sah, dass sich Eric immer noch nicht regte.

Der Sanitäter sagte nichts.

Der Notarzt nahm die Maske von Erics Gesicht.

Er drehte sich zu Em um, sah sie an und schüttelte den Kopf.

30. März 2013

10

Die wenigsten Stalker werden gewalttätig, sagen die Statistiken. Nur dass man nicht über Statistiken nachdenkt, wenn man gestalkt wird. Stalking beginnt schleichend und leise. Man bemerkt es erst, wenn es schon zu spät ist. Jemand schreibt Mails. Oder ruft an. Oder begegnet einem zufällig. Erkundigt sich bei Freunden. Weiß, wo man wohnt, und steht auch mal auf der gegenüberliegenden Straßenseite. Eines Tages ist die Grenze dann überschritten. Und diese Grenze definiert jeder für sich selbst, was es schwierig macht zu erkennen, wann es dazu kommen wird. Oder ob überhaupt. Wenn sie überschritten ist, gibt es kein Zurück. Für beide nicht.

Und so ist es auch mit der Angst. Anfangs denkt man noch: Es ist normal, Angst zu haben. Oder: Es geht auch wieder vorbei mit der Angst. Irgendwann hat sie sich ganz heimlich in einer Ecke im Gehirn festgesetzt, ganz tief und im Dunkeln, von wo sie ab sofort immer öfter hervorkriecht. Sie lässt sich nicht aufhalten. Die Angst wird zum ständigen Begleiter. Sie agiert aus dieser stillen, dunklen Ecke. Sendet Signale, dass es gleich wieder losgeht. Man lernt, die Signale zu erkennen, und man weiß, dass man nichts tun kann. Der Herzschlag verändert sich. Die Atmung wird schneller und flacher. Die Magennerven reagieren. Alle physischen Funktionen sind auf Flucht geschaltet. Adrenalin wird ausgeschüttet, zu viel davon. Aber fliehen geht nicht. Es gibt kein Wohin. Oft nicht einmal ein erkennbares Wovor. Ein Blumenstrauß, eine Mail, ein Anruf –

wie soll man sich da entziehen? Die Angst bekommt nicht, was sie dem Körper abverlangt. Sie will mehr. Aus Angst wird Panik. Panik lässt sich nicht kontrollieren.

Es sei denn, man lässt sich behandeln.

Dabei ist es der andere, der Unnachgiebige, der die Therapie bräuchte.

Manche Leute sagen: Geh hin und rede mit ihm. Das lässt sich doch klären.

Nichts lässt sich klären.

Diese Leute hatten noch nie Angst. Sie wurden noch nie gestalkt. Sie bekommen keine Magenschmerzen, wenn auf einem Briefumschlag kein Absender steht. Sie haben kein Herzrasen, sobald das Telefon klingelt und auf dem Display eine unbekannte Nummer angezeigt wird. Ihnen bricht bei dem Gedanken, die Mails zu checken und auf eine *dieser* Nachrichten zu treffen, nicht der Schweiß aus.

Solche Leute sagen: Na ja, Angst kenne ich auch ... wenn nachts komische Geräusche in der Wohnung zu hören sind ... oder im Treppenhaus das Licht ausgefallen ist, und jemand kommt einem entgegen ...

Aber das ist nicht dasselbe.

Angst hat eine Funktion für den Menschen: Bei Gefahr soll er zur Flucht bereit sein, gewarnt sein, geschärfte Sinne haben. Wenn sich die Angst verselbständigt, spielen Kopf und Körper verrückt. Und für jeden, der zuschaut, ist man verrückt.

Weil sonst niemand sehen kann, wovor man Angst hat.

Und selbst wenn – da ist immer noch die Statistik.

Es gibt keinen Grund für die Angst.

Heißt es.

Em und ihr Bruder Eric waren sich nie besonders ähnlich gewesen. Niemand hätte sie für Zwillinge gehalten, nicht einmal für Geschwister. Vielleicht wäre es anders gekommen, wäre ihre Mutter Ruth vor dreißig Jahren nicht einfach verschwunden. Em konnte sich nicht erinnern, an welchem Tag sie genau gegangen war, nur daran, dass sie eben auf einmal nicht mehr da gewesen war, ihr Vater aber immer viel von ihr sprach, wie um die Erinnerung wach zu halten. Echte Erinnerungen, die die Kinder an sie gehabt haben mochten, wurden überlagert von den steten Erzählungen des Vaters und formten sich zu einer unüberprüfbaren, neu gestalteten Konsensrealität. Ruth Vine existierte für ihre Kinder Emma und Eric nur noch virtuell. Ihr Vater Sebastian ging am Anfang sogar so weit, den beiden zu erzählen, ihre Mutter sei geschäftlich auf Weltreise, habe aber in der Nacht angerufen, um sich nach ihnen zu erkundigen. Oder ein Paket geschickt mit Geschenken (die er natürlich selbst besorgt hatte, wie sich später herausstellen würde). Mit Ruth Vine passierte das, was auch mit Weihnachtsmännern und Osterhasen passiert: Eines Tages wachten die Kinder auf und wussten, dass es sie nicht gab. Sie mussten sich nur noch überlegen, wie sie es ihrem Vater schonend beibrachten.

Bis sie zehn waren, wuchsen sie mehr oder weniger bei ihrer Großmutter Patricia im West End auf, weil ihr Vater viel unterwegs war. Sie hatten in dem großzügigen Stadthaus eine ganze Etage für sich, es gab Hausangestellte, und Geld spielte eine große Rolle. Nicht zuletzt, weil eben Patricia Everett eine der größten Privatbanken des Landes gehörte.

Ihr Vater, ein Architekt, hatte viel im Norden Englands zu tun. Er stammte aus der Gegend, hatte dort studiert und sich anschließend – auch wegen seiner Frau Ruth – eigentlich nach London orientieren wollen. Die meisten Verbindungen hatte er allerdings noch in seiner Heimat. Später schickte er die Zwillinge dort in Internate. Eric meldete er an der Durham School an, die auch er besucht hatte. Zu der Zeit war sie ausschließlich für Jungen zugänglich. Em kam an die Central Newcastle High School, eine reine Mädchenschule. Obwohl Durham und Newcastle nicht weit voneinander entfernt waren, sahen sich die Geschwister nur in den Ferien. Mit jedem Jahr wurden sie sich fremder. Als sie zum Studium nach London ging, fing er in Oxford an. Während dieser Zeit vergingen sogar Jahre, in denen sie sich nur an Weihnachten bei ihrer Großmutter begegneten. Bis vor drei Jahren ihr Vater starb und sie sich wieder öfter sahen. Um dann schließlich zusammenzuziehen.

Das Einzige, was sie als Zwillinge miteinander verband, war der Verlust ihrer Eltern, dachte Em manchmal. Sie wusste, dass sie ungerecht war, und sie wusste auch, woher es kam: aus Neid auf Eric. Sie mochten sich so weit gut verstehen, aber Em stand innerhalb der Familie stets in seinem Schatten. Immer die besseren Noten in den Fächern, auf die es angeblich ankam im Leben, immer der scheinbar Begabtere von den beiden, weil er nicht nur ein hervorragender Sportler, sondern auch noch internationale Wettkämpfe für seinen Debating Club gewann, immer der Liebling, der sich mit Leichtigkeit an sein Umfeld anpasste und von allen mit offenen Armen empfangen wurde.

Ganz anders als Em.

Als Em verstanden hatte, dass ihre Mutter nie mehr zu ihr zurückkehren würde, war die Angst zu ihrer ständigen Begleiterin geworden. Sie hatte Angst vor der Dunkelheit bekommen. Angst, allein in einem Raum zu sein. Angst, die Augen zu schließen. Angst, es könnte jeden Moment jemand durch die Tür kommen und ihr etwas Schreckliches antun. Angst vor Monstern unter dem Bett und Einbrechern und Fremden, Angst vor Tieren, vor Gewittern, vor Stürmen. Aber am schlimmsten war die Angst, nicht geliebt zu werden. Und die Angst, einfach zu sterben und nicht zu wissen, wo ihre Mutter war.

Doch schon als Kind hatte Em die Angst nicht zulassen wollen. Angst konnte man sich abtrainieren, wenn man nur früh genug damit anfing, und doch würde sie immer wieder einen Weg finden, sich in ihr Leben zurückzuschleichen. Mit dreizehn hatte Em unter schweren Depressionen gelitten. Tagelang hatte sie ihr Zimmer nicht verlassen, die meiste Zeit nur im Bett gelegen und keine Kraft gehabt, sich aufzuraffen. Die Angst war zurückgekommen und hatte sich auf ihre Brust gesetzt wie ein schweres Tier, bis sie kaum noch hatte atmen können.

Dem inneren Druck war sie mit Rasierklingen begegnet, mit denen sie sich die Beine aufgeritzt hatte. Nach einer intensiven Behandlung, erst durch die Schulpsychologin, dann durch einen dreimonatigen Psychiatrieaufenthalt, war es besser geworden, und Em hatte wieder gelernt, mit ihrer Angst umzugehen.

Alan Collins hatte es geschafft, die Tür zu dem dunklen Ort, an den sie die Angst verbannt hatte, aufzustoßen. Er hatte dafür gesorgt, dass sich ihre Freundin umgebracht hatte. Und er hatte ihren Bruder getötet. Dabei war er nur an ihr interessiert.

An ihrem Leben und an ihrem Tod.

11

Alles, was Em besessen hatte – ihre Kleidung, Möbel, ihr Computer, Papiere, Bücher, CDs, DVDs –, alles war in der vergangenen Nacht entweder verbrannt oder durch das Löschwasser zerstört. Sie besaß nur noch, was sie am Körper trug, und ihr Handy, das sie von der Polizei zurückbekam, bevor man sie nach Hause brachte.

Nach Hause, das bedeutete von nun an: zurück zu den Everetts. Nicht mehr nur zu Besuch, wie in den vergangenen Jahren ihres Erwachsenenlebens, sondern wie damals, als sie noch ein Kind gewesen war.

»Sie haben Glück im Unglück.« Die Beamtin am Steuer versuchte, Ems Blick über den Rückspiegel einzufangen. »Manche Leute haben nach so einer Katastrophe niemanden mehr, zu dem sie gehen können.«

»Ich vermute mal, das ist aufmunternd gemeint«, sagte Em, und der mitfühlende Gesichtsausdruck der Frau verschwand.

Sie waren eben bei Scotland Yard losgefahren und passierten Westminster Abbey. Zwischen den Schultern der beiden Polizisten vorne tauchte Big Ben auf, und einen Moment lang lag das alte Wahrzeichen mit dem neuen, dem London Eye, auf einer Sichtachse, so als hätte man das Riesenrad um den großen Uhrturm herumgebaut. Es war sechs Uhr morgens an einem Samstag, und die dämmrigen Straßen warteten noch darauf, mit Fahrzeugen und Menschen belebt zu werden, während die Sonne nur zögerlich über den Horizont trat.

Der Beamte auf dem Beifahrersitz machte eine harmlose Bemerkung über das Wetter. Die Polizistin schwieg hartnäckig. Em fühlte sich daran erinnert, wie es bei den Everetts werden würde: Patricia, die alte große Dame, die spitzzüngig austeilte, Katherine, die ihrer Mutter mit stoischer Ruhe begegnete und über jede Kritik erhaben schien, Frank, der es allen recht machen wollte. Eine scharfsinnige, streng konservative, millionenschwere alte Dame und ein ebenso konservatives, kinderloses Workaholic-Ehepaar um die sechzig, das die Privatbank, die der alten Dame gehörte, führte.

Sie passierten Charing Cross und würden in wenigen Minuten die Henrietta Street im West End, gleich neben Covent Garden, erreicht haben. Normalerweise war es eine pulsierende, belebte Gegend: Theater, Clubs, Bars. Em wusste nicht, ob sie hier jemals zu dieser Stunde durch die Straßen gegangen war, die ihr nun einsam und fremd schienen.

Katherine und Frank warteten vor dem Haus auf sie. Sie waren vollständig bekleidet, als wären sie gerade aus dem Büro gekommen. Oder auf dem Weg dorthin. Em hätte sich wohler gefühlt, wären sie in Pyjamas und Bademänteln an die Tür gekommen, aber dann wären es andere Menschen gewesen, Fremde. Die sie vielleicht gern kennengelernt hätte.

»Der arme Eric.« Katherine ließ einen Schluchzer hören, auch wenn keine Tränen zu sehen waren.

Frank begrüßte die Polizisten und sprach kurz mit ihnen, während sich Tante und Nichte hilflos gegenüberstanden. Endlich erinnerte sich Katherine daran, was zu tun war, und umarmte Em.

»Du brauchst ein Bad«, sagte sie mit brechender Stimme. »Du riechst nach dem Feuer. Oh, der arme Eric.«

Jetzt weinte Em. Sie spürte Franks Arm, der sich um ihre Schultern legte, und ließ sich von ihm die Treppen hinaufgeleiten. Sie brachten sie in ihr altes Zimmer im zweiten Stock, wo das Bett gemacht und geheizt war. Verwundert nahm Em wahr, wie gut es ihr tat, dass sich hier nichts verändert hatte – alles war, wie sie es ihr Leben lang schon kannte. Die hellgrün gemusterten Tapeten, die dunkelgrünen schweren Samtvorhänge, die weiß gestrichenen viktorianischen Möbel, das am Kopfteil und Fußende reich verzierte Bett, der dicke Teppichboden, der jedes Geräusch zu schlucken schien.

»Schlaf dich aus«, sagte Katherine. »Wir sind heute zu Hause, wenn du etwas brauchst. Aber schlaf dich erst einmal aus. Der arme Eric«, wiederholte sie.

Em zog ihre Stiefel aus. Frank verließ diskret das Zimmer, Katherine reichte ihr einen Pyjama, der aussah, als hätte Em ihn vor zwanzig Jahren getragen.

»Wie konnte das nur passieren?« Katherine ließ sich auf einen Stuhl fallen und legte den Kopf in ihre Hände, während sich Em umzog und ins Bett legte. »Armer, armer Eric. Er hatte doch noch alles vor sich. So eine vielversprechende Karriere ... sein ganzes Leben ... nicht mal die große Liebe durfte er finden ...«

»Katherine, ich musste dabei zusehen«, sagte Em bitter.

Ihre Tante sah auf. »Und du konntest ihm nicht helfen?« Sie wartete nicht auf eine Antwort, sondern stand auf und verließ das Zimmer.

Der Moment, in dem sich Em in ihrem alten Zuhause geborgen gefühlt hatte, kam nicht mehr zurück. Als sie am Nachmittag aufwachte, wurde sie bereits von ihrer Großmutter erwartet, die ihre Trauer um den erklärten Lieblingsenkel hinter gereizter Geschäftigkeit verbarg, indem sie ihre Haushälterin pausenlos herumkommandierte. Sie fragte Em sogar noch am selben Abend: »Wann wirst du wieder zur Arbeit gehen?«

Em kannte die alte Dame gut genug, um nicht schockiert zu sein. »Bis zum nächsten Auftrag ist noch ein paar Wochen Zeit«, antwortete sie ruhig. »Ich muss nicht zur Arbeit.«

»An deiner Stelle würde ich hingehen. Das lenkt ab. Zur Beerdigung wird man dir natürlich freigeben.«

»Patricia« – so wollte ihre Großmutter genannt werden –, »ich bin selbstständig. Ich muss niemanden fragen, ob ich frei bekomme.«

»Musst du denn nicht ins Büro?«

»Ich habe kein Büro. Ich brauche nur Computer, Internet, Telefon. Für die Veranstaltungen bin ich sowieso immer woanders.«

»Du hast kein Büro?«

»Das weißt du doch.«

»Nein, das weiß ich nicht. Ich verstehe immer noch nicht, was du eigentlich tust. Wie arbeitest du denn?«

»Wie gesagt, ich brauche meinen Computer, Internet und ...«

»Du kannst mir ruhig die Wahrheit sagen, wenn du arbeitslos bist. Ich vertrage vieles, nur nicht, wenn man mich anlügt.«

»Ich *bin* nicht arbeitslos. Ich …« Sie fand keine Worte.

»Ja?«

»Nichts.«

»Zu meiner Zeit bedeutete eine freiberufliche Tätigkeit lediglich, dass jemand gerade keine Anstellung finden konnte.«

»Das bedeutet es heute nicht mehr.«

»Was tust du den ganzen Tag, wenn du kein Büro hast?«

Am liebsten hätte Em gesagt: »Seit wann interessiert dich das? Sonst hast du immer nur Eric nach seiner Kanzlei befragt und mich großzügig übersehen.« Doch sie sagte nur: »Akquise. Am liebsten beim Essengehen. Vorbereitung und Planung. Am liebsten, wenn ich im Bett oder auf der Couch liege. Allein, versteht sich. Proben und Durchführung. Am Ort des Geschehens. Ich brauche kein Büro.«

Ungeduldig sagte Patricia: »Ja, aber was machst du morgens nach dem Aufstehen?«

Em versuchte, ihre Fragen zu beantworten, und wünschte sich Eric als Vermittler, als Übersetzer. Als Bruder und Freund.

Sie litt unter den unkontrollierbaren Erinnerungsfetzen an die Nacht des Brands, an Erics Leiche, und in den Tagen direkt nach seinem Tod konnte sie kaum etwas essen, schlief dafür aber viel, wenn auch unruhig. Patricia sprach nicht über diese Nacht, und Katherine schien ihr aus dem Weg zu gehen. Sie machte Em offenbar tatsächlich für Erics Tod verantwortlich. Auch die offiziellen Berichte von Feuerwehr und Polizei konnten nichts an dieser Meinung ändern. Frank scheiterte wie üblich an seinen Vermittlungsversuchen.

Em konzentrierte sich darauf, der Polizei bei ihren Ermittlungen so oft wie möglich auf die Nerven zu gehen. Es war wieder DCI Palmer, die die Untersuchungen leitete, und Em rief sie jeden Tag auf ihrem Handy an, um zu erfahren, was es Neues gab, um zu fragen, ob sie irgendetwas tun könnte, um zu helfen. Sie betonte, man müsse sich um Alan Collins, Hacker und Stalker, kümmern, und Palmer versicherte ihr jedes Mal, dass die Ermittlungen auf Hochtouren liefen. Palmer sorgte außerdem dafür, dass Em von nun an keine Minute mehr allein war. Das Haus der Everetts in der Henrietta Street wurde von Polizisten bewacht, und jeder von ihnen bekam einen Beamten, der sie überallhin begleitete. Patricia verließ seit Jahren so gut wie gar nicht mehr das Haus, doch die Anwesenheit der Fremden stimmte sie bei allem Verständnis für die Situation missmutig.

Em ging nur einmal aus: um sich einen Laptop und ein paar Sachen zum Wechseln zu besorgen. Kaum hatte sie den Rechner eingerichtet, bestellte sie, was sie sonst noch benötigte, online. Sie war wählerisch, was ihre Kleidung betraf, auch wenn ihre Großmutter den Eindruck hatte, es sei ihr egal, was sie trug, Hauptsache, es war schwarz. Sie bestellte nur bei bestimmten Herstellern, von denen sie wusste, was sie zu erwarten hatte und dass ihr die Sachen passen würden. Ihr Stil war ein reduzierter Gothic-Look, manchmal in Anlehnung an Steampunk, beides nichts, von dem ihre Großmutter je gehört hätte. Sie wünschte sich für ihre Enkeltochter die Businesskleidung, die Katherine trug.

»Das bin ich nicht«, sagte Em, wenn die Sprache darauf kam.

Und in den Augen ihrer Großmutter konnte sie die Erwiderung ablesen, die nicht ausgesprochen wurde, weil darüber in diesem Haus nicht gern gesprochen wurde: Du bist wie deine Mutter.

Vier Tage brauchte sie, um den Albtraum wirklich zu begreifen und einzusehen, dass Eric tot war, und an Tag fünf rief sie wieder bei DCI Palmer an und fragte, ob es Fortschritte gab. Palmer bestätigte, dass sie mit den Ermittlungen gut vorankamen.

Em war wieder online, hatte aber seit dem Tod ihres Bruders nichts mehr von Alan gehört, was für sie nur ein weiterer Beweis dafür war, dass er etwas mit der Sache zu tun hatte. Wie er es im Einzelnen angestellt hatte, die Klimatechnik des Gebäudes, in dem sie und Eric gewohnt hatten, zu manipulieren, würde die Polizei herausfinden. Für Em gab es keinerlei Zweifel an Alans Schuld, und wäre es nicht schon einmal so katastrophal schiefgegangen, sie wäre wieder zu ihm gefahren und hätte ihn persönlich zu DCI Palmer geschleppt. Sie hatte keine Angst vor einer direkten Konfrontation mit ihm. Alan konnte nur etwas ausrichten, wenn er am Computer saß, um dort seine Befehle einzutippen. Sicher überwachte die Polizei längst seinen Rechner, und deshalb postete er nichts auf Facebook und schickte ihr auch keine Mails mehr. Aber sie würden ihm auf der Spur sein. Sie hatten die Technik und das Wissen.

Am Tag nach Erics Tod war sein Freund und Kollege Alex zu Besuch gekommen. Em wunderte sich nicht darüber, dass Katherine und Frank ihn mit offenen Armen empfingen. Er war der Sohn von Franks bestem Freund Robert Hanford.

»Dass du mich nicht gleich erkannt hast, nehme ich dir

ja immer noch übel«, sagte Alex mit einem wenngleich traurigen Lächeln.

»Wir haben uns jahrelang nicht gesehen, Alex«, sagte Em. »Wann warst du zum letzten Mal in den Ferien hier?«

Die Hanfords waren geschieden, und Em wusste noch, wie sehr Alex in jungen Jahren unter der Trennung von seinem Vater gelitten hatte. Es war ziemlich häufig Thema bei Katherine und Frank gewesen, wobei sie vermieden hatten, in diesem Zusammenhang den Namen von Ems und Erics Mutter in den Mund zu nehmen.

»Vor einer Ewigkeit, wirklich.«

»Da warst du noch viel zu jung, um interessant zu sein«, sagte Em mit einem ebenso traurigen Lächeln. Halbherzig setzten sie das Flirtspiel ihres Zusammentreffens fort, das bei Scotland Yard seinen Anfang genommen hatte. Als könnte es dabei helfen, ihre Trauer zu mildern.

Es half nicht.

»Wenn ich etwas tun kann«, bot Alex an und schaute in die Runde.

»Danke«, sagte Frank.

»Und wenn es euch recht ist, würde ich gerne ein paar Worte bei seiner Beerdigung sagen.«

»Sehr gerne«, sagte Katherine. »Wir wissen allerdings noch nicht, wann es so weit sein wird.«

»Sie untersuchen noch ... also ...«, stammelte Frank.

Alex nickte und legte ihm die Hand beruhigend auf den Arm. Er kam auch in den folgenden Tagen, um sich zu erkundigen, wie es ihnen ging.

Katherine und Frank umarmten und umsorgten Alex, als sei er der beste Ersatz, den sie für Eric bekommen könnten.

8. April 2013

12

Nach über einer Woche bekamen die Everetts die Nachricht, dass Erics Leichnam in Kürze freigegeben werden würde. Sie konnten mit den Vorbereitungen beginnen: eine große Trauerfeier bei den Everetts in ein paar Tagen und die Urnenbeisetzung im engsten Kreis, wenn es so weit war.

Em war froh, etwas zu tun zu haben, und weil sie nichts in den Nachrichten fand und nur knappe, aber zuversichtliche Statements von Palmer bekam, war sie mittlerweile überzeugt, dass es nur noch eine Frage der Zeit war, bis man alle Beweise gegen Alan gesammelt hatte, um einen wasserdichten Prozess zu führen.

Jono tauchte hin und wieder auf, um nach ihr zu sehen. Wenn Em ihn sah, war sie zwar immer der Meinung, dass sie sich um ihn kümmern müsste, denn Jono kam mit den Ereignissen überhaupt nicht klar und brach regelmäßig in Tränen aus, aber sie fand es rührend, wie er sich bemühte, ein guter Freund zu sein, und das, obwohl die beiden sich so gut wie gar nicht gekannt hatten, bevor ... Es schien in ihren Gesprächen nur diese zwei Zeitebenen zu geben: vor dem 29. März und danach. Weil Jono ein höflicher, gebildeter und offensichtlich aus gutem Hause stammender junger Mann war, nahm Patricia ihn sofort unter ihre Fittiche und verordnete ihm ein Praktikum in der Bank. Etwas, das er nie vorgehabt hatte, nun aber nicht ausschlagen konnte, weil er keine Ahnung hatte, wie er das tun sollte.

»Ich will gar nicht«, sagte er Em im Vertrauen.

»Wird dir schon nicht schaden«, sagte sie und raufte ihm die Haare.

»Ich bin keine fünf mehr.« Beleidigt sah er sie an und strich sich durch die Locken.

»Es wird nicht ganz so langweilig wie in der Buchhaltung.«

»Versprochen?«

»Ich rede mit meiner Tante. Eigentlich bist du ja alt genug, um das selbst zu übernehmen. Keine fünf mehr und so.«

Jono verzog das Gesicht. »Es geht mir nicht gut.«

»Es geht gerade keinem von uns gut, Jono.«

»Tut mir leid«, sagte er. »Ich weiß.«

Dass Alan immer noch nicht verhaftet worden war, wurde Em klar, als die Beamten, die für ihre Sicherheit abgestellt waren, nicht verschwanden. DCI Palmer hatte allerdings weniger Angst um Ems Leben als vielmehr darum, dass es jemand auf das Geld der Everetts abgesehen haben könnte und durch die Anschläge von der Privatbank hohe Summen erpressen wollte. Die Anschläge interpretierte sie als Drohungen, bei denen unglücklicherweise einiges schiefgelaufen war, wodurch sie jeweils einen tödlichen Ausgang genommen hatten. Em sagte ihr in so deutlichen Worten, was sie von diesem Ermittlungsansatz hielt, dass Palmer fast die Beherrschung verlor.

Kurz darauf rief Em noch einmal bei Palmer an, entschuldigte sich der Form halber und fragte: »Was ist jetzt mit Alan Collins? Geben Sie mir etwas Konkretes.«

»Okay. Dann hören Sie gut zu. Da gibt es nichts. Wir haben ihn überprüft.«

»Wie meinen Sie das, Sie haben ihn überprüft?«

»Sie wissen, dass wir Ihre Hinweise sehr ernst nehmen. Stalking ist eine Straftat, und wir ...«

»Konkret, bitte.«

»Hat er sich noch einmal bei Ihnen gemeldet?«

»Nein. Das würden Sie wissen, wenn Sie ihn überwachen. Sie sind gar nicht an ihm dran, richtig?«

Palmer zögerte. »Emma, hören Sie. Wir haben ...«

»Warum nicht? Er war es doch! Sie haben immer gesagt, dass Sie diesem Hinweis nachgehen!«

»Lassen Sie mich ausreden. Alan Collins wurde intensiv überprüft, und er hat allem Anschein nach nichts mit dem Tod Ihres Bruders zu tun. Auch nicht mit dem Anschlag auf den Limeharbour Tower.«

»Unmöglich. Dann haben Sie nicht richtig gearbeitet. Ich meine ... Im Ernst. Der Typ kann alles, wenn es um Computer geht.«

»Wir haben unsere Experten. Die hätten das herausgefunden.«

»Nein! Nein, er ist wirklich ... Er kann ... Also, er würde doch wissen, was er machen muss, damit man ihm nichts nachweisen kann!«

»Wir sind in diesen Dingen sehr gründlich. Es wäre nicht das erste Mal, dass jemand ...«

»Sie haben nichts gegen ihn in der Hand?« Em versuchte, nicht wieder zu schreien. »Nach über einer Woche sind Sie keinen Schritt weiter und haben immer noch nichts gegen ihn in der Hand? Übermorgen ist die Trauerfeier für meinen Bruder, und Sie haben *nichts*?«

»Nein, ich würde das etwas anders formulieren: Wir

sind uns sehr sicher, dass Mr Collins nichts mit den Anschlägen zu tun hat. Allerdings ermitteln wir auch noch …«

»Erst sagen Sie ›allem Anschein nach‹ und dann ›sehr sicher‹? Also was jetzt? *Ganz* sicher sind Sie sich nicht, oder?«

»Wir haben nicht den geringsten Hinweis gefunden, dass er …«

»Natürlich haben Sie das nicht!« Jetzt schrie sie Palmer an. »Natürlich nicht! Er ist ja nicht blöd!«

»Emma, er hat nichts …«

»Was wollen Sie jetzt tun? Mich ewig bewachen lassen, oder was?«

»Wir …«

»Er war's. Das wissen Sie genauso gut wie ich. Der Unterschied ist nur, ich brauche keine Scheißbeweise.« Em hörte noch, wie Palmer loslegte, etwas wie »Machen Sie keinen Unsinn« und »Ich warne Sie« zu brüllen, und legte auf.

Em stellte ihr Smartphone auf stumm, weil sie wusste, dass Palmer versuchen würde zurückzurufen. Nun musste sie sich nur etwas überlegen, um an den Polizisten vorbeizukommen und sich abzusetzen, bevor diese von ihrer Vorgesetzten gewarnt wurden und Anweisungen bekamen, sie nicht in Alans Nähe zu lassen – dabei sollte es eigentlich umgekehrt sein.

Allerdings kam Em nicht weit. Im Treppenhaus stellte sich ihr einer der Aufpasser in den Weg.

»Na, Langeweile?«, fragte er.

»Ich muss an die Luft.«

»Da kommen wir doch gerne mit. Irgendwelche Wünsche? Soll ich? Oder lieber unser Sam?«

Sam war sehr jung und noch nicht lange bei der Polizei. Vielleicht ließ der sich am leichtesten abhängen. »Wo ist Ihr Kollege? Unten? Machen Sie sich keine Umstände. Ich suche ihn.« Was sie nicht vorhatte.

»Sam? Junge? Hör mal«, rief der Ältere runter.

»Moment«, kam die Antwort aus dem Erdgeschoss.

Unbemerkt wegschleichen fiel also schon mal aus. Für einen Moment fühlte sich Em wie zu Internatszeiten, wenn sie sich nachts aus dem Schlafgebäude geschlichen hatte, um sich mit anderen Mädchen zum Rauchen im Park zu treffen. Sie ärgerte sich darüber, nicht gleich die Dienstbotentreppe genommen zu haben. Dort lungerten die Polizisten nämlich nicht dauernd herum.

»Er kommt gleich«, sagte der Mann, lächelte und rang sichtlich nach einem Small-Talk-Thema. »Der Kaffee, den Ihre Haushälterin kocht, ist übrigens ganz toll.«

»Das ist nicht meine Haushälterin«, sagte Em.

Er nickte. »Na ja, und das Wetter. Geht ja so langsam. Nicht mehr so kalt.«

»War ein langer Winter«, sagte Em, um ihm einen Gefallen zu tun. »Wissen Sie was, ich hab's mir anders überlegt. Ich geh später raus.«

»Ach, der kommt gleich«, sagte der Polizist. »Nicht so ungeduldig.«

»Mich muss wirklich niemand begleiten.« Ob Palmer ihnen schon gesagt hatte, dass sie sie nicht aus den Augen lassen dürften?

»Das macht der doch gerne.«

Die Polizisten lösten sich schichtweise ab, um Haus und Bewohner zu bewachen. Em hatte aufgehört, sich ihre Namen zu merken, weil ständig andere kamen. Auch die Bank wurde von der Polizei überwacht. Eine sichtbare Überwachung, hatte man angeordnet, um dem Attentäter zu zeigen, dass man vorbereitet war.

Nur dass der Attentäter unsichtbar war und blieb, und wie sollten Polizisten, die um eine Tür herumschlichen, jemanden aufhalten, der über das Internet in jeden vernetzten Winkel eindringen konnte?

Seit Erics Tod, seit sie wieder bei den Everetts wohnte, saßen Em, Katherine und Frank an fast jedem der kühlen Frühlingsabende zusammen am Kaminfeuer auf Ems Etage und tranken teuren Rotwein. Ihre Gespräche wiederholten sich, so auch am Abend zuvor. Em sagte, nicht zum ersten Mal: »Ich glaube nicht, dass die Anschläge der Bank gelten.«

Katherine und Frank widersprachen ihr mit ebensolcher Regelmäßigkeit.

»Da fallen mir aber spontan ein paar sehr gute Gründe ein, warum uns jemand an den Kragen will. Hingegen keiner, warum dich jemand tot sehen möchte. Abgesehen von diesem ... Collins, nicht wahr? Die Wahrscheinlichkeit, dass wir das Ziel sind, ist deutlich höher.«

»Dann nenn mir doch mal einen triftigen Grund. Erpressung kann es nicht sein, es gibt keine Forderungen. Erpresser melden sich in der Regel, sonst ergeben ihre Taten keinen Sinn.«

»Nun, man will vielleicht ein Exempel statuieren. Gegen die Oberschicht. Gegen den Kapitalismus.« Während Katherine sprach, spielte sie an ihrer Cartier-Armbanduhr herum. Unbewusst. »Wer sagt denn, dass diese Chaoten einen Grund brauchen? Vielleicht ist es die reine Lust an der Zerstörung.« Ihre Hand mit dezent lackierten, nicht zu langen Nägeln schloss sich um das andere Handgelenk und verdeckte dabei die Uhr.

»Ich glaube nicht, dass irgendwelche Terroristen dahinterstecken. Auch die hätten sich zu den Taten bekannt«, entgegnete Em.

»Man kann sich nie sicher sein, was hinter so einer Aktion steckt«, sagte ihr Onkel und räusperte sich.

Frank Everett sah dem britischen Premierminister David Cameron erstaunlich ähnlich und hätte als sein gealterter Doppelgänger durchgehen können. Seit Cameron an der Spitze der Regierung stand, betonte Frank noch die Ähnlichkeit, indem er sich ebenso frisierte und die grauen Haare tönen ließ. Em hatte sogar den Verdacht, dass Frank seitdem mehr auf sein Gewicht achtete und seine Garderobe nach dem jüngeren Staatsmann ausrichtete. Die Jahre, die er älter war, ließen sich allerdings bei aller Mühe nicht leugnen, und hin und wieder kam sein deutscher Akzent durch, besonders, wenn er aufgeregt war.

»Terroranschläge sind keine islamistische Erfindung des 21. Jahrhunderts«, fuhr Frank fort. »Die IRA bei uns, die RAF in Deutschland, die ETA in Spanien ... Der ganze linke Terror ...« Er starrte in sein Weinglas und schwenkte den Rest so heftig, dass er fast herausschwappte.

»Frank«, sagte seine Frau, »nicht wieder die Linker-Terror-Weltverschwörungstheorie.«

»Alan Collins hat doch keine politischen Ziele«, warf Em ein. »Er ist kein Terrorist. Er hat das entsprechende

Computerwissen, und er ist offenbar wahnsinnig genug, es anzuwenden. Mehr braucht es nicht.«

»Ich rede von Fakten, Katherine, und das ist keine Weltverschwörungstheorie. Wir haben ein Problem mit linkem Terror in Europa. Und zwar seit den Sechzigerjahren!« Frank ignorierte, was Em gesagt hatte.

»Ach, die IRA hat ihre Waffen abgegeben, und auf dem Kontinent haben sie nun auch gerade andere Probleme als ein paar Linke. Irgendwann bricht dieser ganze Eurowahnsinn zusammen«, sagte Katherine. »Eigentlich ist er das ja schon.«

»Die Occupy-Bewegung, was ist damit? Noch vor einem Jahr haben sie vor der Bank campiert.«

»Das sind Chaoten. Ich sage doch, dass Chaoten dahinterstecken. Wenn sie eine echte Mission hätten, gäbe es Bekennerschreiben. Wie Em schon gesagt hat.«

»Was weiß ich, wie sie heutzutage vorgehen. Können wir wirklich ausschließen, dass Eric das Opfer dieser selbsternannten Weltretter war, einfach nur, weil er ... in einer teuren Wohnung lebte? Oder Anwalt war? Oder ... unser Neffe?« Seine Stimme bebte, ganz so, als müsste er mühsam Tränen zurückhalten.

»Frank, ja, ich bin da ganz bei dir«, sagte Katherine ruhig. »Kapitalismusgegner, Chaoten, unbedingt. Aber ich glaube nicht an eine gut organisierte Terrorzelle.« Sie wandte sich Em zu. »Und ich glaube auch nicht an einen Einzeltäter, der es auf dich abgesehen hat. Der arme Eric ...« Katherine seufzte und ließ den Blick zum Kaminfeuer gleiten.

Bei aller Trauer um ihren Bruder traf es Em trotzdem

hart, wie gering die Freude darüber schien, dass sie nur zufällig überlebt hatte. Und niemand hatte sie bisher gefragt, wie es ihr ging. Man betrachtete sie, man beobachtete sie, aber man erkundigte sich nicht nach ihren Gefühlen.

»Ich darf daran erinnern, dass ich bei den beiden Anschlägen das einzige Bindeglied war und deshalb doch die Vermutung naheliegt, dass es um mich geht.«

Katherine und Frank sahen sie schweigend an.

»Gut. Verstanden«, sagte Em bitter.

»Nichts hast du verstanden.« Katherine stand vom Sofa auf, und Em dachte schon, sie wolle sie umarmen. Aber sie legte nur eine Hand auf Ems Schulter, ließ sie dort zwei Sekunden ruhen und ging dann weiter zur Anrichte, um eine neue Flasche Wein zu holen. »Wir sagen doch nur, dass wir der Polizei vertrauen, und dort werden sie sicherlich alle Möglichkeiten in Betracht ziehen, wer ... *dir* oder jemand anderem etwas antun will.« Sie setzte sich wieder, entkorkte den Shiraz und schenkte allen nach.

»Es ist so offensichtlich, dass Alan ...«, begann Em.

»Ja, Liebes, und auch um ihn kümmert man sich.« An ihren Mann gewandt sagte sie: »Die Idee mit den Occupy-Leuten erscheint mir tatsächlich plausibel. Je länger ich darüber nachdenke ...«

»Hallo?«, rief Em.

Katherine hob beschwichtigend eine Hand. »Die Occupy-London-Bewegung. Sie hängen eng mit Anonymous zusammen. Du redest von einem Hacker. Diese Anonymous-Leute sind doch oft Hacker, nicht? Alan könnte einer von ihnen sein. Wieso bist du dir so sicher, dass er keine politischen Ziele verfolgt? Du bist unsere Nichte. Die Nichte der Everett Privatbank. Er hätte dich genauso gut entführen können. So versucht er, zusammen mit seinen Anonymous-Freunden Angst zu verbreiten. Warnungen, die zu weit gingen. Ja, warum nicht …« Nachdenklich senkte Katherine den Blick.

Und Em musste zugeben, dass an dieser Theorie durchaus etwas dran sein konnte. Alan, anfangs noch aus persönlichen Motiven daran interessiert, sich an Em zu rächen. Dann aber kommt eine politische Komponente ins Spiel … Vielleicht behauptet er anderen Aktivisten gegenüber, es ginge gar nicht um etwas Persönliches …

Sie nahm diese Gedanken mit in den Schlaf.

Als Em nun vor dem jungen Polizisten stand und ernsthaft in Erwägung zog, Alan erneut gegenüberzutreten, verspürte sie keine Angst. Selbst wenn er nicht allein hinter den Anschlägen steckte – diese Leute agierten von Computern aus. Sie hingegen wusste, wie man von Angesicht zu Angesicht Konflikte löste. In ihrem Job ging es ständig um die direkte Konfrontation, um Menschen mit unterschiedlichen Bedürfnissen, die trotzdem alle an einem Strang ziehen mussten. Kaum eine künstlerische Probenzeit, in der man nicht irgendwann an einen Punkt kam, an dem sich alle gegenseitig anbrüllten, Em auf den Tisch hauen musste und sich anschließend alle wieder verstanden. Kaum eine Produktion, bei der es hinter den Kulissen nicht zu menschlichen Tragödien mindestens klassischen Ausmaßes kam. Em hatte es schon oft geschafft, die größten Feinde wenigstens für die Zeit einer Produktion zu vereinen und streitsuchende Künstler dazu zu bringen, sich brav an ihre Verträge zu halten. Sie wusste, dass ihre Stärke die natürliche Autorität war, die sie von ihrer Großmutter geerbt haben musste. Nicht Einfühlungsvermögen machte sie zu einer Führungspersönlichkeit – Eric hatte ihr das oft genug gesagt. Und sie war davon überzeugt, dass jede Form von psychologischer Gesprächsführung mit Alan zu nichts führen würde, eine klare Ansage hingegen möglicherweise zum Ziel: seinem Geständnis.

Sam hob den Arm und sagte: »Da war gerade jemand an der Tür. Hier ist mal wieder ein Paket für Sie.«

In den vergangenen Tagen waren ständig Pakete für sie gekommen, weil sie sich neue Kleidung bestellt hatte. Hatte sie eine Lieferung vergessen? Sie konnte sich nicht erinnern.

»Von wem ist das?«, fragte Em.

Der Polizist hob die Schultern. »Kein Absender.«

Emma wurde schwindelig. Dieses Schwindelgefühl war immer das erste Signal, wenn die Angst zurückkam. Keine normale Alltagsangst, sondern *diese* Angst. »Kein Absender?«

»Na ja.« Er drehte das Paket in den Händen und sah es sich von allen Seiten an. »Irgendwas ist draufgekritzelt, A und C oder so was.«

Alan Collins. AC. Em wich zurück, lief rückwärts ein paar Stufen hinauf. »Ganz ruhig jetzt«, sagte sie leise.

Er wusste sofort, was sie meinte. Alles an ihm veränderte sich.

Sein Kollege legte eine Hand auf das Funkgerät. »Ist das …«

»Ja«, sagte Em. »Wahrscheinlich. Ja.«

»Raus«, sagte der Ältere. »Gehen Sie runter. Auf die Straße. Wir brauchen sofort einen Sprengstoffexperten.«

Er wollte in sein Funkgerät sprechen.

»Nicht«, sagte Em.

Er verstand. »Ich geh auf die Straße. Sollte weit genug weg sein.«

»Hoffentlich«, sagte Em und sah ihm nach.

Sie stand auf der Treppe und drängte sich gegen die Wand. Sam starrte mit großen Augen auf das Paket in seiner Hand. Beide hielten sie die Luft an und hofften.

13

»Legen Sie es auf die Treppe«, sagte Em schließlich.

»Meinen Sie?«

»Sie haben es die ganze Zeit herumgetragen. Von Erschütterung wird es nicht hochgehen. Es schadet trotzdem nichts, wenn Sie vorsichtig sind.«

Er nickte, wirkte wenig überzeugt, stellte das Paket aber schließlich ab.

»Und jetzt Handy aus. Alle sollen die Handys ausschalten.« Sie zog ihr Smartphone aus der Hosentasche und schaltete es ab. »Die letzten Anschläge hat er per Fernsteuerung ausgelöst. Er hat sich irgendwo eingehackt. Wenn wir jetzt alles abschalten, kann er das Ding vielleicht nicht zünden.«

»Ich sag Bescheid.« Der Polizist wollte runtergehen, blieb aber unschlüssig stehen. »Sie müssen mitkommen«, sagte er.

»Meine Großmutter ist noch oben.«

»Sie müssen hier raus. Jemand wird sich um die alte Dame kümmern. Kommen Sie mit runter.«

Em ließ ihn stehen und rannte nach oben, nahm dabei zwei Stufen gleichzeitig.

»Was ist das für ein Theater?«, fragte Patricia, als ihre Enkeltochter zur Tür hereinkam. Wie üblich versank Patricia in ihrem viel zu großen Ohrensessel, von dem aus sie aus dem bodentiefen Fenster auf die Straße sehen konnte. Neben ihr stand ein Beistelltisch. Eine Tasse Tee und ein eReader lagen auf dem gehäkelten Deckchen. Sie mochte in vielen Belangen sehr konservativ und traditionsbewusst sein, aber technischem Fortschritt, der ihr das Leben erleichterte, verschloss sie sich nicht. Sie las nur noch auf dem elektronischen Lesegerät, weil sie dort die Schriftgröße so verändern konnte, wie sie es brauchte. »Alle stehen vor unserem Haus und *glotzen*, und sieh dir das an, jetzt kommen noch mehr Streifenwagen.«

Sie reagieren schnell, stellte Em fest.

»Patricia, es ist möglich, dass wir eine Briefbombe im Haus haben. Steh auf, ich helfe dir.«

Ihre Großmutter legte Verachtung in ihren Blick. »Kind, ich bin neunzig. Du redest von einer *Brief*bombe. Was glaubst du denn, was mir passieren kann? Wenn das Ding nicht in meinem Schoß hochgeht, kann mir das egal sein.«

»Paketbombe. Klingt das groß genug? Der Mann, der dahintersteckt, hat auch Eric getötet. Wer weiß, was er noch alles auslösen kann. Bitte, komm mit.« Sie packte die alte Frau am Arm und zog sie aus dem Sessel. Patricia schlug mit der freien Hand nach Em.

»Lass mich los!«, schimpfte sie.

»Du kommst mit.«

»Loslassen!«

Em umfasste die Hüften ihrer zierlichen Großmutter. »Wie viel wiegst du? Keine fünfzig Kilo? Überleg's dir. Entweder du gehst freiwillig und ich stütze dich, oder ich trage dich raus.«

»Das ist würdelos.«

»Ja.«

»Dann aber über die Dienstbotentreppe. Ich will nicht, dass mich jemand so sieht.«

»Mein Gedanke. Auf der anderen Treppe liegt das Scheißding.«

Patricia Everett hatte nach zwei Hüftoperationen Schwierigkeiten mit dem Treppensteigen. Sie blieb meist auf ihrer Etage, gern mit der Begründung: »Was, glaubt ihr, kann ich da draußen in meinem Alter schon groß verpassen?« Den Einbau eines Treppenlifts hatte sie verweigert. »Lächerlich«, hatte sie gesagt. Und jedes andere Hilfsmittel, abgesehen von einem schlichten Gehstock, wurde von ihr mit derselben Begründung abgelehnt.

Em half ihrer Großmutter Schritt für Schritt die Treppe hinunter. Auf der Straße kam ihnen ein Polizist entgegen und wollte helfen, aber wieder schlug Patricia um sich. Fünf Minuten später saß sie mit der alten Dame im Café gegenüber. Sie sahen zu, wie Polizisten den Gehweg vor dem Haus absperrten, wie Feuerwehr und Sprengstoffexperten eintrafen, ein Notarztwagen anrückte. Man schien sich auf alles vorzubereiten.

»Wird mein Haus beschädigt werden?«, fragte Patricia.

»Sie werden alles tun, damit nichts Schlimmes geschieht«, versicherte Em. »Mit dem Entschärfen von Bomben kennen sie sich nun wirklich gut aus.«

»Meinst du?«

Em hatte erwartet, Skepsis im Blick ihrer Großmutter zu sehen, aber da lag noch etwas anderes: Angst.

»Wir sind hier auf jeden Fall in Sicherheit«, sagte Em und half ihr, das Teegeschirr, das die Kellnerin ihr hinstellte, auf dem winzigen Tisch anzuordnen.

»Es geht nicht um uns«, sagte Patricia. »Nicht um mich. Wenn ich sterben sollte – von mir aus. Dann ist es eben so.

Aber wo soll ich leben, wenn ich mein Haus nicht mehr habe? Sieh mich nicht so an, Kind. Mich wirst du niemals in einem Altenwohnheim antreffen, egal, wie luxuriös sie es dort haben. Ich habe mir dieses Haus erkämpft, es ist mein Haus, und ich bin zu alt, um meine Gewohnheiten zu ändern.«

»Es wird schon nichts passieren«, sagte Em und versuchte, diesmal noch überzeugender zu klingen.

Nach einer guten Stunde kam auch Ems Tante Katherine, umarmte umständlich ihre Mutter und ihre Nichte und setzte sich zu ihnen.

Immer mehr Menschen drängten in das Café, um einen besseren Blick auf das Geschehen zu haben, auch wenn von außen nicht viel zu sehen war. Jemand verkündete laut, dass die Mobilfunkmasten im gesamten West End offenbar ausgefallen oder abgeschaltet worden waren. Die allgemeine Empörung darüber, nicht twittern zu können, ließ Patricia glauben, es handele sich dabei mindestens um die Abschaffung der Pressefreiheit im gesamteuropäischen Raum. Sie hatte noch nie von Twitter gehört, und als Em es ihr kurz zu erklären versuchte, sagte sie: »Klingt nach Zeitverschwendung.«

Bald tauchten Fernsehteams auf, die live berichteten. Em nahm ihr Telefon, um für sich die absurde Doppelung zu dokumentieren, die sich durch die Kameramänner wenige Meter vor ihr und die direkt übertragenen Szenen auf dem Bildschirm über der Theke des Cafés ergaben. Patricia ließ sich die kleine Filmsequenz von ihr zeigen, während Katherine nur die Nase rümpfte und vor Nervosität kaum stillsitzen konnte.

Erst nach einer weiteren Stunde kam jemand von der Polizei zu ihnen. Ausgerechnet Detective Constable Cox, der Grüße von seiner Vorgesetzten DCI Palmer ausrichtete und die drei Frauen darüber informierte, dass sie in ein paar Minuten wohl wieder ins Haus konnten.

»Die Bombe wurde also entschärft?«, fragte Katherine.

»Es war zum Glück keine Bombe«, sagte Cox und wirkte zögerlich.

»Sondern?«

»Wir haben das Ding durchleuchtet und verdächtige dunkle Stellen gefunden. Die Experten haben geraten, vorsichtshalber mit der Wasserkanone weiterzumachen.«

»Wasserkanone?«, fragte Patricia. »Damit keine elektrischen Impulse übertragen werden?«

Cox grinste. »Na, Sie haben's ja richtig drauf, gute Frau«, sagte er.

Die drei Frauen starrten ihn kühl an, und er ruderte zurück. »Also ... ja. Jedenfalls, wir haben in einem kleinen Hartschalenkoffer zwei externe Festplatten, einen Laptop, diverse Kabel und ein paar USB-Sticks gefunden.«

»Was ist da drauf?«, fragte Em.

»Keine Ahnung. Ich glaube nicht, dass davon viel übrig ist. Das Zeug muss erst mal trocknen, und dann setzen sich unsere, ähm, Experten ...«

Ems Blick ließ ihn stottern. Sie sagte: »*Sehr* interessant. Wann verhaften Sie Alan Collins?«

»Weil er Ihnen Speichermedien schickt? Ist doch nett. Brauchen Sie sich so schnell keine zu kaufen.« Cox' Versuch, witzig zu sein, verpuffte zu Peinlichkeit.

»Wie heißen Sie noch gleich?«, fragte Patricia. Sie

mochte auf Cox wie eine kleine alte Frau wirken, aber die Autorität in ihrer Stimme ließ ihn strammstehen.

»Cox heißt er«, sagte Em, bevor er antworten konnte. »Constable.«

»*Detective* Constable«, sagte Katherine. »Richtig?«

»Er ist ein wenig überfordert, nicht?«, fragte Patricia so laut, dass es die umstehenden Menschen hören mussten. Cox lief rot an. Dann wandte sie sich wieder ihm zu und sagte langsam und deutlich, als hätte der Constable Schwierigkeiten mit der englischen Sprache: »Mr Cox, glauben Sie, Sie könnten uns einen Ihrer Vorgesetzten schicken? Jemand, der der Situation gewachsen ist *und* Manieren hat? Vielen Dank.« Sie machte eine Handbewegung, als sei er ein Kellner, den sie nach einer Bestellung entließ – würdevoll, selbstbewusst, ohne Skrupel. Em konnte in solchen Momenten sehr klar vor sich sehen, wie ihre Großmutter es geschafft hatte, nach dem Krieg eine der größten Privatbanken des Landes sozusagen aus dem Nichts aufzubauen.

»Dann geht es bei dieser Sache also wirklich um dich«, sagte Patricia und sah Em mit kühlen grauen Augen an.

»Sie kann wahrscheinlich gar nichts dafür«, sagte Katherine und half ihrer Mutter beim Aufstehen. »Jedenfalls nicht so viel, wie sie denkt. Irgendein Antikapitalistenchaot hat uns im Visier.«

Em verstand nun, wie viel Verantwortung sie für diese Menschen hatte, die sich ihre Familie nannten. Wie sie, die immer ohne Verbindlichkeiten und langfristige Verpflichtungen hatte sein wollen, nicht nur auf das Leben der anderen einwirkte – was, wenn Patricia ihr Haus verloren hätte? –, sondern sie sogar in tödliche Gefahr brachte.

Die Geschichte des Hauses 35 Henrietta Street im West End, nur ein paar Schritte von Covent Garden und dem Royal Opera House entfernt, kannte Em, seit sie ein Kind war: Bis zum Ausbruch des Zweiten Weltkriegs hatte eine deutsche Familie darin gelebt. Weil man sie früh und vermutlich fälschlich verdächtigte, Spione zu sein, flohen diese Deutschen; wohin, war zunächst unbekannt. Nach 1945 hatte das Haus nicht lange leer gestanden. Kriegsheimkehrer und obdachlose Frauen mit Kindern zogen dort ein. Weil die Besitzverhältnisse des Gebäudes lange unklar waren, griff niemand ein. Es blieb bis in die späten Sechzigerjahre ein friedlich besetztes Haus, doch dann meldeten sich aus Chicago die Kinder der deutschen Familie und wollten es verkaufen. Die von den Kriegswirren betroffenen Bewohner waren mittlerweile von frühen Hippies abgelöst worden, die nicht aus wirtschaftlicher Notwendigkeit, sondern vor allem aus politischer Überzeugung leer stehende Häuser besetzten, und die deutsch-amerikanischen Erben hatten keinerlei Verständnis für das, was sich hinter der klassischen viktorianischen Fassade abspielte. Sie suchten und fanden in den Everetts entschlossene Käufer der Immobilie, die es auch ohne lange Verhandlungen schafften, die Hippie-Kommune an die Luft zu setzen. Em hatte einmal in einem Zeitungsarchiv Fotos von der Räumungsaktion gesehen – Patricia hatte mit verschränkten Armen dagestanden und zugesehen. Sie trug ein maßgeschneidertes Kostüm auf der Höhe der damaligen Mode, dazu ein Hütchen; die Hände steckten in dünnen Lederhandschuhen. Selbst auf dem grobkörnigen Schwarz-Weiß-Foto strahlte sie mehr Autorität aus als alle uniformierten Polizisten zusammen, die sich mit Schlagstöcken um den Auszug der Hausbesetzer kümmerten. Nachdem das Haus geräumt war, flossen mehrere Millionen Pfund in Renovierung, Restaurierung, Umbau und Einrichtung. Gute fünfundzwanzig Jahre illegale Nutzung wurden ausradiert. Im Erdgeschoss eröffnete eine teure Boutique, die bis heute dort ihren Platz hatte, und die Everetts zogen in die drei Stockwerke darüber. Damals waren es Patricia und ihr Mann George gewesen, zusammen mit den beiden Töchtern Katherine und Ruth. Bald darauf starb George Everett. Ruth zog aus, um zu heiraten – zu diesem Zeitpunkt war sie bereits mit den Zwillingen schwanger –, und als die jüngere Katherine heiratete, zog deren Mann Frank im West End ein, damit Patricia nicht allein war.

Katherine und Frank zogen in die Beletage, und Patricia bestand darauf, im obersten Geschoss zu wohnen. Das Stockwerk dazwischen blieb Besuchern vorbehalten, die nur selten kamen. Drei Menschen. Vierhundert Quadratmeter. In der teuersten Stadt Europas.

DCI Palmer kam nur kurze Zeit nach der Entwarnung in der Henrietta Street vorbei, um sich für das möglicherweise unangemessene Verhalten von DC Cox zu entschuldigen. Ihr war anzusehen, dass sie Zweifel daran hegte, auch wenn ihre Sympathien für Cox nicht besonders groß waren. Ihr Misstrauen gegenüber einer Familie wie den Everetts war offenbar stärker.

»Werden Sie Alan jetzt endlich, endlich verhaften?«, fragte Em.

»Weswegen?«, gab Palmer zurück. »Nichts spricht für ihn als Täter. Wir haben nur Ihre Aussage, dass er Sie belästigt hat. Einen Zusammenhang zwischen ihm und den Anschlägen sehen wir nicht.«

»Und was …« Em unterbrach sich. Sie hatte sagen wollen: Und was war das gerade? Aber sie konnte sich die Antwort auch gleich selbst geben: Es war nichts gewesen. Nur ihre eigene Hysterie. Weil Alan ihr etwas Harmloses hat zukommen lassen. Keine Bombe, wie sie vorschnell vermutet hatte.

»Er hat Ihnen ein vollkommen harmloses Paket geschickt«, sagte Palmer. »Es macht eher den Eindruck, als sei er sehr vertraut mit Ihnen. Wer sagt mir, dass es nicht *Ihr* Laptop war, den Sie bei ihm vergessen haben? Und nun schickt er ihn an Sie zurück?«

»Was für eine Scheiße.« Em schüttelte angewidert den Kopf.

Palmer fuhr, an Patricia und Katherine gewandt, fort: »Unsere Ermittlungen haben leider noch nicht zu konkreten Ergebnissen geführt. Es gehen allerdings täglich mehrere Bekennerschreiben bei uns ein, und wir überprüfen sie alle sehr gewissenhaft, zumal wir durchaus von einem terroristischen Hintergrund ausgehen müssen. Wie Sie sich vorstellen können, sind viele Spinner darunter, die …«

»Aber nicht die IRA«, unterbrach Katherine sie. »Mein Mann vermutet ja ständig die IRA hinter allem. Die doch nicht, oder? Die gibt es ja nicht mehr.«

»Katherine, fang du nicht auch noch an«, sagte Patricia.

»Ich könnte jetzt und hier einfach zu Staub zerfallen, und es würde niemandem auffallen, oder?«, fragte Em.

Katherine sagte: »Es geht hier um unser aller Leben.«

»Das ist sogar mir klar«, rief Em. »Aber das ändert nichts daran, dass auf der Hand liegt, wer hinter allem steckt, nur scheint sich niemand darum zu kümmern. Stattdessen kommen alle mit irgendwelchen Verschwörungstheorien.«

»Anschläge dieser Größenordnung sind selten persönlich motiviert«, sagte Palmer.

»Okay. Sie glauben mir nicht. Ich meine, hier geht's doch um etwas anderes, oder? Sie glauben mir nicht, weil Sie finden, dass man mir nicht glauben darf, hab ich recht?«, sagte Em und war nun wieder ganz ruhig. Äußerlich. »Was haben Sie denn alles über mich in Erfahrung gebracht?«

Palmer lächelte nicht, sondern zog die Augenbrauen zusammen, wie um sich besser erinnern zu können. »Ihre Mutter hat Sie verlassen, als Sie und Ihr Bruder noch klein waren. Mit dreizehn haben Sie angefangen, sich zu ritzen, mit vierzehn einen Ihrer Lehrer im Internat wegen sexueller Belästigung gemeldet. Später an der Universität haben Sie einen Ihrer Professoren aus dem gleichen Grund angezeigt. In beiden Fällen verliefen die Untersuchungen im Sande. Dafür waren Sie als Studentin ein häufiger Gast auf diversen hiesigen Polizeiwachen, weil Sie bei Drogenrazzien auf Partys oder in Clubs aufgegriffen wurden.«

»Was ebenfalls jedes Mal im Sande verlief«, sagte Em trocken.

»Richtig, Sie sind nie verhaftet worden. Aber Sie sind aktenkundig.«

»Ist das rechtlich überhaupt zulässig?«, fragte Em.

»Wer sagt, dass ich das aus Polizeiakten weiß?«

»Verstehe.« Das liebe Internet. Tor zur Welt, Archiv der Vergangenheit. Die sexuellen Übergriffe hatten es in die Zeitungen geschafft. Alles andere ebenfalls. »Everett-Enkelin« hatte sich in einer Negativschlagzeile schon immer ganz hervorragend gemacht. Manchmal auch: »Everett-Erbin«.

»Dann bin ich wohl nicht gerade das, was Sie sich unter einer zuverlässigen Zeugin vorstellen, nicht wahr?«, sagte Em. »Und bestimmt habe ich einfach ein Problem mit Männern und bilde mir ein, dass sie mir alle nur Böses wollen.«

»Emma, die Dame wird zu schätzen wissen, dass du dich im Leben durchaus weiterentwickelt hast«, sagte Patricia. »Meine Enkeltochter sieht zwar immer noch ein wenig ... jugendlich aus, was ihren Kleidungsstil betrifft, aber sie hat ...«

»Lass es gut sein«, unterbrach Em ihre Großmutter. »Wenn ihr nicht Everett heißen würdet, wäre bestenfalls dieser Cox hier, um mit uns zu reden.«

»Du lieber Himmel«, sagte Patricia.

»Ein guter Name hat Vorteile«, sagte Katherine.

»Ja. Dann weiterhin viel Freude damit.« Em stand auf und verließ ohne ein weiteres Wort die Wohnung ihrer Großmutter.

Sie ging über die Dienstbotentreppe, trat hinaus auf die Straße und ließ sich durch das West End treiben, bis sie in einem Pub landete. Es war brechend voll. Die Shows hatten noch nicht angefangen, und unter die Theaterbesucher mischten sich diejenigen, die gerade den Feierabend begossen. Em suchte sich einen Barhocker, bestellte ein Lager und versank in dem Lärm aus Musik und Stimmen. Über der Bar hing ein stummgeschalteter Fernseher. Eine Nachrichtensprecherin verkündete lautlos den Tod Margaret Thatchers, während Franz Ferdinand aus den Lautsprechern tönte.

Em bestellte noch ein Lager und versuchte, ihren Kopf abzustellen.

Es gelang ihr nicht.

Ihre Gedanken waren bei ihrem toten Bruder. Sie sah ihn vor sich, wie er auf seinem Bett lag, als würde er tief und friedlich schlafen, während sie auf dem Balkon stand, nur durch eine Glasscheibe von ihm getrennt. Sie war so nah gewesen und hatte nichts für ihn tun können.

Wenn sie nur niemals runtergefahren wäre, um eine zu rauchen. Er würde bestimmt noch leben. Warum hatten sie sich streiten müssen? Was war mit ihm an diesem Abend los gewesen? Wer hatte angerufen, und wem hatte er eine SMS geschickt?

Die Typen neben ihr, Anzugsträger und knappe zehn Jahre jünger als sie, prosteten ihr zu. Einer brüllte ihr ins Ohr, er würde sie von einer Feier kennen. Irgendein Konzert. Oder auch nicht.

Sie nickte, ohne zu lächeln, als könnte sie sich erinnern, trank aus und verschwand.

Am Leicester Square stieg sie in die Northern Line in Richtung Clapham, wechselte in Stockwell und stieg in Brixton aus.

Diesmal kannte sie den Weg.

14

Als Frank Everett ein kleiner Junge war, lebte er mit seinen Eltern in seiner Geburtsstadt München. Sie hatten eine große Wohnung direkt an der Leopoldstraße. An den Wochenenden und in den Ferien verbrachte er viel Zeit im Englischen Garten und spielte mit seinen Freunden gern am Schwabinger Bach.

Eines Abends, er war gerade eingeschlafen, wurde er von lauter Musik geweckt. Er rannte ans Fenster und sah fünf junge Männer, die auf der Straße zusammenstanden, auf ihren Instrumenten spielten und ein Lied dazu sangen.

»Ich glaube, das ist Russisch«, sagte seine Mutter. Sie war in sein Zimmer gekommen, weil sie gehört hatte, dass er aufgewacht war. »Gefällt es dir?«

Der kleine Frank nickte. Es war halb elf, und draußen war es warm. Viele Menschen waren noch unterwegs.

»Können wir runtergehen?«, fragte er.

»Nein, Frank, es ist viel zu spät für dich. Du musst wieder ins Bett.«

Er bettelte sie an, wenigstens noch eine Weile hier am Fenster zuhören zu dürfen. Weil auch seiner Mutter die Musik gefiel, sagte sie Ja und blieb neben ihm stehen.

Allerdings dauerte es nicht lange, bis die Nachbarn die Fenster öffneten und riefen, man solle endlich mit dem unerträglichen Lärm aufhören. Ruhestörung! Belästigung! Krawall!

Ein Nachbar regte sich besonders auf. Ein Beamter, Stadtrat, sagte Franks Mutter. Einer, der es nicht erträgt, wenn andere Spaß haben. Der Nachbar kündigte laut und vernehmlich an, dass er die Polizei rufen würde.

Tatsächlich kam nach einer Weile eine Funkstreife und teilte den jungen Männern mit, dass sie aufhören müssten. Frank blieb mit seiner Mutter weiter am Fenster stehen. Sie sahen zu, wie die Männer in den Streifenwagen einsteigen mussten. Frank lachte, weil zwei von ihnen auf der anderen Seite wieder ausstiegen und wegliefen. Seine Mutter zog die Vorhänge zu und scheuchte ihn zurück ins Bett. Doch kaum, dass sie die Zimmertür hinter sich geschlossen hatte, war er wieder aufgestanden und ans Fenster geschlichen. Leise zog er die Vorhänge ein kleines Stück auseinander und presste die Nase an die Fensterscheibe.

Er sah, wie die Leute von der Straße die Polizisten beschimpften, das Auto umstellten, daran rüttelten. Er sah, wie sie die Reifen des Streifenwagens kaputt stachen, Schlägereien begannen, die Musik zurückforderten. Es dauerte die halbe Nacht. Schwabing war in Aufruhr.

In den vier darauffolgenden Nächten ging es immer weiter. Tausende von Menschen strömten auf die Straße, hielten den Verkehr auf, machten Lärm und schlugen sich mit der Polizei.

Später sollte man von den Schwabinger Krawallen sprechen. Sie hatten in München alles verändert. Die Polizei stellte einen Psychologen ein und fuhr ab sofort eine weiche Linie. Anders als in Berlin, wo bei Demonstrationen immer noch hart durchgegriffen wurde.

Frank konnte nie vergessen, was er in diesen Nächten gesehen hatte. Sein Bild von Gut und Böse war grundlegend erschüttert worden. Die Polizei galt nicht länger als der Inbegriff der Gerechtigkeit. Er fing sogar an, sich vor Polizisten zu fürchten. Als sein Vater ihn fragte, warum er solche Angst vor dem »Freund und Helfer« hatte, sagte er: »Weil sie einfach so Leute mitnehmen, die gar nichts Böses getan haben.«

Sein Vater war entsetzt und tobte noch Wochen später über diese Äußerung seines Sohns.

Frank war zu der Zeit noch zu jung, um zu wissen, dass es ein Wort gab für das, wovor er sich fürchtete: Polizeiwillkür. Er lernte es erst später.

Bald schon hegte Frank große Sympathien für alle Demonstranten, die sich gegen die Polizei stellten. Die Ermordung von Benno Ohnesorg im Jahr 1967 erschütterte den Teenager zutiefst. Er lernte, dass die Bereitschaftspolizei in West-Berlin im Grunde eine Reserveeinheit der Alliierten war und tatsächlich auch paramilitärische Aufgaben hatte. Dass viele ehemalige Wehrmachtsoffiziere dort ihren Dienst taten. Dass sie in bestimmten Situationen einen großen Ermessensspielraum hatten. Manche sagten sogar, sie hätten freie Hand und würden von niemandem kontrolliert.

Aber Frank beschäftigte sich bei aller Sympathie für die Aufständischen auch intensiv mit der anderen Seite, der des Staats. Versuchte, das System zu verstehen, das aus den Angeln gehoben werden sollte. Und beobachtete, dass der linke Terror immer mehr zivile Opfer forderte und keine Ergebnisse brachte. Er begann ganz allmählich, sämtlichen Bewegungen zu misstrauen, die sich gegen das System richteten, und sich von revolutionären Kräften abzugrenzen. Irgendwann fühlte er sich sogar dem System verpflichtet.

Als Jahrzehnte später die ersten Zelte der Occupy-Bewegung vor der Everett-Bank aufgeschlagen wurden, bekam er fast einen Herzinfarkt, weil er glaubte, seine innere Ordnung breche zusammen.

Heute bekam Frank beim geringsten Anlass Angst, er und seine Familie könnten Opfer von linken Terroranschlägen werden. Er fürchtete mittlerweile nichts so sehr wie Menschen, die der Meinung waren, Reichtum gehöre anders verteilt und Staatsorgane seien korrupt. Er glaubte fest, sie wollten sich an ihm persönlich rächen.

»Wir müssen in Ruhe mit Emma reden«, sagte er deshalb an diesem Abend zu seiner Frau. »Einfach mal reden. Was denkst du?«

»Nein«, sagte Katherine. »Sie macht gerade so viel durch.«

»Wäre es nicht wichtig? Klarheit zu schaffen?«

Seine Frau lächelte ihn an. »Ich versteh dich. Aber das ist nicht nötig. Lassen wir ihr ein wenig Zeit und Ruhe.«

Frank war nicht ganz überzeugt, aber schließlich hatte seine Frau meistens recht. Also nickte er und sagte: »Ja, natürlich. So machen wir das.«

15

Vor dem Ritzy, dem Brixtoner Kino, wurde getanzt, gefeiert und gesungen. Auf dem Vordach ließen zwei junge Männer ein Laken herab, das verkündete:

THE BITCH IS DEAD.

Einige der Feiernden sangen das Lied aus dem Zauberer von Oz, »Ding-Dong! The Witch is Dead«, und jemand hatte die Anzeigentafel des Kinos verändert. Statt der Filme, die liefen, las Em dort:

MARG RET THATCHERS DEAD.

Das fehlende A hing schief und einsam darunter, als wäre es aus dem Schriftzug gepurzelt. Jemand stolperte auf sie zu, ein junges Mädchen mit blonden und grünen Dreadlocks und einem »Burn in Hell, Maggie«-Shirt unter vielen bunten Schals und einer fadenscheinigen Jeansjacke. Sie hielt ihr eine halb volle Flasche mit billigem Sekt hin. Em nahm sie und trank einen Schluck. Der Sekt schmeckte widerlich süß und war trotz der Kälte warm.

»Danke, ich muss weiter«, sagte sie und wollte die Flasche zurückgeben, aber das Mädchen fiel jemandem um den Hals und tanzte mit ihm. Em schob sich weiter durch die Feiernden. Sie bemerkte zu spät, dass überall Kameras im Einsatz waren. Auch Fernsehkameras. Sie wickelte sich ihren breiten schwarzen Schal um Ohren und Mund, senkte den Kopf und gab die Flasche jemandem, der gerade »The Witch is Dead« auf ein Laken pinselte, während seine Freunde darüber diskutierten, ob nicht doch »bitch« der passendere Ausdruck sei. Eine Frau um die sechzig gab einem Fernsehreporter ein Interview und erklärte unter Tränen, dass Thatchers Tod zwar eine gute Sache, der Kampf gegen ihr Vermächtnis aber noch lange nicht vorbei sei. Ein Schwarzer, nur wenig jünger als die Frau, drängte sich vor sie und hielt eine geschliffene Rede darüber, wie ganze Generationen von ehrlichen Arbeitern unter dieser Regierung gelitten hatten, wie viele Menschen Thatcher auf dem Gewissen hatte, und möge sie in der Hölle schmoren, aber wahrscheinlich hatte sie die schon längst privatisiert und den Hilfsteufeln die Sozialleistungen gestrichen. Er sprach mit dem antrainierten Akzent einer Eliteuni.

Em erschrak, als neben ihr eine Flamme aufleuchtete. Das betrunkene Mädchen, das ihr vorhin die Sektflasche gegeben hatte, zündete unter Beifall ein Thatcher-Foto an und schwenkte es herum.

Em beeilte sich, von hier fortzukommen. Der Gedanke, dass jemand den Tod eines anderen Menschen feierte, befremdete sie. Selbst wenn es Margaret Thatcher war, auf deren Grab sie alle tanzten.

Wenig später stand sie vor Alans Haus. Sie schwitzte unter dem Schal, fror aber an den Beinen, weil sie eine zu dünne Hose trug. Das Haus war vollkommen dunkel. Sie ging die Stufen zur Haustür hinauf und klopfte. Mehrmals, mit Pausen, immer wieder. Niemand öffnete, nichts rührte sich. Em sprang die Stufen hinunter und suchte nach einer Möglichkeit, in den Hinterhof des Reihenhauses zu kommen. Sie ging die Straße weiter hinunter, entdeckte einen kleinen Pfad, der sie hinter die Häuserreihe führte. Em zählte die Häuser ab und hoffte, am richtigen Gartentor zu rütteln. Es war mit mehreren Fahrradketten gesichert. Sie kletterte über den Zaun, blieb hängen und riss sich die Hose kaputt. Es kümmerte sie nicht. In der Dunkelheit stolperte sie über ausrangierte Möbel und Bretter, leere Blumentöpfe und eine kaputte Gartenliege. Sie veranstaltete einen Höllenlärm, aber weder in der Nachbarschaft noch in Alans Haus reagierte jemand.

Auch von hinten lag das Haus still und dunkel da. Em probierte es an der Hintertür. Sie ließ sich ohne Probleme öffnen. Als sie sie genauer betrachtete, sah sie, dass das Schloss herausgebrochen war. Vermutlich war die Tür schon ewig kaputt, und weder Alan noch sein Mitbewohner hatten sich jemals die Mühe gemacht, es auszuwechseln. So wie sie sich nie um den Unrat gekümmert hatten, der vor und hinter dem Haus lag.

Als sie in der Küche stand, hielt sie die Luft an und lauschte angestrengt. Sie hörte keine Geräusche, abgesehen von dem Surren des Kühlschranks. Entweder es war niemand da, oder sie schliefen. Em traute sich nicht, die Taschenlampenfunktion ihres Handys einzuschalten. Sie tastete sich durch die Dunkelheit vor zur Treppe. Die Tür zum Zimmer von Alans Mitbewohner stand halb offen. Em sah vorsichtig hinein. Im Licht der Straßenlaterne erkannte sie, dass niemand im Bett lag. Der Raum war leer. Sie schlich hinauf zu Alans Zimmer. Seine Tür war geschlossen. Em öffnete sie so langsam und leise, wie es ihr möglich war. Weil Alans Zimmer nach hinten rausging, war es hier fast stockdunkel. Nach einer Weile aber hatten sich ihre Augen an die Dunkelheit gewöhnt, und sie sah, dass auch sein Bett leer war. Jetzt schaltete sie den Taschenlampenstrahl ein.

Jemand hatte offenbar sämtliche Schränke und Schubladen in Alans Zimmer ausgeräumt und alles auf den Boden geworfen. Die Bildschirme standen noch da, aber kein einziger Rechner war zu sehen. Was war hier passiert?

Und warum hatte er ihr einen seiner Rechner geschickt? Dazu noch die externen Festplatten? Wo war der Rest? Er *musste* abgehauen sein. Schnell ein paar Klamotten und das Nötigste zusammengerafft, außerdem natürlich seine Computer ... aber warum hatte er ihr dieses Paket geschickt?

Mit dem Taschenlampenstrahl leuchtete sie die Wände ab. Sie sah in den Kleiderschrank, in dem außer vereinzelten Shirts nichts mehr lag. Die Innenseite der Schranktür ließ sie zurückweichen. Was sie im Dunkeln und aus dem Augenwinkel für ein seltsames Tapetendesign gehalten hatte, stellte sich als eine Art Fotocollage heraus. Das Hauptmotiv: Emma Vine. Langsam leuchtete sie die Bilder ab. Manche hatte er aus Magazinen ausgeschnitten, andere aus dem Netz geladen und auf Fotopapier ausgedruckt. Wieder andere sahen verdächtig danach aus, dass er sie selbst gemacht hatte. In den Wochen und Monaten, in denen er sie verfolgt hatte. Manchmal hatte sie ihn gesehen. Sie erinnerte sich daran. Aber sehr viel öfter hatte sie keine Ahnung gehabt, dass er in ihrer Nähe gewesen war.

Em in Camden Town, wie sie auf die U-Bahn wartete.

Em in irgendeinem Sainsbury's vor dem Regal mit den Sandwiches.

Em mit ein paar Leuten von ihrer letzten Produktion in einem Pub in Islington.

Er musste ihr durch die ganze Stadt gefolgt sein. Und

bis nach Brighton. Überallhin. Er hatte es geschafft, Em so zu fotografieren, als wäre sie allein in dem Seebad. Der Mann, mit dem sie sich getroffen hatte, tauchte auf den Fotos nicht auf. Sie war sich trotzdem sicher, dass er auch ihn fotografiert hatte. Es gab Fotos von ihr mit Kimmy. Sie saßen in einem dieser überteuerten Restaurants auf der Isle of Dogs und lachten. Em wusste sogar noch genau, worüber. Dann sah sie die Fotos von Eric. Sie waren am unteren Ende der Schranktür, teilweise verdeckt von anderen Fotos. Eric, wie er aus der Kanzlei in der Fleet Street kam. Eric mit Em, wie sie gemeinsam nach Hause gingen. Wann war das gewesen? Im Januar? Schneeflocken stoben durch die Luft. Sie trugen beide Daunenjacken und Mützen und sahen trotzdem aus, als würden sie frieren. Aber sie sahen auch aus, als würden sie sich gut verstehen. Ganz wie Geschwister.

Em erinnerte sich an diesen Tag, diesen Abend. Sie war gerade aus der U-Bahn gekommen und beim Überqueren der Straße Eric begegnet.

»Wo kommst du denn her?«, hatte sie ihn gefragt. Normalerweise parkte er in der Tiefgarage und fuhr von dort mit dem Aufzug direkt nach oben.

»Ich musste das Auto stehen lassen. Bin mit dem Taxi gekommen.« Er deutete mit dem Daumen über die Schulter, wo ein mit dem Union Jack lackiertes Taxi die schneebedeckte Straße entlangschlich.

»Wolltest du nicht fahren bei dem Wetter?«

»Das auch. Wir haben in der Kanzlei einen Kollegen verabschiedet, er geht nach Kanada. Es gab Sekt.«

»Oooh, du wirst doch nicht etwa davon genippt haben?«

Em grinste breit. Sie wusste nie, wie er reagieren würde, wenn sie ihn aufzog. Manchmal wurde er sauer. Diesmal lachte er mit. Vielleicht, weil er mehr als nur am Sekt genippt hatte.

»Und wo kommst du her?«, fragte er.

»Langweiliger Probedurchlauf für langweilige Filmpremiere.«

»Wie, du machst langweilige Veranstaltungen?«

Sie seufzte. »Auch ich muss Dinge für Geld tun. Der Kunde will etwas ganz schrecklich Langweiliges. Er hat es sich nicht ausreden lassen. Ein steifer Stehempfang vor dem Film und ein steifer Stehempfang nach dem Film, nur in einer anderen Location.«

»Lass dir was einfallen, um die Sache heimlich aufzurüschen«, sagte Eric.

»Genau das hab ich vor.«

Sie hatten weitergeplaudert, bis sie in der Wohnung angekommen waren, sie hatten sogar noch ein Glas Wein zusammen getrunken. Es war ein besonderer, ein schöner Abend mit ihrem Zwillingsbruder gewesen.

Em berührte Erics Gesicht auf dem Foto. Es war nur mit Blu-Tack befestigt, wie die anderen. Vorsichtig löste sie es ab, um es mitzunehmen. Ein anderes fiel zu Boden. Em hob es auf und musste sich aufs Bett setzen.

Sie hielt den Beweis in den Händen, dass Alan sehr wohl etwas mit dem Anschlag auf den Limeharbour Tower zu tun gehabt hatte. Das Foto war aufgenommen worden, kurz bevor Em das Gebäude betreten hatte. Alan war die ganze Zeit dort gewesen. Noch bevor sie angekommen war.

Unwillkürlich drehte sie sich um, so als müsste sie sich noch einmal versichern, allein im Raum zu sein.

Sie sah sich das Foto genau an. Auf der Rückseite hatte Alan Ort, Datum und Uhrzeit vermerkt. Sie sah auf dem Foto von Eric und ihr nach: Auch dort standen die genauen Angaben. Em ging zurück zum Schrank und riss alle Fotos ab, drehte einzelne um, versuchte den Wahnsinn, der sich vor ihr ausbreitete, zu ertragen.

Alan war besser über ihr Leben informiert gewesen als jeder andere. Er hatte sozusagen für sie Tagebuch geführt. Der Anschlag auf den Limeharbour Tower hatte wahrscheinlich eine Warnung sein sollen, damit sie wusste, wozu er fähig war. Er hatte nicht ahnen können, dass Kimmy durchdrehen würde.

Aber dann, der zweite Anschlag: Hatte es wieder eine Warnung sein sollen? War Eric, wie Kimmy, ein ungeplantes Opfer? Oder hatte er Em töten wollen?

Dann dachte Em: Vielleicht hatte Alan von Anfang an vorgehabt, ihren Bruder umzubringen. Damit sie ohne ihn dastand, damit sie litt.

Sie sah auf die Fotos, die zerstreut auf dem Boden lagen. Auf die Kleidungsstücke, die aus dem Schrank gerissen worden waren. Nichts davon wollte sie mehr sehen. Sie stand auf und schaltete das Licht an ihrem Handy aus.

Fast gleichzeitig hörte sie ein Geräusch. Sie lauschte konzentriert. Aber es war nichts mehr zu hören, außer Gesängen in der Ferne. Die Feier auf Margaret Thatchers Grab ging weiter.

Em kniete sich auf den Boden und sammelte im Dunkeln die Fotos ein. Sie steckte sie in die Innentasche ihrer

Jacke, stand wieder auf und ging zur Tür. Genug gesehen. Genug Material, um DCI Palmer endlich zu überzeugen. Sie tastete sich weiter vor. Em hatte Mühe, sich im Dunkeln zu orientieren, und angelte in ihrer Jackentasche nach dem Handy, fand es aber nicht sofort. Erst als sie im Flur stand, bekam sie es zu fassen. Bevor sie das Taschenlampenlicht wieder einschalten konnte, merkte sie, dass sie nicht allein war.

»Alan!«, rief sie und wich zurück.

Er sagte kein Wort, aber sie hörte, dass er auf sie zukam. Em trat einen weiteren Schritt zurück. Trat ins Leere und sah gleichzeitig, wie er sich auf sie stürzte und fiel.

16

Nicht sehr tief, nur ein paar Stufen. Er packte sie am Arm, umfasste ihre Hüfte, riss sie hoch. Sie stand wieder aufrecht, aber nicht sie entschied, wohin sie gehen würde. Er schob sie zurück in sein Zimmer und warf sie aufs Bett.

Nein, dachte sie und fing an zu zittern.

Wollte er sie vergewaltigen?

Als sie wollte, wollte er nicht. Jetzt wollte sie nicht.

Krankes Arschloch.

Vielleicht wollte er damals, konnte aber nicht.

Vielleicht konnte er nur, wenn sie Angst vor ihm hatte.

Was für ein krankes Arschloch.

Er hatte sie auf den Bauch gedreht, saß rittlings auf ihrem Rücken und hielt ihre Arme fest. Bis zu diesem Zeitpunkt hatte sie immer gedacht, dass sie sich wehren könnte. In jeder Situation. Okay, nicht in jeder. Aber im Zweikampf ohne Waffen. Sie wand sich, wollte sich aufbäumen, schrie ihn an, schaffte es aber nicht, ihn abzuschütteln. Er band ihre Handgelenke mit etwas zusammen, das sich anfühlte wie Plastikband. Er zog es so fest zu, dass sie Angst hatte, ihre Hände könnten absterben. Vermutlich die kleinste Sorge, die sie gerade haben sollte. Dann band er sie an den Bettpfosten.

Sie zerrte an den Fesseln. Dachte: Was kommt jetzt? Hose runterreißen und penetrieren? Oder ging es ihm gar nicht um Sex, wollte er sie nur quälen? Oder würde er sie gleich umbringen?

Wie krank.

Er stieg von ihr runter. Em rollte sich auf die Seite und trat nach ihm. Er drückte ihren Kopf mit dem Gesicht nach unten in das Kissen. Sie trat nur noch heftiger um sich, atmete zu schnell, ohne dass genug Luft da gewesen wäre, hatte nur noch Stoff im Mund, bis sie fast das Bewusstsein verlor. Das Kissen roch, als wäre der Bezug monatelang nicht gewaschen worden. Sie musste würgen. Das dumpfe Geräusch einer schweren Glasflasche, die umfiel. Eine Flasche? Erst als ihr Widerstand brach, ließ er sie los, und sie riss den Kopf hoch, um Luft zu schnappen. Er hatte ihre Beine gepackt und band sie zusammen. Sie war zu erschöpft, um sich wirklich wehren zu können, und außerdem viel zu sehr damit beschäftigt, die Atmung unter Kontrolle zu bekommen. Em spürte, wie ihr Herz raste, wie ihre Muskeln zitterten und sie am ganzen Körper schwitzte. Dann ließ er sie los.

Stille.

Er sagte nichts, aber sie hörte ihn atmen. Nicht so heftig, wie sie um Luft hatte ringen müssen, aber es war ihm wenigstens nicht ganz leicht gefallen, sie in Schach zu halten. Ein winziger Triumph. Vollkommen sinnlos. Hätte sie ihre Kräfte gespart oder ihm noch beim Fesseln geholfen, es wäre auf dasselbe hinausgelaufen. Trotzdem: Er wusste jetzt, dass sie ihm nicht ohne Weiteres die Kontrolle überlassen würde. Dieser Punkt ging an ihn. Der nächste vielleicht an sie.

Daran musste sie glauben.

»Du bist krank«, sagte sie, wusste allerdings nicht, ob sie es laut genug, deutlich genug gesagt hatte, denn er reagierte nicht. Sie hob den Kopf an, so gut es ging, konnte aber nichts sehen. Er blieb ein schwarzer Umriss vor einem fast schwarzen Hintergrund. Schien sich nicht zu bewegen.

Sie blieb still liegen und starrte in die Dunkelheit. Hörte ihn nur atmen. Im Zimmer roch es nach Alkohol. Die Flasche, die umgefallen war. Vielleicht war sie nicht leer gewesen und ausgelaufen. Sie konnte nicht anders, stellte sich vor, was er damit anstellen würde. Ihr den Schädel einschlagen. Den Flaschenhals zwischen die Beine rammen.

Alan, der schüchterne Alan. Sie hatte sich wohl in ihm getäuscht.

Was für ein krankes Arschloch.

Wartete er darauf, dass sie ihn anbettelte? Sie würde ihm diesen Gefallen nicht tun.

»Ich hab keine Angst vor dir«, behauptete sie. Leise, aber es war so still im Haus, dass er sie gehört haben musste.

Er reagierte nicht.

»Was genau willst du eigentlich?« Sie zerrte wieder an den Fesseln, die sie am Bettpfosten hielten. Plastik. Möglicherweise so etwas wie Kabelbinder. Warum zum Teufel hatte Alan Kabelbinder bei sich?

Em konzentrierte sich.

Keine Angst zeigen. Keine Panik zulassen. Er durfte auf keinen Fall merken, wie es ihr ging.

Dabei wusste sie, dass sie hier wohl nicht mehr lebend rauskommen würde.

Er stand einfach da. Schwarz und unbeweglich. Sie hörte seinen Atem, und dann glaubte sie auch, seinen Herzschlag zu hören, aber es war ihr eigener Puls, der in ihren Ohren rauschte. Was tat er da? Auf ihre Angst warten? Würde er sie schlagen, sobald sie sie zeigte?

Sie musste sich konzentrieren. Nach außen hin ruhig bleiben.

Sich ablenken.

Konzentrieren.

Etwas raschelte. Seine Kleidung. Er bewegte sich. Kam auf sie zu, beugte sich über sie.

Schwieg immer noch.

Sie wollte etwas sagen, hielt es zurück. Sie konnte nicht verhindern, dass sich alle Muskeln anspannten, dass sich ihr Körper zusammenzog, klein machte, von ihm weg wollte.

Er richtete sich auf, drehte sich um und ging aus dem Zimmer. Em hörte, wie er die Treppen runterging. Als sie ihn weit genug weg glaubte, zerrte sie an den Fesseln. Sie versuchte, ihre Hände durch die Schlinge zu ziehen, aber die war zu eng. Sie zerrte trotzdem weiter.

Was tat er? Holte er eine Waffe? Eine richtige Waffe, nicht nur einen Behelfsgegenstand wie eine Glasflasche? Was würde die Waffe seiner Wahl sein? Hatte er eine Pistole? Oder holte er ein Messer?

Sie hielt es nicht länger aus. Hilflos ausgeliefert zu sein, ertrug sie nicht. Sie spürte Tränen in den Augen, spürte den Schmerz in sich, der sich immer tiefer eingrub. Em glaubte zu bersten. Sie wollte auf sich selbst einschlagen, um diesem Schmerz, diesem Druck ein Ende zu bereiten. Sie zerrte noch fester an den Fesseln, doch dieser Schmerz allein reichte nicht. Sollte sie sich wünschen, dass er zurückkam und ihr Schmerzen zufügte, um endlich diesen Druck loszuwerden?

Nein, so funktionierte das nicht. Das wäre ja auch zu einfach. Aber eine Sache funktionierte: Sie musste diesen Ort verlassen. Dorthin gehen, wo es nicht wehtat.

Etwas, das sie immer getan hatte, wenn sie nicht mehr an ihre Mutter denken konnte, weil sie sonst das Gefühl hatte, sterben zu müssen.

Und sterben wollte sie nicht. Nicht hier, nicht jetzt.

Sie musste einfach – an diesen anderen Ort. Sie hatte ihn seit fast fünfzehn Jahren nicht mehr besucht. Den Ort, an dem alles begonnen hatte, was sie jetzt ausmachte.

Damals waren sie und Eric mit ihrem Vater in Manchester gewesen. Sebastian Vine hatte dort geschäftlich zu tun gehabt. Ihr Vater zeigte ihnen tagsüber das Old Trafford-Stadion, auch liebevoll Theatre of Dreams genannt, wo am Abend zuvor eine Band gespielt hatte – war es Genesis gewesen? Eigentlich hatten sie dort nichts zu suchen, aber ihr Vater kannte wohl irgendjemanden, und man ließ sie dort herumlaufen. Die Bühnenarbeiter hatten gerade mit dem Abbau angefangen. Als sie Ems riesige Augen sahen, holten sie sie auf die Bühne und erklärten ihr alles, was sie wissen wollte. Die Beleuchtung. Die Lautsprecher. Das Bühnenbild. Die Konstruktion. Alles.

Em sah nach vorne, wo keine Zuschauer mehr standen, nur Eric und ihr Vater. Sie waren ganz klein und wurden immer winziger, wie sie da zum anderen Ende des Rasens gingen. Einer der Arbeiter erzählte ihr davon, wie es hier auf der Bühne bei einem Konzert aussah – nach Einbruch der Dunkelheit, mit einer fantastischen Lichtshow und einem Ozean von tanzenden, singenden Menschen davor. Kurz schloss sie die Augen, um es zu sehen. Dann drehte sie sich um und betrachtete die Technik. Und dachte: So was will ich später auch mal machen. Riesige Shows auf die Bühne bringen, und Hunderttausende schauen zu. Sie hatte es geschafft.

Aber der Traumort hatte seine Magie verloren. Vielleicht, weil sie alles erreicht hatte.

Jetzt blieb die Angst, und er kam zurück.

Sie versuchte etwas zu erkennen. Hatte er eine Waffe geholt?

Wieder stand er einfach nur da und starrte in ihre Richtung. Das dünne Licht, das von irgendwoher hinter der Fensterscheibe glomm, ließ sie nur Schatten erkennen. Grau, grauer, schwarz.

Ihr war kalt. Stand das Fenster offen? Ihr war richtig kalt. Am liebsten wäre sie unter die Decke gekrochen, aber sie konnte sich nicht bewegen. Das heißt, sie könnte die Beine anziehen und dann versuchen, unter die Decke zu kommen. Aber wie würde das aussehen? Wie eine Einladung? Wie Schwäche? Warum war ihr kalt? Vorhin noch hatte sie geschwitzt ... vielleicht deshalb?

Er sagte immer noch nichts.

Und jetzt ... denken. Wegdenken. Zurück an den Traumort.

Aber es gab ihn nicht mehr.

Sie sah Kimmy, wie sie fiel.

Sie sah Eric, wie er weggebracht wurde.

Sie sah sich, von außen, wie sie auf diesem Bett lag, festgeschnürt und hilflos.

Sie hatte Angst.

Da zerbrach etwas in ihr.

»Bitte«, sagte sie. Die Grenze war überschritten. Egal, wie ruhig und kontrolliert es klingen mochte. Sie bettelte. »Bitte, was soll ich tun? Was willst du?«

Er hatte bekommen, was er wollte. Er löste sich aus dem Schatten und kam etwas näher. Sie konnte noch immer nichts sehen.

»Kann sein, dass ich nicht wirklich nett zu dir war, okay? Aber das ist doch kein Grund, so zu reagieren. Ich meine, wir können über alles reden, nein?«

Und er: lachte. Nicht sehr laut, dafür umso fassungsloser. Er ging um sie herum, trat aus ihrem Gesichtsfeld.

»Reden«, hörte sie ihn sagen. »Gerne.«

Em riss den Kopf hoch und drehte ihn so, dass sie in seine Richtung sehen konnte. Immer noch zu dunkel, aber eins war ihr jetzt klar: Dieser Mann war nicht Alan.

»Scheiße, wer bist du?«

»Du brichst hier ein und fragst, wer ich bin?« Wieder dieses Lachen. »Wahnsinn. Alan hat recht. Du bist echt anders. Er meint natürlich *gut* anders. Ich bin mir ziemlich sicher, dass er damit weit danebenliegt.«

Kannte sie die Stimme? Der Akzent ... Südlondon, aber keine ganz schlechte Schule. Nicht eindeutig Mittelklasse, aber auch nicht wirklich stolze Arbeiterklasse.

»Hey, ich hab keine Ahnung, was hier ...« Und dann fiel es ihr ein. »Jay?« Sein Mitbewohner. »Warum ...? Bist du jetzt auch ...?« Sie arbeiteten zusammen. Sie hätte es gleich wissen müssen. Jay hatte ihr die Tür geöffnet, als sie Alan zur Rede stellen wollte. Hatte so getan, als wüsste er von nichts. Aber sie wohnten ja zusammen. Sie wussten alles voneinander. Waren Freunde. Komplizen.

»Jay, bind mich los. Ich kapier nicht, was das soll«, sagte sie, immer noch bemüht ruhig.

»Du kapierst nicht, was das soll.«

»Ich suche Alan. Ich muss mit ihm reden. Er hat mir was geschickt, und ...«

»Ja, das hat er. Gut zu wissen, dass es angekommen ist«, sagte Jay.

Falls sie noch Zweifel gehabt hatte, was Jay betraf: Jetzt waren sie behoben.

»Wo ist er?«, fragte sie.

Jay lachte. »Das ist nicht dein Ernst?«

»Was? Doch, ich versteh nicht ...«

»Alan ist nicht hier«, sagte Jay langsam, als spräche er mit einem Kind.

»Ich sehe, dass er nicht hier ist«, sagte sie genauso langsam und deutlich. »Wir sind in seinem Zimmer, und er ist nicht da.«

»Genau.«

»Richtig.« Sie wurde ungeduldig.

»Und du fragst jetzt, wo er ist.«

»Ja.«

»Soso.« Wieder verließ er ihr Blickfeld. Sie hörte seine langsamen, leichten Schritte. Offenbar ging er im Zimmer auf und ab. »Aber du hast sein Päckchen bekommen.«

Ungeduld und Angst. Keine gute Mischung. Aus ihr entstand nicht selten Panik. »Ja, hab ich. Ich hab nur keine Ahnung, warum er mir das geschickt hat.«

»Hast du es dir nicht angesehen?«

Jetzt lachte sie. Ein kratziges, unwillkürliches Geräusch. Hässlich. »Das Paket wurde kontrolliert gesprengt. Und die Trümmer liegen bei Scotland Yard und werden untersucht.«

»Wo?« Er klang jetzt, als sei sie nicht die Einzige im Raum kurz vor einer Panikattacke.

»Du hast mich gehört.«

»Warum?«

»Weil ich dachte, es wäre vielleicht Sprengstoff?«

»Aber es war kein Sprengstoff! Es war ... sein Laptop! Seine Festplatten! *Du* solltest die Sachen bekommen, nicht die Polizei!«

»Ja, schön. Erst stirbt meine Freundin, dann wird mein Bruder umgebracht, und ich krieg ein komisches Paket. Klar. Warum hab ich mich nicht einfach drüber gefreut? Das nächste Mal denk ich dran. Und jetzt, verdammte Scheiße, mach mich hier los!«

Wenn man laut wird, erwartet man eine Reaktion. Dass zurückgeschrien wird, zum Beispiel. Oder dass der lautstark geäußerten Forderung nachgekommen wird. Jedenfalls soll etwas passieren.

Es geschah nichts. Jay blieb still stehen, und Em hörte ihren Worten nach. Es war, als hingen sie noch in der Luft und würden nur langsam in sich zusammenfallen. Es war entwürdigend, sofern das in ihrer Situation überhaupt noch möglich war.

Erschöpft ließ Em den Kopf auf das übelriechende Kissen sinken. Die Augen machte sie nicht zu, sie wollte nicht, dass ihr etwas entging, auch wenn außer diffusen Schatten so gut wie nichts zu sehen war.

Endlich bewegte sich Jay, allerdings in die falsche Richtung. Nämlich von ihr weg.

»Du bist hier, weil du Alan suchst?«, fragte er.

»Ja. Warum sonst?«

»Keine Ahnung. Ich dachte …«

»Was?«

»Ich dachte, du weißt, wo er ist.«

»Nein. Woher denn?«

»Weil er zu dir wollte. Schon vor zwei Tagen. Seitdem ist er verschwunden.«

18

Jay und Alan waren Hacker. Sie hatten sich auf einer Hackerkonferenz kennengelernt und waren sich immer wieder im Hackspace im Londoner Osten begegnet. Sie beschlossen irgendwann zusammenzuwohnen: Jay hatte genug Platz im Haus, und Alan suchte ein Zimmer. Außerdem verfolgten sie ähnliche Projekte. Es bot sich also an, um nicht zu sagen: Ihr Zusammenziehen war eine logische Konsequenz. Während Alan zum Geldverdienen einem »normalen« Beruf nachging, lebte Jay davon, dass er sich, wie er es scherzhaft ausdrückte, »mit Computern und diesem Internet ganz gut auskannte«. Er war Datenjournalist, sagte er. Aber seit frühester Jugend ein Hacker. Nach seinem Physikstudium war er Rechercheassistent beim *Guardian* geworden und hatte bei den Besten gelernt. Danach arbeitete er freiberuflich, weil er sich nicht fest anstellen lassen wollte, unter anderem für das Bureau of Investigative Journalism, eine Non-Profit-Organisation in London, die von Spendengeldern und einer Stiftung unterstützt wurde und investigativen Journalismus auf hohem Niveau förderte. Jays Schwerpunkt aber blieb der Datenjournalismus. Daten zusammentragen, bereinigen, aufbereiten, zur Verfügung stellen. Früher hätte man gesagt: eine Studie erstellen. Aus den Daten ergab sich dann die eigentliche Nachricht.

»Ich komm mir gerade vor wie damals, als ich meinen Eltern erklären musste, was ich so mache«, sagte Jay.

Aber Em sah ihm an, dass er Freude daran hatte. Auch

wenn er immer wieder betonte, dass er gerade grob vereinfachte, vieles wegließ und sie gedanklich »in der Steinzeit der Datenverarbeitung« abholen musste.

Er traute ihr noch nicht. Wenigstens hatte er den Kabelbinder, der sie am Bett gehalten hatte, durchgeschnitten. Sie saß nun auf dem Bett, die gefesselten Beine angezogen, die Arme auf den Knien. Mit den Händen versuchte sie, eine Position zu finden, in der der Kabelbinder nicht so tief einschnitt. Jay schien es nicht zu bemerken oder willentlich zu ignorieren.

»Fein«, sagte sie schließlich. »Wieder was gelernt. Und was hat das jetzt damit zu tun, dass ich postpakettauglich zusammengeschnürt wurde?«

»Ich dachte, du weißt, wo Alan ist.«

»Es hätte gereicht, mich zu fragen.«

»Du bist hier eingebrochen.«

»Wenn ich dich richtig verstanden habe, brecht ihr zwei ständig irgendwo ein.«

»Virtuell. Das ist was anderes.«

»Sagt wer?«

Jay schwieg. Er stand am Fenster und starrte nach draußen. Zumindest tat er so.

»Noch mal, ich weiß nicht, wo Alan ist. Deshalb bin ich hergekommen. Ich dachte, ich treffe ihn hier und frage ihn, was das Ganze soll. Mir einen Laptop und dieses ganze Zeug zu schicken. Ich meine …«

»Er wollte die Sachen bei dir in Sicherheit bringen«, sagte Jay.

»Was?«

Er tippte nervös mit den Fingern auf der Fensterscheibe

herum, drehte sich aber nicht zu ihr um. »Hat dich die Polizei hergeschickt? Haben die gesagt, dass du herkommen sollst?«

»Was ist das denn jetzt für ein Quatsch?«

»Warum hast du sein Paket sprengen lassen? Das ist doch völlig verrückt.« Er nahm den Stuhl, der vor Alans überladenem Schreibtisch stand, und zog ihn näher ans Bett. Dann setzte er sich, beugte sich nach vorne, gestikulierte eindringlich beim Sprechen. »Du hast mehr Vertrauen zu den Autoritäten als zu Alan. Was sagt mir das?«

Die Autoritäten. Der Feind. Klar definiert.

»Nenn mir einen Grund, warum ich Alan hätte trauen sollen. Ich meine, er hat mich wochenlang verfolgt und ausspioniert. Er hat die Technik des Limeharbour Tower manipuliert, sodass meine Freundin in den Tod gesprungen ist, und er hat meinen Bruder umgebracht.«

»Was? Was redest du da? Was ist ... Was soll denn dieser Wahnsinn? Alan soll das gewesen sein?« Obwohl Jay ein kleines Lämpchen hinter dem Schreibtisch angeschaltet hatte, konnte sie sein Gesicht nicht richtig erkennen. Aber seiner Stimme hörte sie an, dass er wirklich ahnungslos war. »Sorry, aber du bist verrückt.«

»Äh, nein. Die Beweise sind sogar hier, in diesem Zimmer. Ich hab sie gefunden, kurz bevor du gekommen bist. Ich hab die Fotos eingesteckt. Mach mich los, und ich zeig sie dir. Alan war am Limeharbour Tower, kurz bevor es losging ...«

»Natürlich war er da«, sagte Jay leise.

»... und der Polizei hat er offensichtlich ein falsches Alibi ... Was hast du gerade gesagt?«

»Natürlich war er da.«

»Was heißt das jetzt?«

Er antwortete nicht sofort, schien sich gut zu überlegen, was er als Nächstes sagen sollte. »Die Polizei war zweimal hier. Zuletzt vorgestern. Beim ersten Mal haben sie nur Fragen gestellt. Beim zweiten Mal haben sie alles durchsucht, obwohl sie nicht das Recht dazu hatten. Ich konnte die wichtigsten Sachen aus Alans Zimmer noch retten und bei mir reinstellen. In mein Zimmer zu gehen, das haben sie sich nicht getraut. Ich habe ihnen gesagt, dass ich Journalist bin. Das hilft manchmal. Nicht immer, aber oft genug. Als sie weg waren, hat er gesagt, dass er Daten in Sicherheit bringen muss. Er hat sie überall gelöscht. Auf unserem Server, in der Cloud, überall, weil er Angst hatte, sie könnten dort gecrackt werden. Alles, was ihm wichtig war, packte er auf die Festplatten. Und du hast sie sprengen lassen. Und die Polizei hat jetzt, was noch übrig ist. Falls etwas übrig ist.«

»Was soll denn da drauf gewesen sein?«

»Reden wir eigentlich von demselben Alan? Oder ... bist du überhaupt Emma? Emma Vine? Verwechsle ich dich? Oder verwechselst du gerade was?« Er klang ungehalten.

»Nein, nein, ich bin ...«

»Scheiße, ich weiß, wer du bist. Seit Monaten geht's hier schließlich nur noch um dich. Alan ist total abgefahren auf dich, der ist blind wegen dir. Er hat dir doch immer alles gemailt! Er hat gesagt: Emma muss informiert sein. Und: Bei Emma sind die Sachen sicher. Er hätte doch sonst niemals alles gelöscht.«

»Er hat mir gemailt, ja. Aber ich ... Hör zu. Ich hab seine

Mails in den Spamordner umgeleitet. Oder sofort gelöscht. Ich hab sie irgendwann nicht mehr lesen können. Sie waren so ... Na, dass er sich in mich verliebt hat und dass ich gemein zu ihm war, dieses Zeug eben. Um was ging es denn, verdammt noch mal?«

»Woher soll ich das wissen?!«

»Äh, vielleicht von Alan-›Wir arbeiten an denselben Projekten und wohnen zusammen‹, *dem* Alan? Und würdest du mich jetzt endlich losbinden, ja? Danke!«

Jay zögerte. »Ich hab mich da rausgehalten.«

»Prima. Und der zweite Teil, der mit dem Losbinden?«

Er schüttelte den Kopf. »Ich hab mich da rausgehalten, weil ich der Meinung war, dass sich Alan da in etwas verrennt.«

»Da hattest du verdammt recht.«

»Ich meine das ein bisschen anders. Er ist in dich verliebt gewesen, klar. Und er hat es übertrieben. Allerdings hab ich bis gerade eben nicht gewusst, wie sehr er dich belästigt hat ...«

»Äh, ja. Schön. Jetzt weißt du's. Also könntest du ...«

Er sprach einfach weiter. »Irgendwann, das ist noch keinen Monat her, da sagte er, er sei einer Riesensache auf der Spur, und er müsse dich informieren. Ich dachte: Okay, jetzt hat er so lange gesucht, bis er einen blödsinnigen Grund gefunden hat, wieder Kontakt mit dir aufzunehmen. Zwischendurch hatte er sich ein bisschen beruhigt, da hatte ich schon Hoffnung, dass sich der Emma-Wahn – sorry – gelegt hat. Aber dann sagte er mir: Sie weiß Bescheid, sie liest meine Mails, blabla.«

»Ich hab seine Mails nicht gelesen.«

»Sagtest du schon. Ich bin auch noch nicht fertig. Er hat sich dann jeden Tag mehr aufgeregt. Immer wieder gesagt: Die Sache ist viel größer, als ich gedacht habe. Und: Emma muss aufpassen, sie ist da in was reingeraten. Und: Ich muss sie beschützen. Deshalb hing er immer in deiner Nähe rum, denke ich.«

»Was für eine Riesensache? In was soll ich denn reingeraten sein? Ich inszeniere Shows. Ich unterschreibe nur Verträge, die ich verstehe. Ich hab kein Schwarzgeld irgendwo liegen, ich hab nicht mal genug legal versteuertes Geld irgendwo liegen. Ich habe seit bestimmt zehn Jahren keine illegalen Drogen mehr gekauft. Ich *kann* in gar nichts reingeraten sein.«

»Dann war alles nur totale Paranoia im Liebeswahn?«

Em nickte und hob ihre Hände hoch. »Kannst du mir das jetzt mal abmachen, bevor meine Finger schwarz werden?«

»Meine sind auch schwarz.« Er ging zum Schreibtisch.

»Ganz schlechter Scherz«, sagte sie.

Sie hatte keine Angst mehr vor ihm. Sie wusste, dass er ihr nichts tun würde, deshalb zuckte sie auch nicht zurück, als er mit der Schere näher kam. Em rieb sich die Handgelenke, um die Blutzirkulation anzuregen. »Füße?«

Er durchschnitt auch diesen Kabelbinder. Sie rollte vom Bett und ging ein paar Schritte durch den Raum, wie um zu testen, ob sie das Laufen auch nicht verlernt hatte.

»Aber ist es nicht komisch, dass Alan davon spricht, dass du in etwas reingeraten bist, was gefährlich werden kann, und dass er sich Sorgen um dich macht, und dann ... passiert wirklich etwas?«

Em nickte langsam, rieb sich wieder die Handgelenke und dachte nach. Es änderte nichts. »Jay, ich verstehe, dass Alan dein Freund ist und so weiter. Aber es ist doch ganz offensichtlich: Er hat keine Reaktion von mir bekommen, also hat er sich etwas ausgedacht. Und als das auch nichts gebracht hat, hat er ...« Gab es dafür Worte? Sie zögerte. »Ich glaube, er hat das alles inszeniert und Menschenleben aufs Spiel gesetzt, weil er Aufmerksamkeit gesucht hat.«

Jay sagte nichts.

»Für mich«, fuhr Em fort, »hört sich das leider alles ziemlich eindeutig an. Er ist nervös geworden, als die Polizei hier war. Dann hat er alle Beweise vernichtet, den Laptop und die Festplatte an mich geschickt – vielleicht sogar in dem Wissen, dass sie zerstört werden würden, vielleicht war aber auch einfach gar nichts drauf, daran schon mal gedacht? Dass alles nur Show war? Na, und danach ist er verschwunden. Im Sinne von untergetaucht. Sieht nach Schuldeingeständnis aus, wenn ich ehrlich bin.«

Jay stand auf und ging zur Tür. »Komm mit.«

Er ging die Treppe runter, ohne das Licht anzuschalten. Em folgte ihm, tastete sich an der Wand entlang, um nicht zu stolpern. Erst in seinem Zimmer machte er Licht an, wieder nur ein kleines Lämpchen, das kaum das andere Ende des Raums erreichte.

Em sah sich um: Jays Zimmer war ganz anders eingerichtet als das von Alan. Jay legte viel mehr Wert auf Ordnung und Übersichtlichkeit. Die wenigen Möbel wirkten besser in Schuss, und das Bett war akkurat gemacht. Wie bei Alan stand absurd viel Technik herum, aber es waren andere Dinge: Mehrere Bildschirme standen nebeneinander. Es fand sich auch ein Fernseher mit Lautsprecherboxen von guter Qualität. Außerdem lagen Tablets, eReader und andere Geräte in verschiedenen Ausführungen auf dem sehr großen Schreibtisch. Manches davon war aufgeschraubt und auseinandergenommen worden.

»Wow. Überfällst du auch gerne mal Elektromärkte?«

»Ich bekomme die Sachen zum Testen kostenlos zugeschickt. Damit ich drüber schreibe«, sagte er beiläufig. Er kniete vor seinem Schreibtisch und zog eine Reihe Schuhkartons hervor. Auch sie waren ordentlich gestapelt und – beschriftet.

»Was machst du da?«

»Warte.« Er stellte einen der Kartons auf den Schreibtisch und nahm den Deckel ab. »Hier, die Sachen aus Alans Zimmer, die ich gerettet hab, als die Polizei kam. Sein Handy. Sein Pass. Noch eine externe Festplatte, aber die müsste alt sein.«

»Und das zeigst du mir jetzt, weil …?«

»Weil er ohne sein Handy doch nicht aus dem Haus gegangen wäre! Nicht freiwillig jedenfalls. Und wenn er vorgehabt hätte abzuhauen, dann hätte er seinen Pass mitgenommen.«

»Er wird sich einen neuen besorgen. Und ein neues Handy. Jay, glaub mir, Alan ist wahrscheinlich ernsthaft krank.«

»Nein.« Jay schüttelte den Kopf. »Er hatte vor, zu dir zu gehen. Sich mit dir zu treffen. Ich hab ihm gesagt: Tu's nicht, diese Frau hat dir gerade die Polizei auf den Hals gehetzt. Aber er war nicht davon abzubringen. Er sagte, er würde dir Bescheid geben und einen Treffpunkt ausmachen. Aber er ist nicht mal hier reingegangen, um sein Telefon zu holen. Er hat auch meinen Rechner nicht benutzt. Ich war nicht da, ich musste arbeiten, und als ich wiederkam, da war er weg. Ich dachte, er trifft sich mit dir.«

»Aber das hat er nicht.«

»Er hat gesagt: Emma ist in Gefahr, ich muss ihr helfen. Und dann verschwindet er, ohne dich zu kontaktieren. Ich hab erst rausgefunden, dass er weg ist, als ich mit ihm reden wollte. Da klingelte es in der Schuhschachtel.«

Sie sah ihn an und überlegte, ob sie ihm glauben sollte. Sie wusste es nicht. Er wirkte überzeugend. Vielleicht sollte sie einfach mitspielen.

»Okay. Ich verstehe«, sagte sie. »Ich muss jetzt erst mal wieder nach Hause und in Ruhe über alles nachdenken, ja?«

»Du glaubst mir nicht.«

Offenbar war sie auch schon mal überzeugender gewesen. »Jay, lass mich nachdenken. Ich hab ein bisschen viel mitgemacht in letzter Zeit. Also dann.« Sie ging aus seinem Zimmer und war schon an der Haustür, als er sie am Arm festhielt.

»Was ist mit Alan?«, fragte er.

Sie schüttelte seine Hand ab und sah ihn böse an. Er war etwas größer als sie, aber sie trug Absätze und war fast auf Augenhöhe. »Das ist nicht mein Problem.« Em riss die Haustür auf und ging.

Sie war schon auf der Straße, als er ihr hinterherrief: »Und wenn doch?«

9. April 2013

19

»Ich glaube, du kannst dich auf Palmer verlassen. Sie ist beim Special Branch, sie ist nicht irgendwer, sie macht ihre Arbeit mit Sicherheit gut«, sagte Alex. Die beiden gingen durch den Green Park. Es war kalt, gerade hatte es ein wenig geregnet, aber Em brauchte frische Luft und Bewegung.

»Morgen ist die Beerdigung.« Sie rieb sich die Augen. Sie waren trocken und leicht entzündet. Em hatte lange nicht mehr richtig geschlafen.

»Es wird noch eine Weile dauern, bis es dir besser geht.«

»Tut mir leid. Tröstet mich gerade nicht.«

»Was tröstet dich? Sex?«

Em sah ihn an, grinste schwach. »Frag mich noch mal in ein paar Tagen.«

Er sah gut aus: die dunkelblonden Haare im Privatschulstil etwas zu lang, die grünen Augen immer lebhaft. Teure Anzüge, wenn er arbeitete, trendy, wenn er Freizeit hatte. Aber Em vermisste einen eigenen Stil. Irgendetwas, das seine Persönlichkeit zeigte. Alex war ihr zu perfekt, zu ungebrochen, zu strahlend. Schon immer gewesen. Sie fragte sich, warum sie vor solchen Männern zurückschreckte. Vielleicht wäre es einmal gut, jemanden zu haben, der keine Probleme mit sich herumschleppte. Ausgeglichen war. In sich ruhte.

Sie gingen auf das Canada Gate zu. Em wich zwei Frauen aus, die Kinderwagen vor sich herschoben.

»Dieser Alan, was glaubst du, wo er jetzt ist?«

»Versteckt sich.«

»Und meinst du, dass sein Mitbewohner mit drinhängt?«

»Keine Ahnung.« Fast rannte sie in eine Touristengruppe hinein, die abrupt stehen blieb, um durch den Zaun hindurch das Victoria Memorial zu knipsen. »Sah aus, als würde er sich wirklich Sorgen machen. Aber woher soll ich wissen, ob er mir nicht was vorgespielt hat?«

»Tja.«

»Tja?« Em blieb stehen.

»Wenn man so etwas vorher wüsste ...«

»Ich war nicht mit Alan im Bett«, sagte sie. Und sie würde Alex ganz sicher nicht erzählen, was wirklich geschehen war.

»Verstehe.«

Er glaubte ihr nicht. Klar.

»Ich frage mich, was er als Nächstes vorhat. Gehen wir zurück? Oder willst du einmal um Buckingham Palace rum?«

»Zu kalt fürs Schaulaufen. Lass uns zurück zur U-Bahn gehen.« Alex wickelte seinen Schal etwas enger. »Er wird weiter alles versuchen, um an dich ranzukommen.«

»Hast du nicht gerade gesagt, Palmer würde ihre Arbeit gut machen? Warum hat sie ihn dann nicht verhaftet?«

Alex senkte den Blick.

»Siehst du. Das hilft mir alles nicht weiter.«

»Vielleicht hat er wirklich nichts mit allem zu tun und ist nur abgehauen, weil er Angst hatte, dass ihm keiner glaubt.« Sein Blick blieb eine Sekunde an einem jungen Mann hängen, der in Tweedmantel und Tweedmütze auf einer Parkbank saß und mit großer Geste seine Pfeife stopfte.

»Sehr schwache Theorie.«

»Sie haben nichts Verwertbares auf den Festplatten gefunden, die er dir geschickt hat?«

»Alles zerstört. Vielleicht war aber auch gar nichts drauf.«

Er lächelte. »Ich pass auf dich auf.«

»Musst du nicht.«

»Doch.«

Sie verabscheute es, wenn Männer glaubten, sie beschützen zu müssen. Aber sie sagte nichts weiter dazu. Wenigstens war er auf ihrer Seite.

»Du kannst mich jederzeit anrufen, okay?«, sagte Alex.

Sie nickte. Vor dem Eingang zur U-Bahn-Station Green Park blieben sie stehen.

»Ich geh noch ein Stück zu Fuß«, sagte sie. »Wir sehen uns morgen.«

»Bei der Trauerfeier. Ja.«

Er umarmte sie zum Abschied. Es fühlte sich an wie die Umarmungen ihres Bruders. Schade, dachte sie, aber nur für einen ganz kleinen Moment.

Zwanzig Minuten später kam sie in die Henrietta Street. Sie war den direkten Weg gegangen: über den Piccadilly Circus, quer durch das West End, am Leicester Square vorbei. Auf dem Boden vor ihrem Bett lag noch die Hose, die sie sich in der vergangenen Nacht am Zaun zerrissen hatte. Sie gab ihr einen Tritt, und sie landete unter dem Bett.

Em setzte sich an ihren Laptop und las sich mäßig interessiert ihre Timeline bei Twitter durch. Dann wechselte sie zu Facebook, um nachzusehen, was ihre Bekannten dort gepostet hatten. Es interessierte sie noch weniger. Sie rief wieder Twitter auf, obwohl sie schon seit Tagen selbst nichts mehr schrieb. Was auch.

Die meisten Tweets beschäftigten sich mit Margaret Thatchers Tod. Em klickte sich zu denen durch, die direkt an sie gerichtet waren. Ein paar Leute erkundigten sich danach, wie es ihr ging. Ob sie zur Trauerfeier kommen konnten. Em antwortete nicht.

Gerade als sie den Laptop zuklappen wollte, sah sie einen neuen Tweet. Der Absender war eine Kombination aus Zahlen und Buchstaben, ein Profilbild gab es nicht.

es ist noch nicht vorbei.

Em klickte den Absender an. Das Profil war bereits wieder gelöscht worden.

10. April 2013

20

Das fünfzehnjährige Mädchen, das an diesem nebligen Mittwochmorgen im April am Yachthafen in Grays saß, eine Zigarette rauchte und hoffte, dass sein sechs Monate alter Sohn im Kinderwagen ruhig weiterschlafen würde, trug einen viel zu großen Wintermantel (er gehörte eigentlich seiner Mutter) und fingerlose Handschuhe. Das Mädchen hatte sie selbst abgeschnitten. Zum einen war es praktischer, die Fingerkuppen frei zu haben, zum anderen trug sowieso gerade jeder fingerlose Handschuhe. Allerdings wegen der Smartphones. Das Mädchen hatte kein Smartphone. Es wohnte mit seinen Eltern in einer Sozialwohnung im 15. Stock eines Hochhauses gegenüber des Grays Beach Riverside Parks. Von dort hatte man einen schönen Blick auf die Themse, was das einzig Gute an der Wohnung war. Das Mädchen mochte den Fluss, deshalb ging es morgens, wenn es nicht mehr schlafen konnte, durch den Park, lief vor bis zur Pierspitze des Thurrock Yachtclubs und setzte sich im Schneidersitz auf den kalten Steinboden. Dort rauchte es zwei, manchmal drei Zigaretten, dann ging es zurück nach Hause. Das Kind nahm es meistens mit, weil es dann eine Ausrede hatte, warum es morgens durch die kalte Dunkelheit lief. Manchmal saß das Mädchen auch abends dort, je nachdem, wie es zu Hause wegkam. Es liebte den Dieselgeruch der Schiffe, und es sah gern den Fischerbooten, den Yachten, den Frachtschiffen nach. Es mochte den Umstand, dass der Fluss immer anders war, sogar, wenn man jeden Tag zur selben Uhrzeit ans Ufer kam. Wenn es mal nicht runter zum Fluss gehen konnte, stand es lange an seinem Fenster und schaute aufs Wasser. Es wünschte sich, einfach mitfließen zu können, raus aufs Meer. Es war noch nie in London gewesen, obwohl Grays nur wenige Meilen östlich der Metropole am Nordufer der Themse lag. Wenn man ein Auto besaß, konnte man in einer Stunde in der Londoner Innenstadt sein, aber da gab es nur Touristen. Und im Rest von London, so sagte man, sei es auch nicht besser, eher schlimmer. Aber es war schon mit seinen Eltern in Walton-on-the-Naze gewesen, direkt am Meer. Eine Tante oder Cousine ihrer Mutter wohnte dort. Das Meer reichte bis zum Horizont und wirkte klar, rein und ehrlich. In seinen Augen bedeutete es Freiheit und Vergessen.

Das Mädchen saß also, wie fast jeden Morgen, am Themseufer. Es war noch dunkel, und es waren so gut wie keine anderen Menschen unterwegs. Das Mädchen liebte seine Ruhe mindestens genauso, wie es den Fluss liebte.

An diesem Morgen spülte ihm der träge, schwarze Fluss etwas vor die Füße. Nicht direkt vor die Füße natürlich, es saß ja auf dem Pier. Aber etwas war in der Nacht gegen den Pier geprallt, hing nun dort fest und wurde durch das abnehmende Wasser (in zwei Stunden würde die Ebbe ihren Tiefststand erreicht haben) sichtbar. Es war lang, fast zwei Meter, und es trug Kleidung. Es sah nicht aus wie ein Mensch, nicht mehr, denn das dreckige Flusswasser hatte die Verwesung beschleunigt, aasfressende Vögel hatten ebenfalls ihren Teil beigetragen. Das Mädchen konnte – glücklicherweise – nicht sehr viel davon sehen. Es war Neumond, und der Nebel schluckte das Licht. Aber es erkannte, dass dort eine Gestalt lag. Ohne lange nachzudenken, riss es den Kinderwagen mit sich, ließ seinen Jungen schreien und rannte direkt in den Hafenmeister, der gähnend mit seinem Rundgang begonnen hatte. Er hatte eine Taschenlampe dabei und brauchte nicht lange, um zu erkennen, dass dem angespülten Etwas nicht mehr zu helfen war. Kurz überlegte er, runterzugehen und nach Wertgegenständen zu suchen, aber das, was er im Schein seiner Taschenlampe sah, ließ ihn lieber gleich nach seinem Handy tasten und die Polizei anrufen.

21

Für Kimmy Rasmussen gab es eine kleine Trauerfeier in ihrer Wohnung in Bermondsey. Kimmys Eltern und ihr ältester Bruder blieben in Kanada. Es hieß, sie seien gesundheitlich nicht in der Lage, die Reise auf sich zu nehmen. Es gab Vermutungen, dass sie es auch und vor allem finanziell nicht einrichten konnten. Die Rasmussens hatten sich mit Investitionen in den USA verspekuliert und während der Finanzkrise alles verloren. Seitdem zählte jeder Dollar. Kimmys jüngerer Bruder war nach London gekommen, um sich um ihren Nachlass zu kümmern und die Überführung zu organisieren.

Die Trauerfeier fand am selben Tag und zur selben Zeit statt wie die für Eric Vine. Em hatte versucht, Kimmys Bruder zu überreden, wenigstens eine andere Uhrzeit anzusetzen, aber er blieb seltsam stur und verhielt sich, als mache er Em für den Tod seiner Schwester verantwortlich.

»Warum verlegt *ihr* nicht eure Trauerfeier?« Er klang biestig und gereizt und legte kurz danach auf.

Em ging über eine Stunde vor dem offiziellen Beginn zu Kimmys Wohnung und wurde von einer ihrer Mitbewohnerinnen mit hochgezogenen Augenbrauen begrüßt und hereingelassen. Sie war nicht die Erste, wie sie angenommen hatte. Offenbar waren nicht wenige auf dieselbe Idee gekommen, um anschließend pünktlich bei Erics Trauerfeier sein zu können. Sie sah viele Leute aus der Branche, die Kimmy nicht wirklich nahegestanden hatten, sich aber ein Sehen und Gesehenwerden erhofften, erst hier, dann beim Abschied von Eric Vine. Em spürte die Blicke, mit denen sie empfangen wurde. Es waren feindselige darunter. Sie kamen von Kimmys Bruder, einem sehr blassen, schwarzhaarigen Hünen mit stechenden blauen Augen, der sich weigerte, ihr die Hand zu geben, als sie ihm kondolieren wollte. Neben ihm stand Kimmys Freund, ein älteres Abbild des Bruders, der sich bei Ems Anblick auf dem Absatz umdrehte und den Raum verließ.

»Du bist bisher die Einzige, die in der Sache festgenommen wurde«, raunte ihr jemand zu, und Em verstand. Sie suchte in der kleinen Küche nach einer Vase für die Blumen, die sie mitgebracht hatte, fand aber keine. Also legte sie den Strauß vorsichtig in der Spüle ab und ging, ohne sich zu verabschieden.

Vor dem Haus traf sie auf Jono. Der Junge sah sie erschrocken an, als hätte sie ihn bei etwas Verbotenem ertappt.

»Du verstehst das doch? Ich meine, ich hab für sie gearbeitet. Ich ... Vielleicht könnte ich ja später noch ...?«

»Du hast Eric doch gar nicht gekannt«, sagte Em.

»Doch, klar hab ich ihn gekannt.«

»Du hast ihn einmal gesehen.«

»Er hat mich nach Hause gebracht.«

»Denkst du, ich würde von dir erwarten, dass du deshalb Kimmys Trauerfeier ausfallen lässt?«

Jono hob die Schultern. »Ich weiß nicht. Die meisten aus der Agentur wollen nachher noch zu euch.«

»Super. Dann können sie abstimmen, wo es das bessere Essen gab.«

»Mir geht's nicht ums Essen.«

»Das weiß ich. Ich hab auch nicht dich gemeint.«

»Warum ist beides gleichzeitig?«

Em zuckte die Schultern. »Vielleicht will *er* wissen, wo die meisten hingehen.«

»Ich versteh nicht ganz. Dein Bruder war Anwalt, und Kimmy ...«

»Jono, sie kommen nicht wegen Eric. Sie kommen meinetwegen, wegen der anderen Leute, die ich kenne, und wegen der Presse.«

»Zu einer Trauerfeier?«

»Gewöhn dich schon mal dran«, sagte Em.

Über ihnen öffnete sich ein Fenster. Ems Blumenstrauß flog auf den Bürgersteig.

Sie kam zu spät, weil die Jubilee Line stecken geblieben war. Ihre Großmutter Patricia warf ihr strafende Blicke zu, und auch Katherine und Frank hatten wenig Verständnis. Sie wussten, wo Em gewesen war. Sie hatten ihr gesagt, sie müsse »Prioritäten setzen«.

»Es ist fünf nach drei«, sagte Katherine.

»Ich kann die Uhr lesen, danke.«

Katherine sah aus, als würde sie sie am liebsten ohrfeigen. Ihr Mann legte ihr beruhigend eine Hand in den Rücken. »Dann fangen wir jetzt an«, sagte er.

Sie hatten die Räume, in denen die Zwillinge aufgewachsen waren und Em nun wohnte, für den Empfang der Trauergäste herrichten lassen. Der große Salon füllte sich mit über hundert Leuten, und es kamen immer mehr. Über dem Kamin hing ein großes Porträtfoto von Eric. Em hätte ein anderes Bild ausgesucht, aber man hatte sie nicht entscheiden lassen, so wie sie auch keine Rede halten sollte.

»Das erwartet niemand von dir. Alle wissen, wie sehr dich das alles mitgenommen hat. Wir machen das schon«, hatte Patricia gesagt.

Es war wie früher. Man schaffte Tatsachen, und Em sollte mit ihnen leben. Gefühle innerhalb dieser Familie zu lesen, fiel ihr heute genauso schwer wie damals.

Patricia saß in einem großen Sessel und begrüßte die Gäste. Sie bedankte sich dafür, dass so viele gekommen waren, um gemeinsam an ihren Enkel zu denken, den Schmerz zu teilen und Abschied zu nehmen. Es folgte eine Zusammenfassung von Erics Leben. Die Schule, die Preise, die Universität, die Auszeichnungen, die Auslandsaufenthalte, die Kanzleien.

Jeder Wikipediaeintrag klang persönlicher und herzlicher.

Seinen Tod umschrieb sie als »tragisches Ereignis«, was zustimmendes Gemurmel auslöste. Em saß neben Frank, der sich wie ein Zeremonienmeister aufführte und eine Art Ablaufplan in der Hand hielt. Er bewegte lautlos die Lippen zu Patricias Rede, als hätte er sie auswendig gelernt. Em wäre am liebsten gegangen.

Raus an die Luft. Runter ans Wasser. Weg von hier. Es war unwürdig.

Katherine erhob sich, strich ihr schwarzes, knöchellanges Abendkleid glatt und schritt zum Kamin. Sie hockte sich neben den Sessel, nahm Patricias Hände in ihre, schloss die Augen, nickte. Dann richtete sie sich wieder auf, wandte sich den Gästen zu und hielt ihre eigene Rede.

Rührende Worte über ihre Rolle als Mutterersatz für Eric. Und natürlich Em, aber nur als Fußnote.

Wäre Em früher erschienen, ihre Tante hätte sie gezwungen, sich umzuziehen. Etwas »femininer«. Etwas »angemessener«. Em trug eine enge Bluse, eine weite Anzugshose und Derbys, wie üblich alles in Schwarz. Katherine hätte sie lieber in Kostüm und High Heels gesehen. Seit ein paar Tagen stellte sie sich die Frage, welche Art von Abschied ihr Bruder gern gehabt hätte, und sie wusste keine Antwort. Sie hatten nie über den eigenen Tod gesprochen, und die einzige Beerdigung, zu der sie hatten gehen müssen, war die ihres Vaters gewesen: ein paar seiner Freunde, ein schlichter Sarg, eine kurze Rede, hinterher ein Essen im Pub. So hatte er es sich gewünscht – schlicht und unaufgeregt, ohne die Everetts.

Vielleicht wäre Eric diese steife, protokollarisch durchgeplante Farce sogar ganz recht gewesen. Sie stellte sich vor, was er wohl dazu sagen würde.

»Mich muss es nicht glücklich machen«, sagte Erics Stimme in ihrem Kopf.

»Aber wie willst du, dass wir dich in Erinnerung behalten?«, fragte Em zurück.

»Frag lieber, warum Katherine will, dass man sich so an *sie* erinnert«, sagte Erics Stimme. »Das Kleid ist eine Katastrophe.«

Fast hätte Em gelacht.

Katherine schaffte es, die Anwesenden tatsächlich zu Tränen zu rühren, sogar sich selbst. Frank reichte ihr mit großer Geste ein Taschentuch und führte sie zurück zu ihrem Stuhl, kniete sich neben sie, einen Arm um ihre

Schultern gelegt, beruhigende Worte in ihr Ohr flüsternd. Em versuchte, angemessen mitgenommen auszusehen und sich Wut und Hohn nicht anmerken zu lassen. Nicht jetzt, nicht hier. Es würde nichts bringen, außer Schlagzeilen. Und Katherine wusste selbst, dass sie den Zwillingen oft genug zu verstehen gegeben hatte, wie lästig sie ihr fielen. Em wusste längst, dass sich Katherines Ablehnung auf etwas anderes bezog: auf Ruth, ihre Schwester, die Mutter der Zwillinge. Katherine hasste sie dafür, dass sie die Schönere gewesen war, dass sie Kinder bekommen hatte, sie hasste sie dafür, vor ihr geheiratet zu haben, und sie hasste sie dafür, sich einfach aus dem Staub gemacht und sie mit der Mutter allein gelassen zu haben. Sie hatte ihre Schwester ihr Leben lang gehasst. Von den Zwillingen bevorzugte sie eindeutig Eric, weil er ein attraktiver, pflegeleichter, vorzeigbarer junger Mann war, der seiner Mutter nicht ähnlich sah. Ganz anders eben als Em. Aber man konnte Zwillinge schlecht trennen.

Katherine tat es trotzdem. Sie trennte die beiden, indem sie sie ungleich behandelte. Patricia und Frank sahen ihr dabei zu.

Der nächste Redner war ein alter Schulfreund von Eric. Er hieß James, es folgte ein unwichtiger, aber bedeutungsschwanger von Frank vorgetragener Adelstitel, als er ihn vorstellte, und Em konnte sich nur schwach daran erinnern, dass Eric tatsächlich früher von diesem James erzählt hatte. James hielt eine überraschend liebevolle und auch witzige Rede auf Eric, sodass auch Em den Tränen nahe war. Danach stand Alex auf, um einen schlichten, schönen Nachruf zu halten.

Als es vorbei war, drängte sich Em zum Buffet und ließ sich gleich zweimal Champagner nachschenken. Sie glaubte nicht, es anders durchhalten zu können. Langsam schoben sich die Gäste auf sie zu, um ihr zu kondolieren. Eine nahezu endlose Reihe fremder Gesichter über schwarzer Kleidung wand sich an ihr vorbei, die immer selben Worte wurden gesagt. Die älteren Herrschaften rochen leicht nach Mottenkugeln, der Rest wehte ihr mit den unterschiedlichsten Duftwässern entgegen. Einige wenige taten ihr den Gefallen, nach Nikotin zu riechen. Mindestens ein Drittel hatte Mundgeruch. Em glaubte, explodieren zu müssen. Jemand reichte ihr ein viertes Glas Champagner – es war Alex. Die Reihe der Kondolierenden ebbte langsam ab, vielleicht wollten sie aber auch nur noch schnell etwas vom Buffet abhaben, bevor es leer geräumt war. Em weinte, ohne sich dafür zu schämen. Die Reporter, die sich eingeschlichen hatten, machten so unauffällig wie möglich Fotos. Sie merkte es trotzdem, sagte aber nichts. Auch sonst war niemand daran interessiert, sie hinauszuwerfen. Em sah Gesichter, die eigentlich bei Kimmys Abschied hätten sein sollen. Sie trank ein fünftes Glas Champagner und sah die beiden wieder vor sich, Kimmy, wie sie fiel, und Eric, wie sie ihm die Sauerstoffmaske vom Gesicht nahmen, weil er längst tot war.

Das sechste und siebte Glas Champagner, dann hörte sie auf zu zählen. Em war jetzt in ihrem Schlafzimmer, aber nicht allein. Zu viele Menschen waren gekommen. Sie verteilten sich auf alle Räume, die nicht abgeschlossen waren. Sie saßen und standen auch im Treppenhaus herum. Patricia hatte wohlweislich ihr Stockwerk abgeschlossen, ebenso hatten Katherine und Frank ihre Wohnung den Gästen mit einem dezenten, aber wirkungsvollen Hinweisschild versperrt.

Ein paar Leute standen am Fenster und rauchten. Em stellte sich dazu und ließ sich eine Zigarette geben. Man sagte ihr, wie schade es um ihren Bruder war. Sie antwortete, dass sie es auch so sehe.

Alex tauchte auf. Die Raucher lobten ihn für seine Rede. Er nickte bescheiden und schüttelte Em mit traurigem Blick die Hand. Er hätte sie umarmen können, tat es aber nicht. Sie sah aus dem Fenster: Jono stand vor dem Haus. Erst dachte sie, er würde sich nicht hereintrauen, aber er war nur mit seinem Smartphone beschäftigt. Nach einer Weile hob er den Kopf und sah sie am Fenster. Er winkte ihr zu und betrat das Haus. Zwei Minuten später war er bei ihr, ein Glas Champagner in der Hand. Sie nahm es ihm ab und trank es aus.

»Wie spät ist es?«, fragte sie.

»Kurz nach sechs«, sagte Jono. »Ich bin länger geblieben. Aber außer mir war am Ende niemand mehr da. Außer mir, ihrem Bruder, Kimmys Freund und ihren beiden Mitbewohnerinnen. Es war ganz, ganz furchtbar.«

Em nickte. »Sie sind alle hergekommen, hm?«

»Großer Aufbruch gegen halb vier.«

»Halb vier!« Sie spürte längst, wie viel sie getrunken hatte. Das Sprechen fiel ihr schwer.

»Ja. Alle hatten eine andere Ausrede. Es war peinlich und total offensichtlich. Ich bin geblieben und hab ihrem Bruder beim Aufräumen geholfen.«

»Guter Junge.«

»Aber er hat gesagt: Geh ruhig, du bist nicht mehr ihr Praktikant. Und ich hab gesagt: Ich mochte sie sehr, und das gehört sich ja wohl so. Das hat ihm gefallen, glaube ich.«

»Du hast ihm nicht gesagt, dass du ein schlechtes Gewissen hast. Besser so.«

Jono sah betreten zu Boden. »Ich war nun mal ohnmächtig. Es tut mir leid.«

»Du bist nicht schuld.«

»Er denkt, du hast was damit zu tun. Ich hab ihm gesagt, dass das Blödsinn ist. Aber er meinte: Die Polizei hat sie nicht ohne Grund verhaftet. Ich hab gesagt: Doch, das war ein Missverständnis. Und er meinte: Glaub das bloß nicht, der erste Verdacht ist meistens der richtige.«

»Scheiße.«

»Ja.«

»Wann fliegt er zurück?«

»Übermorgen? Ich weiß es nicht genau.«

»Hoffentlich laufe ich ihm nicht mehr über den Weg.« Sie winkte einem der Mädchen zu, die mit Tabletts voller Champagner herumliefen, damit auch keiner der Gäste Durst leiden musste.

»Vielleicht besser mal Wasser?«, sagte Alex, der immer noch neben ihr stand.

Sie sah ihn verständnislos an. »Warum?«

»Weil du schon so viel getrunken hast.«

»Natürlich hab ich das.« Sie nahm sich ein Glas vom Tablett.

»Deshalb sagte ich: Vielleicht besser mal ein Wasser zwischendurch. Nur so eine Idee.« Alex grinste unsicher.

Jono nahm sich ebenfalls ein Glas. Dann überlegte er es sich anders und nahm noch ein zweites.

»Das hier«, sagte Em laut und deutlich, »ist die Trauerfeier für meinen Bruder. Mein Bruder ist tot, und ich musste zusehen, wie er gestorben ist. Ich glaube, ich habe gute Gründe, mich heute zu besaufen.« Sie merkte, dass die Gespräche um sie herum verstummt waren. »Ja, vielen Dank fürs Zuhören. Mehr hab ich nicht zu sagen. Machen Sie einfach weiter. Danke.« Sie deutete eine Verbeugung an, dann sah sie Alex finster an. »Ich bin hier zu Hause«, sagte sie.

»Alles klar.« Er drehte sich um und verließ das Zimmer.

Jono schüttete die beiden Gläser in sich hinein und schüttelte sich. »Er wollte nur nett sein.«

»Ich weiß.«

»Warum bist du dann nicht nett zu ihm?«

»Das versteht er schon«, sagte Em.

»Du bist echt komisch«, sagte Jono und trat ans Fenster.

»Ich bin die Nächste.« Sie stellte sich zu ihm und sah ebenfalls hinaus. Es wurde langsam dunkel. Auf der Straße herrschte reger Verkehr, obwohl das Haus abseits der Touristenattraktionen lag.

»Sag so was nicht.«

»Jono, es stimmt aber. Das mit Kimmy war eine Warnung an mich. Kimmy sollte es gar nicht treffen. Dann hätte ich sterben sollen, nicht Eric. Ich bin die Nächste.«

»Das ist Unsinn!«

»Doch. Alan sitzt irgendwo da draußen und wartet darauf, zuschlagen zu können. Vielleicht sollte ich rausgehen und es hinter mich bringen. Mich allein in einen Park setzen und abwarten. Damit er nicht noch mal die Falschen erwischt.«

»Em, das darfst du nicht mal denken!«

»Ach, Kleiner. Ich denke nichts anderes. Angeblich ist er verschwunden. Sagt sein Mitbewohner. Aber dem trau ich auch nicht. Und die Polizei, was macht die? Nichts. Ermitteln seit Tagen rum und haben – nichts. Sie waren sogar bei Alan zu Hause und haben alles durchsucht. Nichts gefunden. Kann es denn sein, dass er so viel schlauer ist als die Polizei?«

»Aber du kannst doch nicht einfach abwarten, dass er wieder versucht, dich umzubringen?«, flüsterte Jono, der offensichtlich Angst hatte, dass jemand von den Trauergästen mithörte. Deren Aufmerksamkeit richtete sich gerade auf etwas ganz anderes: Frank rief drüben einen Toast auf Eric aus und kündigte einen – wie er es nannte – Diavortrag an: Erics Leben in Bildern. Die Menschen strömten zurück in den Salon. Jono und Em blieben in ihrem Schlafzimmer.

»Willst du nicht gehen?«, fragte Jono.

»Er war mein Bruder. Ich denke, ich kenne so ziemlich alle Fotos, die es von ihm gibt. Zumindest alle, die Frank und Katherine haben.«

Jono nickte langsam. »Eure Eltern sind beide tot?«

»Unser Vater. Was mit unserer Mutter ist, wissen wir nicht. Sie ist abgehauen, als wir gerade mal vier waren.«

»Ich fühle mich gerade unglaublich exklusiv mit meiner Heile-Welt-Biografie.«

»Herzlichen Glückwunsch.«

»Trinken wir noch was?«

»Unbedingt.«

Eine Stunde später war Em zu betrunken, um noch stehen zu können. Sie saß neben Jono auf der Treppe, die zu Patricias Räumen führte, und presste beide Hände auf die Stufe.

»Das Haus dreht sich«, sagte sie langsam.

»Nein, aber die Erde«, sagte Jono ernst, der noch ein paar Gläser Champagner von ihrem Level an Realitätswahrnehmung entfernt war.

»Unverschämtheit. Da wird einem ja schwindelig von.«

»Mir ist schon schlecht.«

»Nicht ohnmächtig werden.« Em konnte kaum noch die Augen offen halten. Sie wusste selbst nicht, ob sie sich oder ihn damit meinte.

»Vorhin hat jemand das Bad vollgekotzt«, erklärte Jono.

»Das hätte Eric nicht gefallen. Die kotzende Londoner Oberschicht.«

»Ich find's lustig.«

»Ich glaube, ich auch.« Sie hielt eine Hand hoch, um Jono abklatschen zu lassen. Beide trafen nur ins Leere.

»Ich hab noch nie so was gesehen. Noch nie. Sind Beerdigungen immer so lustig?«

»Das ist keine Beerdigung. Das ist eine Trauerfeier«, sagte Em und fühlte sich, als müsste sie sich auch jeden Moment übergeben.

»Ich war noch nie auf einer. Bei Kimmy war es nicht so lustig.«

Em kicherte. »Gerade dachte ich, ich hätte ihren Bruder gesehen.«

»Das ist ihr Bruder.«

»Oh.«

»Er kommt gerade zu uns.«

»Oha.«

Em war nicht mehr in der Lage, ihren Blick lange genug scharf zu stellen, um ihn anzusehen, als er vor ihr stand.

»Du gehörst hinter Gitter.« Er schrie sie an.

Em schloss die Augen und ließ sich nach hinten sacken.

»Du hast noch nicht mal genug Anstand, mich in Ruhe um meine Schwester trauern zu lassen.«

»Hey, das ist die Trauerfeier ihres Bruders«, sagte eine männliche Stimme. Em entschied, dass es sich wie Alex anhörte. Sie konnte die Augen nicht mehr öffnen.

»Ihretwegen sind alle weggelaufen! Erst bringt sich Kimmy wegen dieser Hexe um, und dann ...« Sein Geschrei brach ab. Stattdessen mehr Geschrei, aber von anderen.

Sie musste kurz eingeschlafen sein. Jemand rüttelte an ihrer Schulter. Em öffnete vorsichtig ein Auge, hatte aber keine Ahnung, wen sie ansah.

»Ist er weg?«

»Wer?«

»Kimmys Bruder.«

»Ja.«

Sie schlief wieder ein.

Als sie das nächste Mal geweckt wurde, fühlte sie sich sterbenselend, erkannte aber das Gesicht.

»Cox«, sagte sie.

»Wir müssen Sie sprechen.«

»Morgen.«

»Ja, offenbar ...«

Sie wollte wieder einschlafen, aber er ließ sie nicht.

»Sie können doch nicht auf der Treppe liegen bleiben. Und der Junge auch nicht.«

Em machte die Augen auf, blinzelte, sah Jono, der sich am Fuß der Treppe zusammengerollt hatte, wie um sie zu bewachen. Kein guter Wächter. Er schlief wie ein Stein.

»In meinem Schlafzimmer sind Leute«, sagte sie mühsam.

»Ich kümmere mich drum.« Cox verschwand. Nach einer Weile kam er zurück, half ihr dabei, sich aufzurichten, und steuerte sie in ihr Zimmer.

Sie bekam noch mit, dass überall Leute waren. Aber nicht mehr in ihrem Schlafzimmer. Dankbar ließ sie sich aufs Bett fallen und wollte wieder einschlafen. Etwas hielt sie wach. Eine Frage, auf die sie keine Antwort wusste.

»Was machen Sie hier, Cox?«

»Warten, bis Sie nüchtern sind.«

»Warum?«

»Um Sie dann mitzunehmen.«

»Warum?«

»Wir warten besser, bis Sie nüchtern sind.«

»Warum?«

»Weil wir Sie befragen müssen.«

»Warum?«

»Wie gesagt, Sie sollten sich jetzt ausruhen, und wenn Sie Ihren Rausch ausgeschlafen haben ... Es bleibt jemand über Nacht hier.« Und mit einem genervten Unterton fügte er hinzu: »Wie es aussieht, bin ich das sogar.«

»Warum?«

»Kennen Sie nur noch ein Wort? Hoffentlich wird das

besser, wenn Sie geschlafen haben. Warum? Damit Sie nicht abhauen.«

»Warum?«

»Weil … wir Alan Collins gefunden haben.«

Sie lächelte. »Das ist gut«, sagte sie. »Dann kann ich jetzt schlafen.«

»Er ist tot.«

»Dann kann ich jetzt schlafen«, wiederholte sie und tat es.

11. April 2013

22

Em wachte mit einem Ruck auf. Sie lag vollständig bekleidet im Bett. Jemand hatte sie zugedeckt und ihr die Schuhe ausgezogen. Ihr Kopf dröhnte, und ihr Magen meldete sich schlecht gelaunt. Irgendwo hatte sie Ibuprofen, das Einzige, was ihrem Kopf half, wenn auch nicht ihrem Magen. Stöhnend rollte sie sich zum Nachttisch, öffnete eine Schublade und fand die Tabletten. Sie schluckte zwei davon trocken runter.

Sie tastete nach ihrem Smartphone in der hinteren Hosentasche. Es war noch da. Die Displaybeleuchtung zwang sie, die Augen nur halb zu öffnen. Sie checkte Facebook, Twitter und ihre Mails. Jono hatte ihr geschrieben, eine private Twitternachricht. »Wenn du kannst, hau ab. Die wollen dich festnehmen.«

Vage fiel ihr ein, dass Cox bei ihr gewesen war. Irgendwas mit Alan. Sie rief die Startseite des *Guardian* auf. Dann die der BBC. Überall das Gleiche: ein Toter in der Themse. Gefunden am Ufer von Grays, östlich von London. In der Presse hieß es gleichermaßen, der Tote sei noch nicht identifiziert. Auf Twitter war nichts zu finden, niemand schien darüber zu spekulieren. Tote in der Themse, wen interessierte das.

Sie antwortete Jono. »Der Themsetote?«

Es war halb zwei Uhr nachts, aber Jono schrieb sofort zurück. »Ja.«

Em war noch lange nicht nüchtern, und sie hatte keine Lust, sich festnehmen zu lassen. Sie war vermutlich weit und breit der einzige Mensch mit einem Motiv, Alan etwas anzutun, und Cox lungerte nicht umsonst vor ihrer Tür herum und wartete, bis sie bereit für eine Befragung war. Jonos Vorschlag, das Weite zu suchen, schien ihr daher vollkommen logisch, wenn nicht sogar der einzige Ausweg. Sie zog ihre Schuhe wieder an, holte eine Reisetasche aus dem Schrank, stopfte Kleidung hinein, nahm ihren Mantel, steckte Handy und Brieftasche ein und verschwand durch die Tür, die zum Dienstbotenaufgang führte. Über dieses zweite Treppenhaus hatte Cox offenbar niemanden informiert. Die anderen Polizisten waren vorerst abgezogen worden. Sie konnte problemlos das Haus verlassen, sich ein Taxi nehmen und wegfahren.

»Wohin?«, fragte der Taxifahrer.

»Egal. Wo mich niemand sucht.«

»Das hör ich öfter. Aber ein bisschen genauer wäre mir schon lieber.«

Sie dachte nach, so gut es in ihrem Zustand möglich war. Wenn die Polizei sie suchte ... dann könnte sie zu keinem ihrer Bekannten. Das wäre zu einfach. Dann könnte sie nur ...

»Brixton Hill«, sagte sie.

Der Taxifahrer warf ihr einen Blick über den Rückspiegel zu. »Sicher?«

»Ja.«

23

Niemand öffnete, aber Em kannte jetzt den Weg über den Hinterhof. Sie stand in der dunklen Küche und rief leise nach Jay. Sie ging zu seinem Zimmer, klopfte an die Tür, öffnete diese vorsichtig. Er war nicht da. Sie warf ihre Reisetasche auf den Boden und ging zur Haustür hinaus. Ein paar Schritte gehen, um den Kopf freizukriegen und auszunüchtern.

Diesmal ging sie nicht in Richtung der Hauptstraße Brixton Hill, sondern weiter die Nebenstraße entlang. Aus den meisten Häusern hingen Bettlaken mit Parolen, vor anderen standen Pappschilder, überall war es dasselbe: *Wir lassen uns nicht vertreiben. Wir sind hier zu Hause. Wir leben hier. Fuck Kapitalismus. Fuck Luxusrenovierung. Fuck Braidlux Constructions.*

Am Ende der Straße hatten die Bauarbeiten bereits begonnen. Ein eingezäuntes Grundstück, das alte Haus bereits abgerissen, und auf dem Bauzaun, der den Schutt verdecken sollte, prangten Schilder der Firma Braidlux. Dieser Bauunternehmer war seit einer Weile ganz groß in London. Man sah fast nur noch seine Schilder an den Baustellen, und seither hörte man auch immer wieder von den Protesten. Billige Grundstücke in bisher kaum interessanten Gegenden wurden aufgekauft, die Häuser abgerissen, teure Wohnungen hochgezogen, und die somit neu erschlossenen Gegenden wurden als neue In-Viertel angepriesen.

Obwohl die Immobilienpreise immer weiter stiegen, als

wäre die Finanzkrise nur ein trockenes Husten gewesen, fanden sich für die teuersten Wohnungen Käufer. Olympia 2012 hatte den Trend nur verstärkt.

Em lief die Straßen ab. Sie passierte eine Schule, verirrte sich zwischen den Häuserblöcken einer Sozialbausiedlung, kam an mindestens drei Kirchen vorbei (vielleicht war es auch immer dieselbe, sie war sich nicht ganz sicher), stolperte über öffentliche Grünflächen. Irgendwann fiel ihr auf, dass sie keine Bettlaken und Pappschilder mit dem Protest gegen Braidlux mehr an den Häusern sah. Dafür fand sie sich hübschen Reihenhäuschen mit adretten Vorgärten und akkurat gehängten Gardinen gegenüber. Keine Neubauten, aber Neubezüge, das konnte man sehen. Die Vorgärten verrieten: junge Familien. Die Autos verrieten: junge Familien mit Geld. Brixton war längst im Wandel.

Sie führte ihr Zickzack durch die Straßen fort, entwickelte Spaß daran, sich treiben zu lassen. Als sie endgültig nicht mehr wusste, wie sie zurückkam, und schon befürchtete, in Clapham oder Stockwell oder Herne Hill oder einem der anderen angrenzenden Stadtteile gelandet zu sein, schaltete sie die Navigations-App auf ihrem Smartphone ein und sah, dass sie gar nicht so weit von der Brixton Academy entfernt war. Ein ungewöhnlich schönes Gebäude, das man in Brixton nicht erwartete. Die Art-déco-Fassade war in den Neunzigern wiederhergestellt worden, als ein Investor das Gebäude aufgekauft hatte. Ursprünglich war es Ende der Zwanzigerjahre als Kino erbaut worden und öffnete 1929 unter dem Namen The Astoria, bis es 1972 schließen musste. Es folgten fast zehn Jahre, in denen sich gescheiterte Musikprojekte, Leerstand und zweckfremde Nutzung abwechselten. Seit den frühen Achtzigern aber hatte es sich als Ort für Musiker etabliert: Große Bands hatten hier immer wieder geprobt, gespielt und Videos gedreht. Von Reggae bis Rock war alles vertreten. Heute hieß die Brixton Academy offiziell O2 Academy, Brixton. Kein Mensch benutzte den offiziellen Namen, wenn es sich vermeiden ließ.

Die frühen Morgenstunden brachen bereits an, und es war nichts mehr los. Das Konzert, das für den Tag angeschrieben stand, war längst vorbei, und Em sah nur ein paar Männer, die noch die letzten Reste abbauten und in einen LKW luden. Em wusste wieder genau, wo sie war, und konnte sich allein orientieren. Sie wusste allerdings nicht, was sie als Nächstes tun sollte. Zurück zu Jays Haus? Oder lieber in die U-Bahn und ganz woandershin? Sie setzte sich auf die Stufen vor der Brixton Academy und stützte den Kopf in die Hände.

»Alles okay?«, fragte einer der Männer, der eine Zigarettenpause machte und sich zu ihr setzte. Sie sah ihn an. Er war Mitte vierzig und hatte die langen, bereits angegrauten Haare zu einem Pferdeschwanz zusammengebunden. Unter seinem T-Shirt krochen an Hals und Armen kunstvolle Tätowierungen hervor.

»Ich komme von einer Trauerfeier«, sagte sie.

»Oh. Klar. Auch eine?«

Sie nahm eine Zigarette von ihm und ließ sich Feuer geben.

»Naher Verwandter?«

»Zwillingsbruder.«

»Scheiße. Näher geht nicht. Tut mir leid.«

Sie nickte. »Ihr hattet aber nen langen Abend.«

»Ja, normalerweise wären wir längst fertig. Nahm aber heute kein Ende.«

»Wer hat hier denn gespielt?«

»Primal Scream.«

»Die gibt's noch?«

»Klar. Erfolgreicher denn je. Neues Album kommt im Mai, sie haben's schon vorgestellt. War knallvoll. Riesenparty.«

»Hab ich ja richtig was verpasst.«

»Lustiger als ne Trauerfeier war's mit Sicherheit«, sagte der Mann. »Und was hast du jetzt vor? Wohnst du hier?«

Sie hob die Schultern. »Im Moment ist alles ein bisschen durcheinander.«

Er trat seine Kippe aus, stand auf und nickte ihr zu. »Pass auf dich auf. Wenn wir dir ein Taxi rufen sollen oder so ...«

»Danke. Ich komm klar.« Sie freute sich, dass er so nett zu ihr war, ohne etwas dafür zu verlangen. Er hatte nicht mal versucht, sie anzumachen. Sie dachte kurz darüber nach, was die Trauer eines Menschen bei anderen auslöste. Man versuchte, Halt und Wärme zu geben, und ging gleichzeitig auf Distanz. Mitleid gepaart mit der unangenehmen eigenen Angst vorm Tod.

Der Mann stieg zu seinen Kollegen in den LKW, und sie fuhren weg. Er winkte ihr noch kurz zu.

Der Spaziergang hatte ihr gutgetan. Ihr Kopf war etwas klarer. Sie fragte sich, ob es nicht eine idiotische Idee gewesen war, wegzulaufen. Was hatte sie denn zu verbergen? Sie hatte mit Alans Tod nichts zu tun. Hätte sie nicht so viel getrunken, sie hätte überlegter reagiert. Andererseits: Wieso stellten sie ihr jemanden wie Cox vor die Zimmertür? Welchen Grund hatte die Polizei anzunehmen, dass sie etwas mit Alans Tod zu tun hatte? Abgesehen von einem Motiv. Aber Beweise? Ein Motiv allein reichte doch nicht, sie festzunehmen.

Vielleicht hatte wieder jemand Beweise manipuliert, so wie bei dem Anschlag auf den Limeharbour Tower. Falsche Spuren gelegt, die direkt zu ihr führten. Und nun sah es so aus, als hätte sie Alan umgebracht.

Erst jetzt drang es richtig in ihr Bewusstsein: Drei Menschen aus ihrem Umfeld waren nicht einfach nur gestorben, sondern getötet oder in den Tod getrieben worden. Warum jetzt Alan? Was bedeutete das? Hatte Jay recht gehabt, und Alan hatte ihr wirklich nur helfen wollen? Es sah danach aus. Dann wäre Alan also auch ihretwegen gestorben. Nur – was hatte sie getan? Wem war sie im Weg? Warum wollte jemand sie töten? Alan war der Einzige mit einem Motiv gewesen: enttäuschte Liebe. Gab es einen anderen Mann, der sich an ihr rächen wollte? Ihr fiel keiner ein. Sie hielt ihre Affären normalerweise oberflächlich und ohne nennenswerte emotionale Verbindlichkeiten. Jedenfalls versuchte sie es. Und wenn sie merkte, dass sie sich verliebte, ging sie einfach. Niemand hatte sie in den letzten Wochen und Monaten belästigt – außer Alan. Niemand war länger als ein paar Tage sauer auf sie gewesen, wenn sie Schluss gemacht hatte – außer Alan, und mit dem hatte sie nicht einmal geschlafen. Beruflich gab es keinen Grund, sie aus dem Weg räumen zu wollen. Wenn ihr jemand dauerhaft schaden wollte, ginge dies auch einfacher und unblutiger. Ihr fiel absolut nichts ein. Und trotzdem wollte jemand, dass sie starb.

Em nahm ihr Telefon und ging auf Twitter. Sie suchte die Nachricht heraus, die sie vor zwei Tagen erhalten hatte und von der sie sicher gewesen war, dass Alan sie ihr geschickt hatte. War er zu der Zeit schon tot gewesen? Sie suchte bei Twitter und fand mehrere Links zu Artikeln, in denen zwar nicht mehr stand, als die offizielle Pressemeldung der Polizei hergab, aber immerhin war bekannt, dass der Themsetote mindestens zwei Tage im Wasser gelegen haben musste.

Zwei Tage.

Vor zwei Tagen war er verschwunden. Vor zwei Tagen hatte sie eine Nachricht bekommen. »Es ist noch nicht vorbei.« War damit gar nicht gemeint, dass sie sterben sollte? Sondern noch jemand, den sie kannte? Selbst wenn es so war – warum? Wer tat ihr das an? Konnten all diese Ereignisse Zufall sein, und die seltsamen anonymen Nachrichten kamen von jemandem, der sich einfach nur einen Spaß erlauben wollte?

Em beschloss, es auszuprobieren. Sie schaltete das GPS aus, um nicht geortet werden zu können und keine Geodaten zu übertragen. Sie prüfte, ob irgendetwas bei Facebook oder Twitter zu sehen war, das verraten könnte, wo sie sich gerade befand. Dann schrieb sie auf Twitter:

versuch doch, mich zu finden.

Alan konnte nicht mehr antworten. Ein Spaßvogel – ein sehr makaberer – war natürlich weiterhin nicht auszuschließen. Sie wartete, las sich ihre Timeline durch, schaute bei Facebook, checkte Mails, las Nachrichten. Dann merkte sie, wie kalt ihr geworden war. Sie sah auf die Uhr, es war halb fünf Uhr morgens. Immer noch keine Antwort.

Em stand auf und machte sich auf den Weg zu Jays Haus. Nach zehn Minuten war sie da, und diesmal brannte Licht in seinem Zimmer. Sie klopfte an die Tür, und er öffnete, vollständig bekleidet, hellwach. Seine Augen waren allerdings gerötet, die Lider leicht geschwollen. Er schien geweint zu haben.

»Komm rein«, sagte er.

»Ein bisschen mehr Überraschung hätte ich jetzt schon erwartet.«

»Deine Tasche steht in meinem Zimmer.«

Das hatte sie vergessen. »Oh. Ja. Sorry. Es war keiner da ...«

»Ich muss wohl doch mal die Küchentür reparieren.« Er ging vor und führte sie in die Küche. »Setz dich.«

Sie tat es. Er blieb stehen und lehnte sich an den Kühlschrank. Em musste an Alan denken. Als sie ihn das letzte Mal gesehen hatte, hatte er sich genauso an den Kühlschrank gelehnt.

»Du weißt, dass sie Alan gefunden haben?«

Sie nickte. »Deshalb bin ich hier. Sie denken, ich war das.«

»Warst du es?«

»Entschuldigung – was?«

»Er ging dir auf die Nerven. Du hast ihn schwer belastet und nicht locker gelassen mit deinen Unterstellungen. Dabei hat er dir nur helfen wollen. Du hast so ungefähr das stärkste Motiv, das ich mir vorstellen kann.«

»Ich war heute auf zwei Trauerfeiern. Ich habe viel zu viel getrunken und müsste langsam mal wieder schlafen. Ich bin im Moment sehr dünnhäutig. Sag mir einfach, was du denkst. War ich's?«

»Nein.«

»Aha. Kann ich hierbleiben? Ich weiß nicht, wo ich sonst hingehen soll. Das ist vermutlich der einzige Ort, an dem mich die Polizei nicht suchen wird.«

»Hast du dein Telefon ausgeschaltet?«

»Äh, nein, wieso? Ich hab das GPS ausgeschaltet.«

»Wann?«

»Vorhin?«

»Aber nicht das Handy?«

»Nein.«

»Dann wissen sie, wo du bist.«

»Im Ernst?«

»Klar. Sie orten das Handy. In welche Funkmasten es sich einwählt. GPS ausschalten ist nett, bringt aber nichts. Nimm den Akku raus. Besorg dir ein neues. Ohne Vertrag.«

»Das heißt, ich kann hier auch nicht bleiben?«

Er überlegte. »Es könnte ja sein, du wolltest im Suff nachsehen, ob Alan nicht doch noch lebt. Oder mir dein Beileid aussprechen.« Er setzte sich zu ihr an den Küchentisch, sah sie lange an.

»Ich kann nicht mehr.« Em war selbst überrascht, dass sie das sagte.

»Versteh ich«, sagte Jay. »Hör zu, du kannst bei mir auf der Couch pennen. In Alans Zimmer willst du bestimmt nicht schlafen, und das zweite Schlafzimmer oben ist unser Technikraum. Das klingt ein bisschen großspurig. Aber da stehen unsere Server und sonst noch ne Menge anderer Kram. Couch okay?«

»Klar«, sagte Em, war sich aber nicht ganz sicher. Allerdings hatte sie keine Wahl. Es sei denn, sie ging in ein Hotel, wo sie unter falschem Namen eincheckte. Aber dann wurde sie möglicherweise von jemandem erkannt ... Sie hatte tatsächlich keine Wahl.

»Willst du was trinken? Oder essen?«

Sie zuckte die Schultern. »Wasser.«

Er stand auf und holte eine Plastikflasche aus dem Kühlschrank. »Das Leitungswasser würde ich nicht trinken. Sie tun gerade alles, um uns hier rauszuekeln.«

»Wer?«

»Braidlux. Diese Baufirma. Die haben wahrscheinlich gute Beziehungen zu den Wasserwerken. Und zu den Stadtwerken. Und zu sämtlichen Ämtern.« Er lachte. »Braidlux ist das nächste Thema, mit dem ich mich beschäftigen werde. Ich hatte in letzter Zeit zu viele andere Aufträge, was ja gut ist, aber jetzt muss ich mich endlich um das kümmern, was vor der Haustür ist. Allerdings«, fügte er nachdenklich hinzu, »wollte sich Alan da schon ein wenig mit befassen.«

»Du meinst den Papierkram für den Verkauf? Haben sie euch ein Angebot gemacht? Oder ist das Haus gemietet?«

»Es gehört mir, Alan war sozusagen mein Mieter.«

»Und die Konditionen sind schlecht?«

»Die sind verdammt gut.«

»Und warum ...«

»Vergiss es. Nicht dein Problem.«

»Soll ich mal drüberschauen? Ich meine, wenn du dich noch nicht damit beschäftigt hast, vielleicht kann ich helfen?«

»Ich will nicht verkaufen«, sagte Jay.

»Aber wenn du mehr bekommst, als du investiert hast, warum ...«

»Bitte. Vergiss es einfach.«

Sie wechselte nur allzu gern das Thema. »Wenn es Alan nicht war ... wer ist dann hinter mir her?«

»Keine Ahnung. Ich kenn dich nicht. Ich weiß nicht, welche Leichen du im Keller hast.«

»Nicht lustig.«

»Sorry.«

»Ich hab vorhin einen Tweet abgesetzt.« Sie erzählte es ihm.

»Schon eine Antwort bekommen?«

Sie zeigte auf ihr zerlegtes Telefon. »Ich konnte noch nicht nachsehen.«

»Ich schau nach. Wie ist dein Twittername?«

Em sagte ihn ihm, und er gab ihn in die Suchfunktion ein. Jay schien konzentriert zu lesen.

»Findest du was?«

»Ja. Moment.«

»Was denn? Kann ich mal sehen?«

»Moment.« Er tippte auf dem Touchscreen herum. Dann endlich sagte er: »Jemand hat dir schon vor zwei Tagen komisches Zeug geschrieben.«

»Ja. Und jetzt?«

»Gerade vor zehn Minuten. Gegen fünf.«

»Zeig mal.«

Er legte sein Telefon auf den Tisch. Sie zog es zu sich und starrte auf die Anzeige.

»*Wir werden dich finden. Erwarte uns*«, las sie vor. »Wir?«

»Da will jemand wie Anonymous klingen.«

»Wie Anonymous?«

»Ja. Erwarte uns. *Expect us*. Kommt in jeder Anonymous-Botschaft vor. *We are Anonymous. We are Legion. We do not forgive. We do not forget. Expect us. Wir sind Anonymous. Wir sind Unzählige. Wir vergeben nicht. Wir vergessen nicht. Erwarte uns.*«

»Was habe *ich* denn bitte schön mit dieser Organisation zu tun? Sind das nicht alles Hacker? Ich kenne niemanden, der da Mitglied ist. Also, nicht dass ich wüsste. Oder, warte. War Alan vielleicht Mitglied? Ich meine, so als Hacker.«

»Anonymous hat keine Mitglieder und ist auch keine Organisation, sondern ein Kollektiv. Jeder ist Anonymous. Oder eben nicht. Es gibt keine Struktur, keine Hierarchie, keine Mitgliedschaft.«

»Schade. Einen Moment lang dachte ich, ich gehe zur Polizei, die lassen sich die Mitgliederliste mailen, und dann arbeiten sie sich durch.«

Jay lachte, aber es klang bitter. »Das würden sie sich bei den Behörden wirklich wünschen. Eine Mitgliederliste von Anonymous. Mit Namen und Adressen.«

»Ergibt wenig Sinn. Ich verstehe schon. Aber man darf ja mal träumen.«

»Verstehst du es wirklich? Es widerspricht natürlich dem Sinn von Anonymous. Dass man immer anonym bleiben kann, ohne beispielsweise bei politischen Aktionen

Angst haben zu müssen, von Geheimdiensten verfolgt zu werden. Dass die eigenen Daten nicht einfach gespeichert und gesammelt werden können. Es geht um echte Freiheit und echte Demokratie. Jeder kann sich Anonymous nennen. Jeder kann sich bei einer Demo eine Guy-Fawkes-Maske aufsetzen. Und jeder kann von einer anonymen Adresse aus schreiben: *Erwarte uns.*«

»Ja, ich hab's kapiert. Wirklich. Und was jetzt?«

»Ich weiß es nicht.«

»Ich kann nicht einfach hier rumsitzen. Ich muss doch jemandem Bescheid sagen, wo ich bin.«

»Warte, ich such dir die Nummer von Scotland Yard raus«, sagte Jay.

»Haha. Also soll ich einfach untertauchen?«

»Du kannst ein paar Leuten eine anonymisierte Mail schicken, damit sie wissen, dass du o. k. bist.«

Em nickte. »Das mach ich. Und ... ich muss rausfinden, wer hinter mir her ist. Das muss doch irgendwie rauszufinden sein?«

»Wie denn?«

»Na, über Twitter? Muss man sich nicht mit einer Mailadresse anmelden?«

»Vergiss es. Wenn es jemand drauf anlegt, findet man den Absender nie. Und Twitter rückt die Daten sowieso nicht einfach raus. Ich halte das für Zeitverschwendung.«

»Aber was, wenn doch? Also, wenn derjenige doch seinen eigenen Rechner benutzt hat? Kann man das nicht irgendwie rausfinden? Irgendwie muss doch was passieren. Ich meine, was soll ich denn jetzt machen? Warten, dass der mich findet und umbringt? Und ich weiß nicht mal, warum?«

»Ich glaube, ein bisschen Schlaf wäre jetzt ganz gut«, sagte Jay und verließ die Küche.

»Ja«, murmelte Em und starrte auf den Kühlschrank. »Und danach sieht die Welt ganz anders aus.«

24

Niemand kann voraussagen, welches Stadtviertel das nächste ist. Erst wenn der Wandel bereits eingetreten ist, weiß man es. Wenn sich nach den einkommensschwachen, aber kulturell interessierten Studenten und Künstlern auch die einkommensstärkere Population niederlässt. Irgendwann in dieser Phase bilden sich die neuen Strukturen heraus. Cafés, Restaurants, Geschäfte ändern sich. Die Gegend passt sich den neuen Bewohnern an. Die neuen Bewohner versuchen, den Geist der Gegend aufzunehmen, indem neue Bauwerke an alte erinnern sollen oder ein Laden einen entsprechenden Namen bekommt. Man versucht, sich einzugliedern. Die, die zuvor schon dort gelebt haben, fühlen sich verdrängt und finden das mit dem Eingliedern ziemlich daneben. Sie wollen einkaufen, wo sie schon immer eingekauft haben – die neuen Läden sind anders im Sortiment und vor allem teurer, weil sie sich an andere Menschen mit anderen Bedürfnissen und anderem Einkommen richten. Die neuen Lokale werden von den Neuen genutzt. Wer schon immer dort lebt, geht an seine alten Stammplätze, sofern es sie noch gibt. Eine wirkliche Vermischung findet nicht statt. Zwei sich fremde Welten, die nicht koexistieren wollen, ziehen in den Krieg. Es gewinnt, wer das Geld hat. Egal, mit welchen Waffen die andere Seite kämpft.

25

Als Em aufwachte, war es noch nicht ganz zehn. Jay war nicht da. Sie ging ins Bad, zog sich an, suchte nach etwas zu essen. Jay kam zur Haustür herein, als sie sich mit einem Stück Brot in der Hand suchend umsah.

»Im Backofen.«

»Im Backofen?«

»Rösten. Wir haben keinen Toaster, falls du den suchst. Ich war einkaufen.« Er stellte zwei volle Plastiktüten auf den Boden, nahm ihr das Brot aus der Hand und legte es auf den Backofenrost.

Em beobachtete ihn misstrauisch.

»Ich muss gleich was arbeiten«, fuhr er fort. »Was hast du heute vor?«

Sie hob die Schultern. »Nicht viel. Rauskriegen, wer meinen Bruder umgebracht hat ... So Zeugs halt.«

»Deinen Bruder und Alan.«

»Vor mir aus.«

»Tut es dir kein bisschen leid? Ich meine, du mochtest ihn doch mal?« Er klang feindselig.

Em nahm die Einkaufstüten und packte den Inhalt aus. »Kommt das alles in den Kühlschrank?«, fragte sie.

Jay starrte sie an.

»Was? Doch nicht in den Kühlschrank?«

»Ich frag mich, was Alan in dir gesehen hat. Ich für meinen Teil kann es nicht sehen.«

»Vielleicht besser so.«

»Ja. Scheint mir auch so. Und von mir aus, pack das Zeug in den Kühlschrank. Ich geh rüber.«

»An was arbeitest du?«

Er hatte schon die Hand auf der Türklinke, blieb aber stehen und zögerte mit der Antwort. »Nichts, was dich interessieren könnte.«

»Probier's aus.«

»Nein.«

Er verließ die Küche, und Em stand dort, in einer Hand einen Salatkopf, in der anderen einen Kanister Milch. Nachdenklich räumte sie die Sachen weg. Dann klopfte sie an Jays Tür.

»Wenn du mir sagst, wo es hier in der Gegend ein Internetcafé gibt, bin ich weg. Es gibt doch noch Internetcafés?«

»Vor zur Hauptstraße, links runter, dann ein paar Schritte. Schönen Gruß an Samir.«

»Wen?«

»Samir. Der Besitzer. Er ist Libanese. Sag ihm, dass ich dich geschickt habe und dass er es so einrichten soll, dass du anonym surfst.«

»Ach so. Stimmt.«

»Und er soll dir ein Handy besorgen.«

»Handys hat er auch?«

»Offiziell hat er ein Internetcafé. Mit Kuchen und Sandwiches und zwanzig Sorten Tee. Ungefähr.«

»Verstehe. Dann geh ich dort mal frühstücken.«

»Ja.«

»Und du kannst in Ruhe ... arbeiten.«

»Bis später dann.« Er drehte sich zu seinen Bildschirmen um.

Sie stand noch einen Moment in der Tür, aber er sah nicht mehr nach ihr. Entweder war er bereits ganz in seine

Arbeit vertieft, oder er wollte ihr zeigen, wie dringend er sie loswerden wollte. Oder beides.

Samir hatte einen winzigen Laden mit drei uralten Rechnern und zwei klebrigen Tischen, um die ein paar wackelige Stühle herumstanden. Die Glastheke, hinter der Sandwiches und Cupcakes aufgereiht waren, blinkte allerdings vor Sauberkeit. Em war der einzige Gast. Sie kaufte sich ein Sandwich und einen Tee und setzte sich an einen der Rechner. Sie hatte keine Lust, Samir irgendwelche Grüße auszurichten, und sie wollte auch kein Handy von ihm kaufen. Wahrscheinlich verarschte Jay sie nur. Dachte, sie sei eine reiche, eingebildete Kuh, die sich in der rauen Wirklichkeit seines Arbeiter- und Einwandererviertels nicht zurechtfand. Okay, sie war ja auch eine reiche, eingebildete Kuh, irgendwie. Aber sie würde sich ohne fremde Hilfe zurechtfinden.

Em hatte vorgehabt, in Ruhe Nachrichten zu lesen und dann zurück zu Jays Haus zu gehen, um ihn zu bitten, ihr zu zeigen, wie sie anonym ein paar Mails schreiben konnte. Aber dann sah sie auf den Startseiten der Nachrichtenportale ihr Foto. Und die Storys, die die Journalisten daraus gemacht hatten.

Aus Polizeigewahrsam geflohen.
Drei Menschen auf dem Gewissen.
Möglicherweise sogar den eigenen Bruder.
Zweite Verhaftung innerhalb weniger Tage.
Dringend tatverdächtig.
Großfahndung.
Landesweite Suche.

Schnell schloss sie den Browser und schob ihr Sandwich von sich. Essen konnte sie jetzt nicht mehr.

»Schönes Foto von dir«, sagte jemand hinter ihr.

Em drehte sich um und sah dem Besitzer direkt ins Gesicht. Er hatte sich mit einem seiner wackeligen Stühle direkt hinter sie gesetzt. Sie hatte ihn gar nicht bemerkt.

»Grüße von Jay.« Sie stotterte fast.

Der Libanese grinste breit. »Ich weiß. Er hat mir schon gemailt, dass du kommst.« Er hielt ihr ein Handy hin. Es sah neu aus. »Da ist schon Guthaben drauf. Kannst du bezahlen?«

Sie nickte und zog ein paar Fünfzig-Pfund-Scheine aus der Hosentasche. »Wie viel?«

Er grinste nicht mehr. »Einer reicht. Den Rest wirst du die nächsten Tage brauchen, um nicht mit Karte zahlen zu müssen. Falls du überhaupt vor die Tür gehen willst.«

»Samir, richtig?«

Er nickte und hielt ihr die Hand hin. »Angenehm.«

Em ergriff seine Hand und schüttelte sie. »Freut mich auch.« Wobei sie nicht sicher war, wer von ihnen gerade log.

»Gib mir dein altes Teil«, sagte er.

Sie reichte ihm das auseinandergenommene Handy.

»Hier sitzt man ein bisschen wie auf dem Präsentierteller«, sagte Samir und deutete mit dem Kopf auf die große Schaufensterscheibe seines Ladens. »Komm mit nach hinten, da kannst du in Ruhe deine Mails schreiben.«

Sein winziges Hinterzimmer war vollgestopft mit Büchern und Aktenordnern. Auf dem beladenen Schreibtisch war sein Laptop kaum zu sehen.

»Ich habe System im Chaos, also bitte nichts verändern. Ich hab dir alles vorbereitet. Du kannst einfach loslegen. Hast du die Adressen alle im Kopf, oder musst du sie erst raussuchen?«

»Ich krieg sie schon zusammen«, sagte Em.

Sie schrieb Alex, dass es ihr gutging und er doch bitte ihrer Großmutter Bescheid geben solle. Dann schrieb sie Jono eine kurze Nachricht, die nur aus dem Wort »Danke« bestand. Schließlich hatte er sie gewarnt. Sie fragte sich, wem sie noch schreiben müsste. Ihr fiel Eric ein, wie er ihr einmal vorgeworfen hatte, keine Freunde zu haben.

»Du hast nicht mal eine beste Freundin. Ist das normal?«

»Ich bin nun mal viel unterwegs«, war ihre Ausrede gewesen.

»Warum läufst du ständig weg?«

Darauf hatte sie ihm nicht geantwortet. Er hätte die Antwort wissen müssen. Wenn sie schnell genug verschwand, war die Wahrscheinlichkeit, von anderen enttäuscht zu werden, geringer.

Eric.

Er fehlte ihr.

Sie stand auf und dankte Samir.

»Wusste gar nicht, dass es noch Internetcafés gibt«, sagte sie, nur um etwas zu sagen, um freundlich zu wirken.

Samir ließ sich mit seiner Antwort Zeit. »Es gibt Leute, für die sind fünf Pfund schon sehr viel Geld.«

Unwillkürlich legte Em ihre Hand auf die Hosentasche, in der das Bündel mit den Fünfzig-Pfund-Noten war. »So hab ich das nicht gemeint«, murmelte sie.

»Klar. Schon gut. Wo gehst du jetzt hin?«

»Wieder zu Jay.«

»Gut. Du kannst auch jederzeit herkommen.«

Sie betrachtete den Libanesen genauer. Er war kleiner als sie und ein paar Jahre jünger. Seine Lippen waren voll und sinnlich. Mit dem linken Auge schielte er leicht nach innen. Die Haare hatte er sich abrasiert, wohl weil er bereits eine Glatze bekam. Dazu trug er eine kleine runde Brille, die ihm einen intellektuellen Touch verlieh.

»Warum helft ihr mir?«, fragte sie.

Jetzt grinste Samir wieder. »Gemeinsam gegen die Staatswillkür. Alles Gute. Hoffentlich bis bald.«

Auf dem Weg zu Jays Haus senkte Em den Kopf, um niemanden ansehen zu müssen. Nicht, dass ihr viele Menschen entgegengekommen wären. Aber vielleicht fuhr gerade die Polizei herum. Sie ging schneller und dachte an das, was Samir gesagt hatte. Staatswillkür. Dabei machten sie bei Scotland Yard nur ihren Job. Würde man sie fragen, wer das stärkste Motiv hatte, Alan den Tod zu wünschen, sie würde auch als Erstes vor ihrer eigenen Haustür stehen.

Aber zu glauben, sie hätte etwas mit dem Tod ihres eigenen Bruders zu tun? Oder mit Kimmys Tod?

Sie hob kurz den Kopf, um zu sehen, wann sie in die Seitenstraße abbiegen musste, und sah gleich mehrere Streifenwagen an sich vorbeifahren. Keiner der Polizisten schien sie zu beachten, aber das Adrenalin, das ihr Anblick in Em freisetzte, ließ sie unüberlegt losrennen und Jays Tür fast einschlagen.

»Auch eine Art, die Aufmerksamkeit auf sich zu ziehen«, sagte Jay und wirkte verärgert. »Was ist passiert?«

»Überall Polizei«, keuchte sie.

»Ja. Hier ist ein Knast in der Nähe. Da kommt es schon mal vor, dass Polizisten herumfahren.«

Sie schob sich an ihm vorbei, ging in sein Zimmer und ließ sich auf die Couch fallen, auf der sie geschlafen hatte. »Scheiße. Das halt ich nicht aus. Ich bin in allen Zeitungen.«

»Und im Fernsehen. Herzlichen Glückwunsch.« Jay setzte sich wieder an seinen Rechner, mit dem Rücken zu ihr.

»Was mach ich jetzt?«

»Abwarten. Ich bin hier noch nicht ganz fertig.«

»Was machst du?«

»Nichts, was dich interessiert.«

Sie stand auf und stellte sich neben ihn. Einer seiner Bildschirme zeigte Twitter. Was auf dem anderen passierte, verstand sie nicht. Sie sah wieder auf den Bildschirm mit der Twittermaske. Jay hatte kein Hintergrundbild eingerichtet, auch kein Profilfoto. Die Tweets in seiner Timeline wirkten wie Geheimbotschaften. Oder einfach nur wie dummes Zeug.

»Setz dich hin«, murmelte er.

Sie sah sich um, aber es gab keinen weiteren Stuhl im Zimmer. Also blieb sie stehen.

»Ich meine auf die Couch.«

»Was machst du hier?«

»Muss mich konzentrieren«, sagte er knapp.

Sie verstand: Mund halten. Die Twitternachrichten, die durch seine Timeline liefen, wurden ihr langsam klarer. Dort stand: *#opbraidlux #getready #expectus*

Die Hashtags wiederholten sich immer wieder. Jemand fügte hinzu: *START*, es folgte eine Reihe aus Buchstaben und Zahlen, die aussahen wie eine sehr umständliche Webadresse. Diese Nachricht wurde weiterverbreitet. Dann kamen neue Tweets:

#opbraidlux TARGET: www.braidlux.co.uk WEBHIVE: ...

Eine Abfolge von Zahlen und Buchstaben kam danach.

Und schließlich:

FIRE.

Immer neue Tweets. Immer wieder mit dem Hashtag *#opbraidlux*, immer wieder mit Status: *FIRE*.

Fasziniert starrte Em auf den Bildschirm, wartete mit steigendem Puls auf jede neue Nachricht, spürte, dass sie gerade Zeugin von etwas wurde, das in eine andere Welt führte.

In die von Anonymous.

Auf dem dritten Monitor sah Em die Homepage von Braidlux. Jay gab weiter ihr sich nicht erschließende Zahlenreihen in eine Maske ein. Dann tippte er bei Twitter:

#opbraidlux TANGO DOWN braidlux.co.uk

Die Homepage der Baufirma änderte ihr Gesicht. Die Fotos von glänzenden, modernen Hochhäusern und schönen weißen Luxusmehrfamilienhäuser waren verschwunden. Nun stand dort nur: »Seite nicht gefunden.«

Jay war schon wieder dabei, weiter etwas in die unverständliche Maske einzutippen. Wieder änderte sich die Homepage von Braidlux. Nun war das Logo der Firma wieder zu sehen, darunter stand in großer Schrift:

»Wir fördern Obdachlosigkeit. Wir zerstören Heimat. Wir bringen Sie ins Gefängnis. Willkommen bei Braidlux

Constructions.« Im Hintergrund ein Mann im Anzug, dessen Gesicht von einer Guy-Fawkes-Maske verdeckt war.

Dem Twitterstrom nach zu urteilen, bekam Jay eine Menge Beifall. Immer wieder hieß es:

TANGO DOWN #opbraidlux

Em sagte: »Wie viele sind das?«

»Viele«, sagte er nur, rollte mit dem Bürostuhl zurück und drehte sich zu ihr. »Schockiert?«

Sie schüttelte den Kopf. »Warum schreibst du das mit dem Gefängnis?«

»Weil letztens ein Mann festgenommen wurde. Er wollte sein Haus nicht verlassen. Er ist darin geboren und aufgewachsen. Er kennt nichts anderes. Sie wollten ihn umsiedeln nach Croydon. Er sagte: Da kenne ich niemanden.«

»Hat man ihm denn kein Geld geboten, so wie dir?«

»Ihm gehörte das Haus nicht mehr. Zu viele Schulden, was weiß ich. Jedenfalls wollten sie ihn in irgendeine Sozialwohnung stecken, und weil in Brixton wohl gerade nichts frei war, dachten sie: Croydon ist doch auch ganz nett.«

»Und da ist er lieber in den Knast?«

»Verstehst du nicht, hm?«

Sie ging zur Couch und setzte sich. »Das ist doch kein Grund.«

»Für ihn war's einer. Er hatte nichts mehr zu verlieren.«

Em schüttelte den Kopf. »Wegen was haben sie ihn denn verhaftet?«

»Er hatte dort kein Wohnrecht mehr, wie es so schön heißt. Er wollte nicht gehen. Er hat sich an der Heizung festgekettet und gesagt, er tritt in den Hungerstreik. Als sie ihn losgemacht haben, hat er einen Bullen angegriffen.«

»Ich versteh's nicht.«

»Kannst du mit dem Begriff Heimat etwas anfangen? Offenbar nicht. Ich bin zwar nicht in diesem Haus geboren, aber ich lebe hier schon sehr lange. Meine Eltern haben es gekauft, und nachdem sie gestorben sind, habe ich die Kredite und das alles übernommen. Sie waren wahnsinnig stolz darauf, ihr eigenes Haus in London zu haben. Beide waren Auswandererkinder. Die Eltern von meiner Mutter waren Jamaikaner mit afrikanischen Wurzeln. Mein Großvater väterlicherseits war Kenianer, seine Frau auch Jamaikanerin. Sie leben alle nicht mehr. Meine Eltern sind ebenfalls gestorben, sie waren noch nicht ganz sechzig. Sie haben mir nichts hinterlassen außer einem Haus mit einer Menge Schulden. Die Schulden hatten sie, weil sie ihr ganzes Geld in meine Ausbildung gesteckt haben, damit ich in eine gute Schule gehen und studieren kann. Dieses Haus ist alles, was ich von ihnen noch habe. Ihre Schulden sind in Wirklichkeit meine Schulden. Es gibt noch ein paar Kisten mit Andenken, ja, aber sonst nur dieses Haus. Und jetzt soll ich ausziehen?«

»Es ist nur ein Haus«, sagte Em.

»Es ist mehr«, sagte er. Er drehte sich kurz um und schaltete den Bildschirm aus, der die Seite von Braidlux Constructions zeigte. Dort hatten gerade zwei kleine Anonymous-Masken angefangen, über die Seite zu hüpfen. »Es ist ein Symbol. Meine Eltern haben sich etwas erschaffen. Einen Platz in diesem Land und in dieser Gesellschaft. Sie haben mir ermöglicht, was sonst nur in weißen, reichen

Familien möglich ist. Und jetzt soll dieser Platz wieder freigemacht werden für weiße, reiche Familien? Vergiss es.«

Seine Brandrede erklärte immerhin, warum er solche Schwierigkeiten mit ihr hatte.

»Alles klar«, sagte sie. »Und ja, du hast recht.«

»Ich weiß.«

»Hast du das damit gemeint, als du gesagt hast, du müsstest dich jetzt mal um Braidlux kümmern?«

»Ja. Auch.«

»Was noch?«

Jays Blick glitt zu dem Bildschirm, der Twitter anzeigte. Er lächelte. Offenbar feierten ihn seine Anonymous-Freunde immer noch. »Erinnerst du dich, was ich über das Trinkwasser gesagt habe?«

Sie nickte. Ihr war es selbst aufgefallen, als sie vorhin geduscht und Zähne geputzt hatte: Es roch anders. Es schmeckte auch anders, als sie es von Leitungswasser erwartete.

»In New Cross ist etwas ganz Ähnliches passiert. Man hat den Anwohnern im Winter einfach öfter mal Strom und Wasser abgeschaltet, um ihnen die Unterschrift zur Verkaufseinwilligung zu erleichtern.«

»Wer, Braidlux?«

»Und da muss noch mehr sein. Alan wollte Informationen über sie sammeln.«

»Aber die Polizei hat alles von Alan mitgenommen?«

»Und was sie nicht mitgenommen haben, hast du sprengen lassen.« Er sah sie lange an. Dann riss er den Blick los und sagte: »Wozu haben wir unseren eigenen Server.« Er wandte sich wieder seinem Rechner zu. Diesmal erschienen auf dem mittleren Monitor mehrere Fenster hintereinander, aber wieder verstand Em nicht das Geringste von dem, was er dort tat.

Dabei hatte sie immer gedacht, sie könnte gut mit dem Computer umgehen.

»Es dauert eine Weile.«

»Soll ich was zu essen machen?«

Jay nahm die Hände von der Tastatur, drehte sich langsam zu ihr und riss die Augen auf. »Du kannst kochen?«

»Arschloch.« Sie verschwand in der Küche und setzte Wasser auf. Nach zwanzig Minuten hatte sie leicht zerkochte Spaghetti mit einer durchaus essbaren Tomatensoße hinbekommen. Sie musste allerdings allein essen, weil Jay weiter beschäftigt war und sich nicht unterbrechen ließ.

»Hier«, sagte er endlich, als sie gerade wieder in die Küche gehen und aufräumen wollte. »Er hat doch nicht ganz so sauber seine Daten gelöscht. Irgendwas bleibt eben doch immer hängen. Ich hab einen Ordner wiederhergestellt. Das ist ... Oha. Eine Menge. Der ordentliche Alan. Viel ordentlicher als ich. Er hat lauter Tabellen angelegt.«

Jay rief ein Dokument auf und studierte es konzentriert. Em stellte sich wieder neben ihn.

»Was ist das?«

»Er hat hier offenbar die Namen aller Gesellschafter zusammengetragen und mit welchen Politikern, Funktionären und sonstigen Wichtigtuern sie in Kontakt stehen. Wow. Er hat mehr Arbeit reingesteckt, als ich dachte.« Jay scrollte die Liste hinunter.

»Warte«, sagte Em. »Geh noch mal zurück. Hoch.«

Er scrollte wieder hoch.

»Robert Hanford? In welcher Spalte steht der? Das ist doch ein Anwalt.«

»Was ihn nicht davon abhält, Gesellschafter von Braidlux zu sein. Hauptgesellschafter sogar. Er hält die Aktienmehrheit.«

»Robert? Das kann nicht sein. Das müsste ich wissen. Braidlux ist doch mittlerweile eine riesige Firma. Ich meine ...«

»Warum müsstest du das wissen?«, fragte Jay und klang misstrauisch.

»Er ist ein Freund von meinem Onkel. Sie kennen sich schon seit Jahrzehnten. Sein Sohn Alex ist ...« Fast hätte sie gesagt: mein Anwalt. Sie bog es noch rechtzeitig ab und sagte stattdessen: »... also, er war ein Freund meines Bruders.«

»Und du hast nicht gewusst, dass ihm Braidlux gehört?« Jay öffnete einen Browser, schob das Browserfenster auf einen anderen Bildschirm und gab »Braidlux« und »Robert Hanford« in die Suchmaschine ein. Keine Treffer. »Der Mann macht in der Tat ein Geheimnis daraus. Dass es heutzutage noch so gut gehütete Geheimnisse gibt – erstaunlich.« Er wandte sich wieder der Tabelle zu und scrollte weiter runter.

»Scheiße«, sagte Em.

»Wer jetzt? Dein Vater?«

»Der lebt nicht mehr. Aber hier, mein Onkel.« In einer Spalte stand der Name Frank Everett. »Was hat der damit zu tun?«

»Ihm gehören ... Moment ... immerhin zwanzig Prozent.

Hanford hält einunddreißig, und der Rest ist verstreut. Das heißt, wenn sich dein Onkel und sein bester Freund einig sind, haben sie das Sagen. Das war vermutlich auch der Plan hinter dieser seltsamen Aufteilung. Siehst du, alle anderen halten zehn Prozent. In einem Fall natürlich nur neun.«

»Das kann nicht sein«, sagte Em. »Das ist ein Irrtum. Alan hat sich das ausgedacht.«

»Warum?«

»Keine Ahnung. Weil er … auf mich fixiert war? Ich weiß es nicht. Findest du irgendetwas über ihn und Braidlux? Nein. Genauso, wie du nichts über Robert und Braidlux findest. Weil es ein Märchen ist.«

»Was er hier zusammengetragen hat, sieht recht schlüssig aus. Nicht wie ein Märchen. Sieh dir das doch mal an: offizielle Geschäftsleitung, hier.« Er zeigte auf ein paar Namen. »Dann hier noch was über eine Holding, die angeblich dahintersteht, aber die Tochtergesellschaften, so wie Alan es zusammengetragen hat, gehören letztlich auch alle irgendwie zu Braidlux, klar. Und hinter der Holding stehen, wenn man etwas sucht, dein Onkel und sein Kumpel. Der Rest sind Strohmänner.«

»Unmöglich. Mein Onkel ist bei der Privatbank meiner Großmutter angestellt. Er ist in der Geschäftsführung. Er darf nichts anderes nebenher …« Sie stockte.

»Und deshalb findet man wohl auch nichts darüber, nicht wahr?«, sagte Jay.

»Wie will Alan denn an diese Informationen gekommen sein?«

»Er war ein viel besserer Hacker, als ich es je sein werde.«

Em setzte sich auf den Boden und rieb sich die Schläfen. »Darf ich rauchen?«

»Nicht hier drin.«

»Dann nicht. Ich hab sowieso keine Zigaretten.«

Jay lachte kurz auf. »Manchmal bist du wirklich lustig.«

Sie ignorierte ihn. »Also. Der Reihe nach. Entweder hat sich Alan das mit meinem Onkel ausgedacht, um einen Grund zu haben, mich zu kontaktieren, und zwar mit etwas anderem als ... als dem Üblichen.«

»Keine Details, bitte, über ›das Übliche‹. Ich will ihn in würdiger Erinnerung behalten.«

»Oder es war andersrum«, ignorierte sie seinen Einwurf. »Er hat mich kontaktiert ...«

»... mit etwas anderem als dem Üblichen ...«

»... weil er mir mitteilen wollte, dass mein Onkel ... und so weiter.«

Jay sah sich die Tabelle an. »Hier steht wie gesagt, mit welchen Leuten die Gesellschafter in Kontakt standen. Eine hübsche Liste. Und sieh an, bei diesen Freunden kann uns Braidlux noch ganz anders kommen als nur mit verunreinigtem Leitungswasser. Das wird lustig in den nächsten Wochen.« Er klang nicht gut.

»Das glaub ich nicht. Frank ist so ein korrekter Mensch ... Und Robert ... Na ja. Vorstellen kann ich es mir vielleicht schon. Aber – nein, ich will das nicht glauben. Jedenfalls nicht den Teil mit dem Wasser. Und dem Strom. Und so weiter.«

Jay hatte ein neues Dokument geöffnet. »Strom und Wasser sind ehrlich gesagt lustige kleine Streiche im Vergleich zu dem, was Alan hier zusammengesucht hat.«

»Will ich gar nicht wissen.« Em vergrub das Gesicht in den Händen und stöhnte auf. Sie hatte tagelang durchgehalten, aber jetzt baute sich dieser Druck in ihr auf, der ihr vor zwanzig Jahren schon die Lust am Leben genommen hatte.

»Alan hat Hinweise gesammelt, dass die Baugenehmigungen für einige der Luxuswohnanlagen von Braidlux auf nicht ganz legale Weise zustande gekommen sind ... Das ist ja interessant ... Sieht mir aus wie ein Fass ohne Boden. Unglaublich, wie viel Alan hier hatte. Ohne mir was davon zu sagen.« Er tippte Em auf die Schulter. Sie sah zu ihm auf. »Du bist sicher, dass du davon nichts gewusst hast?«

»Aber wirklich.«

»Es ist nicht so, dass du ihn gebeten hast, die Daten eine Weile zurückzuhalten?«

»Was?«

»Nur eine Frage. Schließlich geht's um deinen Onkel.«

Sie schüttelte den Kopf. »Ich wusste wirklich nichts.«

Jay betrachtete sie prüfend. Dann öffnete er das nächste Dokument. »Eine Liste der Häuser und Anlagen, die Braidlux gebaut hat.« Er murmelte Namen von Straßen und Stadtteilen vor sich hin. Zweimal stockte er, was Em kaum bemerkte. Sie hatte sich auf den Rücken gedreht und starrte kraftlos an die Decke.

»Emma«, sagte er schließlich.

»Hm?«

»Ich hab hier noch was. Ich glaube ja nicht, dass das wichtig ist. Aber ich dachte ...«

»Was jetzt? Meine Großmutter führt die Baumafia an?«

»Traust du es ihr zu?«

»Ich traue ihr alles zu. Sie ist ein hartes Biest. Margaret Thatcher war die liebe Kindergartentante im Vergleich zu ihr.«

»Merke: Ich möchte niemals deine Großmutter kennenlernen. Ich wollte etwas anderes sagen. Der Limeharbour Tower und das Gebäude, in dem du gewohnt hast.«

»Ja? Was ist damit?«

»Beide gehören Braidlux.«

26

Em hatte davon gehört, dass von verschiedenen Trauerphasen gesprochen wurde. Sie wusste, dass es unterschiedliche psychologische Ansätze und Modelle gab, um Trauer zu beschreiben und einzuteilen. Und wenn sie sich richtig erinnerte, befand sie sich nach einem Modell in Phase zwei (nach dem Nichtwahrhabenwollen die aufbrechenden Emotionen), nach einem anderen in Phase drei (erstens Schockphase, zweitens kontrollierte Phase, drittens Regressionsphase).

Sie hatte sich lange zusammengerissen. Sie war seit Kimmys Tod und seit dem Tod ihres Bruders stark und kontrolliert gewesen, und natürlich hatte sie immer wieder Momente gehabt, in denen sie nicht hatte glauben wollen, was geschehen war. Aber der Alkoholexzess auf Erics Trauerfeier war wohl ein eindeutiges Zeichen dafür gewesen, dass sie langsam nicht mehr konnte. Jetzt hatte es nur noch einer Kleinigkeit bedurft. Einer Sache, die ihre Synapsen durchbrennen ließen. Em verstand nicht, warum es eine Verbindung gab zwischen Kimmys und Erics Tod, Braidlux und ihrem Onkel Frank. Sie konnte keine logische Schlussfolgerung ziehen.

Wenn sie nicht weiterwusste und ihre Synapsen zu zerspringen drohten – so jedenfalls fühlte es sich für sie an –, suchte sie nach einer Möglichkeit, den Druck loszuwerden. Der einzige Ausweg, der ihr hilfreich erschien, war etwas, das sie vor zwanzig Jahren getan hatte, wenn sie nicht mehr darüber nachdenken wollte, warum ihre Mutter sie verlassen hatte und warum sie sie deshalb nicht einmal hatte hassen können. Em wusste natürlich, dass es kein wirklicher Ausweg war. Aber sie glaubte sich zu erinnern, dass es geholfen hatte. Für ein paar Minuten nur, aber da hatte es geholfen. Deshalb hatte sie es ja immer wieder getan. Ein paar Minuten, in denen der Druck nachließ und der Schmerz überdeckt wurde von anderem Schmerz.

Ohne ein Wort stand Em auf und ging aus Jays Zimmer, rannte die Treppe rauf ins Badezimmer und schloss sich dort ein. Sie suchte eine Weile, bis sie etwas Geeignetes fand: eine kleine Nagelschere. Rasierklingen wären ihr lieber gewesen, aber Jay benutzte offenbar nur einen elektrischen Rasierer. Wäre keine Schere dort gewesen, sie hätte wahrscheinlich den Spiegel kaputt geschlagen, um eine Scherbe zu benutzen, also war die Schere vielleicht doch keine so schlechte Wahl.

Nur war sie stumpf. Sie schnitt nicht in die Haut, wie Em es brauchte, und sie wurde nach dem vierten, fünften Versuch wütend, weil der Druck und die Angst größer wurden. Die Innenseite ihres Unterarms war zerkratzt, aber es kam kein Blut, und es tat nicht so weh, wie es musste. Der Schmerz aus ihrer Erinnerung wirkte nämlich wie ein Ventil, durch das der Druck entwich. Der Schmerz breitete sich gleichmäßig in ihrem Körper aus und ließ alles andere unwichtig erscheinen. Der Schmerz war in diesem Moment alles. Em saß auf dem Boden, legte die Hand flach auf den Klodeckel und stieß mit aller Kraft die Schere in ihren Handrücken.

Da war er. Durchfloss ihren Körper, rannte über ihre Synapsen, schaltete sie gleich, setzte alles auf Anfang, gab ihr das Gefühl, die Kontrolle zurückzuhaben. Da war er, der Schmerz, der echte, greifbare, steuerbare Schmerz, den sie sich abgewöhnen musste, weil man ihr gesagt hatte, dass es falsch war, so zu handeln. Sie saß neben der Toilette, sah auf ihre blutende Hand, in der die Schere noch steckte, zitterte zugleich am ganzen Körper, ihr Herzschlag pochte laut in den Ohren. Dann stand Jay vor ihr und schrie sie an. Sie nahm ihn wie durch Panzerglas wahr, hörte ihn kaum, fand nicht, dass er etwas mit ihr zu tun hatte. Em war nicht im selben Universum.

Jay riss ihr die Schere aus der Hand, zog Em hoch, wickelte ein Handtuch um die Wunde und zwang sie aus dem winzigen Bad in den schmalen Flur, wo sie sich auf den Boden legen sollte. Warum auf den Boden legen?

Er nahm ihre Beine hoch und lehnte sie ans Treppengeländer. »So liegen bleiben. Wegen dem Kreislauf. Bleib so liegen. Ich hol Verbandszeug.« Er verschwand im Bad. Sie hörte, wie er sich durch die wenigen Schubladen und Schränkchen wühlte. Sie fühlte sich müde, und gleichzeitig raste ihr Herz. Dann kam er mit Mullbinden und Heftpflastern zurück. Jay nahm ihr das Handtuch ab, betrachtete die Wunde, versorgte sie, so gut er konnte.

»Wir müssen damit ins Krankenhaus«, sagte er. »Wer weiß, vielleicht ist eine Sehne kaputt. Oder ein Nerv. Oder ein größeres Blutgefäß. Oder ein Knochen. Keine Ahnung.«

Er wickelte den Verband um ihre Hand, als wollte er ihr einen Boxhandschuh daraus machen. Als er fertig war, ließ er sich gegen die Wand sinken und atmete tief durch.

»Verdammter Scheiß, wolltest du dich da drin umbringen?« Als sie nicht antwortete, kniete er sich neben ihren Kopf und tätschelte ihre Wange. »Emma? Hierbleiben. Okay? Schön wach bleiben.«

Sie schaffte es nicht. Ihr Herz pumpte zu heftig zu viel Blut, sie konnte nicht so schnell atmen, wie sie glaubte atmen zu müssen, und schließlich verlor sie das Bewusstsein.

»Du hast das absichtlich gemacht?«

Sie wachte auf Alans Bett auf. Jay hatte sie auf eine Art dorthin gelegt, die er für die stabile Seitenlage hielt.

»Ja. Und?«

»Ich musste die Tür aufbrechen.«

Sie hatte nichts davon mitbekommen. »Ich wollte mich nicht umbringen.«

»Schon klar. Machen das normalerweise nicht nur Teenager? Sich ritzen und so was?«

»Definiere: normalerweise.«

»Verdammt«, er lachte nervös, »hackt sich fast die Hand ab und reißt noch blöde Witze. So, jetzt komm. Wir gehen ins Krankenhaus.«

Em schüttelte den Kopf. »Nein, das hört bestimmt von selbst auf zu bluten.«

»Das muss sich jemand anschauen. Kannst du aufstehen?«

»Wie lang war ich denn weg?«

»Nur ein paar Minuten. Warum eigentlich?« Er zeigte auf ihre Hand. »Am Blutverlust kann's nicht liegen. Sonst hätte sich der Verband schon vollgesogen.«

Em richtete sich auf. Ihr war schlecht, und wenn sie sich zu schnell bewegte, wurde ihr schwarz vor Augen.

Sie stützte sich auf die Ellenbogen und wartete, bis das Schwindelgefühl nachließ. »Angst, Panik, irgendwelche Sicherungen sind durchgeknallt. Hatte ich lange nicht mehr.«

»Und wenn du dir in die Hand stichst, glaubst du, es wird besser?«

»Das dachte ich, ja.«

Er saß auf dem Bettrand, und ihm war anzusehen, dass er sich wirklich Sorgen um sie machte. »Da hast du wohl falsch gedacht.«

»Offenbar.«

Jay nickte, sein Blick wanderte durch das Zimmer, und er rieb sich die Stirn. »Ich dachte echt, du tust dir was an. Ich hab einen Schrei gehört und bin hochgerannt.«

»Ich hab geschrien?«

»Na ja, nicht so ›Hilfe, Hilfe‹-mäßig. Eher so ›Scheiße, mir ist was Sauschweres auf den Fuß gefallen‹-mäßig.«

Em musste lächeln. »Gute Beschreibung.« Ihr Blick fiel auf die Fotos, die Alan von ihr gemacht und in seinen Schrank gehängt hatte. Sie lagen immer noch auf dem Boden, wo sie sie hingeworfen hatte. Der kleine Stapel, den sie mitgenommen hatte, war in der Schublade ihres Nachttischs in der Henrietta Street.

Jay folgte ihrem Blick.

»Ich hab das nicht verstanden, ehrlich. Ich meine, du bist nicht seine Liga. Das sag ich nicht, weil ich dich toll finde. Überhaupt nicht. Es ist nur so, dass du eigentlich für was stehst, das Alan abgelehnt hat.«

»Alan oder du?«

»Wir beide.«

»Und was ist das?«

»Weiße Oberschicht.«

»Alan war auch weiß.«

»Aber nicht Oberschicht. Ihr seid die Bestimmer, ohne dass ihr das Recht dazu habt. Ihr bestimmt einfach, weil ihr das Geld habt.«

Em richtete sich weiter auf, diesmal sehr viel vorsichtiger. »Wow, jetzt werden wir aber pathetisch. Ich bestimme gar nichts, davon mal abgesehen.«

»Du weißt, was ich meine«, sagte Jay und wurde ein bisschen rot.

»Ja, klar, ihr seid die neunundneunzig Prozent, und ich das eine. Was soll ich jetzt machen? Meine Großmutter aus dem Fenster stürzen, weil sie reich ist? In einen Bauwagen ziehen und mir mein Mittagessen selbst pflücken?«

Jay beschloss offenbar, nicht darauf einzugehen. »Jedenfalls, ich hab es nicht verstanden, warum er so hinter dir her war. Er meinte, es sei die große Liebe, und du würdest dich nur nicht zu ihm bekennen können, weil du eben bist, wer du bist.«

»Unsinn. Ich dachte, wir haben mal einen Abend ein bisschen Spaß, und fertig. Wusste ja nicht, dass er gleich heiraten will.« Sie schämte sich, so über ihn zu sprechen, zumal sie sich schuldig an seinem Tod fühlte. Irgendwie hatte sie Alan in etwas reingezogen, von dem sie selbst nicht genau wusste, was es war.

»Warum Alan?«, fragte Jay und stand vom Bett auf, als hätte er Angst, sie könnte jeden Moment über ihn herfallen, um ihn sexuell zu belästigen. Sie unterdrückte ein Grinsen und bewegte die Finger der verletzten Hand. Alles in Ordnung. Die Wunde tat weh, aber das war ihr Ziel gewesen. So gesehen: wirklich alles in Ordnung. Der Schmerz tat ihr gut.

»Du hattest wohl keine hohe Meinung von ihm«, sagte sie.

»Oh. Doch. Aber ich weiß auch, wie er auf Frauen gewirkt hat. Und ich weiß, wie du auf Männer wirkst. Männer allgemein. Nicht auf mich. Küchenpsychologisch gesprochen: Du hast ihn dir rausgesucht, weil du gedacht hast, er ist harmlos und leichte Beute. Und dann wurde er anhänglich.«

Sie schwang die Beine über die Bettkante und wollte aufstehen. Ihr Kreislauf war anderer Meinung, und sie setzte sich wieder hin.

Als sie nichts sagte, fuhr er fort: »Hast du das früher schon gemacht? Das mit der Schere?«

»Nicht mit einer Schere.«

»Und warum?«

»Geht dich nichts an.« Em versuchte ein zweites Mal aufzustehen. Diesmal klappte es. Mit der unverletzten Hand öffnete sie das Fenster und lief ein paar Schritte in dem kleinen Zimmer auf und ab.

»Na und? Sag's mir trotzdem.«

Jay ging um das Bett herum und sammelte die Fotos auf. »Ich bleibe mal Küchenpsychologe. Ich sehe deine kurzen Haare – vielleicht Angst, mit langen Haaren könntest du zu weiblich wirken, nicht tough genug. Als Frau willst du ja schon wirken, aber nicht das Weibchen geben. Du trägst immer Schwarz, so ein bisschen die Luxuspunkvariante. Chanel-Punk. Ein bisschen was aus beiden Welten. Kein echtes Bekenntnis.« Er sah von den Fotos auf. »Deshalb auch keine Beziehung, was?«

»Ich sagte, es geht dich nichts an. Ich frag dich auch nicht nach deinem Privatleben.«

»Ich würde dir aber antworten.«

»Es interessiert mich nicht.«

»Warum? Weil ich schwarz bin? Weil ich Unterschicht bin?«

»Du bist nicht ...«

»Unterschicht? Aber ein Unterschichtenkind. Und schwarz.«

»Bisschen billig, mich so provozieren zu wollen, oder?«

Er stapelte die Bilder ordentlich und legte sie auf Alans Schreibtisch. »Ich schau mal, wo wir einen Arzttermin bekommen.«

27

»Diese Aktion mit der Webseite heute Morgen«, sagte Em. »Was hat die eigentlich gebracht? Ich kann mir nicht vorstellen, dass wahnsinnig viele Leute ständig auf der Homepage von Braidlux Constructions rumhängen.«

Jay hob die Schultern. »Darum geht's nicht. Bei Braidlux haben sie es gemerkt, und sie brauchen erstaunlich lange, um hinter mir aufzuräumen. Die Seite ist immer noch offline. Und die Presse hat schon reagiert und darüber berichtet. Es macht auf Twitter die Runde, und ein paar Blogger haben sich draufgestürzt. Mit jeder Erwähnung wird auch verbreitet, warum wir diese Aktion gemacht haben.«

»Und warum?«

Er sah sie an und grinste kurz. »Komisches Gefühl, wenn man offline ist und nicht alles nachschauen kann, was?«

»Sag einfach. Warum? Weil die Wohnungen zu teuer sind?«

»Ja. Klar. Auch. Aber der Auslöser war, dass Braidlux mir untersagen wollte, über Barney zu schreiben.«

»Aha. Und wer ist Barney?«

Sie waren auf dem Weg zur U-Bahn. Em trug eine bunte Mütze von Jay und eine Sonnenbrille. Ihre Wunde war genäht und versorgt worden. Die Ärztin hatte mehrfach nachgefragt, ob sie Em ein Antidepressivum verschreiben solle (»Die dämpfen auch diese Attacken«, erklärte sie), aber Em hatte abgelehnt.

»Das ist der Typ, von dem ich dir erzählt habe. Der nicht aus seinem Haus rauswollte und jetzt im Knast sitzt.«

»Was hast du über ihn geschrieben?«

»Seine Geschichte. Dass die Leute von Braidlux ihn aus dem Haus ekeln wollen. Dass die Stadt mitspielt und sogar schon eine Sozialwohnung in Croydon hat.«

»Das hört sich, ehrlich gesagt, immer noch nicht so richtig schlimm an. Ich meine, er wird nicht auf der Straße sitzen. Man sorgt für ihn. Und er kann sich das Haus sowieso nicht mehr leisten. Es gehört ihm doch auch gar nicht mehr, hast du gesagt.« Em schob die Brille auf die Stirn und rieb sich die Nasenwurzel.

»Auf welcher Seite stehst du eigentlich?« Jay war sauer.

Sie verdrehte die Augen und schüttelte nur den Kopf.

»Jedenfalls, ich habe Barneys Geschichte aufgeschrieben. Und die Rolle, die Braidlux dabei spielt, natürlich auch. Der *Guardian* hat sie mir abgekauft. Sie ist am Montag erschienen und sogar nach Deutschland und in ein paar andere Länder verkauft worden. Es ist wirklich eine gute Geschichte. Ging natürlich ein bisschen unter, weil die alte Hexe an dem Tag sterben musste.« Er meinte Margaret Thatcher. »Ein paar Stunden nach Veröffentlichung rief mich die Redaktion an und sagte, die Anwälte von Braidlux hätten Theater gemacht, der Artikel solle offline genommen werden, außerdem solle eine Gegendarstellung geschaltet werden. Ich sagte: Es gibt nichts, wofür ich mich entschuldigen muss, und es gibt nichts, was man gegendarstellen muss, ich kann alles belegen. Es ging eine Weile hin und her, und dann kamen sie tatsächlich mit einer einstweiligen Verfügung. Der Artikel ging offline. Ich nenne das Zensur.«

»Er geht sicher wieder online.«

»Aber es ist Zensur. Sie wollen nicht, dass die Leute wissen, mit welchen Praktiken sie vorgehen.«

»Und Zensur lässt sich Anonymous nicht gefallen.«

»Auf gar keinen Fall.«

»Wusste nicht, dass man sich dort auch um so kleine Sachen kümmert. Ich dachte, Weltpolitik ist das Mindeste.«

»Jeder, der die Netzdemokratie angreift, ist unser Feind«, sagte Jay feierlich. »Victoria. Hier müssen wir umsteigen.«

Sie wechselten in die District Line und stiegen am Embankment aus. In einem Safeway kaufte Jay Sandwiches und Sekt, ohne auf Ems fragende Blicke einzugehen. Von dort aus liefen sie ein paar Minuten den Fußweg an der Themse entlang, bis sie zur Millennium Bridge kamen.

»Gleich sind wir da«, sagte Jay.

»Du hörst dich an, als wären wir auf dem Weg zu einer Party. Außerdem, Sekt und so.«

»Wir *sind* auf dem Weg zu einer Party.«

»Und das sagst du mir jetzt?«

»Keine Sorge. Du bist dafür genau richtig angezogen.« Er zwinkerte ihr zu, steuerte dann ein neues Gebäude an, vor dem bereits eine größere Gruppe zu warten schien. An dem Gebäude hingen Planen mit der Aufschrift *Braidlux – Mieten oder kaufen – Vereinbaren Sie einen Termin – Musterwohnungen zu besichtigen.*

Em rechnete damit, in eine Demonstration gegen Braidlux und deren Geschäftspraktiken zu geraten. Ein paar Minuten später fand sie sich allerdings in der Musterwohnung im fünften Stock wieder, zusammen mit ungefähr fünfzig anderen Leuten, die wild entschlossen waren, hier eine Party zu feiern, womit der junge, wohlfrisierte Makler deutlich überfordert war. Als er verstanden hatte, was vor sich ging, fing er an zu telefonieren.

Em sah sich um, nahm einen tiefen Schluck aus einer der Sektflaschen, die die Runde machten, und stellte sich an das große Panoramafenster, das einen fantastischen Blick über die Themse bot. Millennium Bridge, Tate Modern, das alles lag vor ihr.

»Genieß den Ausblick, so lange es geht«, sagte eine Frau, die sich neben sie stellte. »Dauert nicht lang, dann werden wir rausgeworfen.«

»Macht ihr das öfter?«

Die Frau war etwa in Ems Alter. Sie hatte langes schwarzes Haar und trug einen knallroten Ledermantel und eine blaue Brille mit blauen Federn. »So oft es sich ergibt«, sagte sie. »Bist du zum ersten Mal dabei?«

Em nickte. Ihr »Ja« ging in der lauten Musik unter, die nun ertönte. Jemand hatte Boxen mitgebracht und sein Telefon angeschlossen. Die Ersten fingen an zu tanzen.

»Du musst am Wochenende unbedingt kommen. Wir sind dann in Maida Vale. Da steht eine hammermäßige Villa leer.«

»Und die besichtigt ihr dann? Mit Party?«

Die Frau lachte. »Nein, da machen wir eine Parade. Mit Gartenparty. Wir haben ein paar Obdachlose eingeladen. Wir grillen für sie.« Sie deutete Ems fragenden Blick falsch. »Es gibt auch Tofu, keine Sorge.« Dann drehte sie sich um und gesellte sich zu den Tänzern.

»Bis die Polizei kommt«, sagte Jay, der nun neben ihr stand.

»Polizei?«

»Was dachtest du?«

»Äh, die suchen mich, schon vergessen?«

»Das dauert im Normalfall eine gute Stunde, bis sie hier sind. Und dann auch meistens nur mit zwei Leuten, die uns liebevoll klarmachen, dass wir besser nach Hause gehen. Keine Personalien, nichts.«

»Du machst das nicht zum ersten Mal.«

»O nein. Und auch nicht zum letzten Mal. Entspann dich, in zehn Minuten gehen wir.« Jay warf sich nun auch in die tanzende Menge, und Em sah amüsiert zu. Die meisten Leute waren exzentrisch gekleidet, einige hatten sich bunte Perücken aufgesetzt, andere trugen Karnevalsmasken. Es wurde geraucht und getrunken, zwei Frauen trugen ihre Babys in Tüchern vor der Brust, eine Schwangere knutschte mit der Frau im roten Ledermantel. Em wehrte alle Versuche ab, sie zum Tanzen zu animieren, aber sie bediente sich gern an den Sektflaschen, die herumgereicht wurden. Als sie wieder an das Panoramafenster trat, sah sie, dass die Polizei eingetroffen war. Deutlich früher als erwartet. Der junge Makler gestikulierte aufgebracht herum, und einer der Polizisten sprach in sein Funkgerät, während er die Gebäudefassade musterte. Ein weiterer Streifenwagen fuhr vor. Unwillkürlich trat Em einen Schritt zurück. Sie musste verschwinden. Wenn sie noch länger blieb, konnte sie sich gleich selbst in Handschellen bei Scotland Yard abliefern. Von wegen sie kämen nur zu zweit und bräuchten eine gute Stunde.

Jay war nicht mehr zu sehen. Sie glaubte nicht, dass er gegangen war, aber sie fand ihn nicht in dem Knäuel, der sich in dem riesigen Wohnzimmer gebildet hatte. Em sah in den anderen Räumen nach. Im Schlafzimmer tanzten ein paar Frauen herum. Im Bad saß ein Junge mit langen blonden Dreadlocks auf der Toilette und blätterte in einem der Kataloge, die Braidlux in der Musterwohnung ausgelegt hatten. Er sah sie kurz fragend an, vertiefte sich dann aber wieder in den Katalog. Em sah im zweiten Schlafzimmer nach. Es war leer, aber sie hörte Stimmen. Am anderen Ende des großzügigen Raums gab es ein weiteres Badezimmer, und dort stand Jay zusammen mit ein paar anderen Leuten. Hier war nichts mehr von der ausgelassenen Stimmung zu spüren. Als sie sie sahen, verstummten sie. Einige drehten ihr den Rücken zu, andere blickten auf den Boden. Jay sagte: »Ist die Polizei schon da?«

Sie nickte. »Ich muss abhauen.«

»Es geht darum, dass wir eben *nicht* abhauen«, sagte einer. Er trug einen schwarzen Kapuzenpulli, der ein Plattencover von Joy Division zeigte. »Wo wäre da der Sinn?«

»Sie wird gesucht«, erklärte Jay.

»Scheiße«, sagte der Joy-Division-Fan, meinte damit aber offensichtlich nicht Ems Situation, sondern seine eigene.

»Warum bringst du sie dann mit? Ich habe immer gesagt, wir müssen die Aktionen sauber halten. Keine Chaoten und so. Und dann bringst du eine mit, die gesucht wird? Was soll das denn?«

»Beruhig dich. Lange Geschichte.«

»Weswegen sind sie hinter dir her?«, fragte der aufgebrachte Junge.

»Nicht wegen Drogen oder was du denkst«, sagte Jay schnell.

»Wegen Mord«, sagte Em, die anfing sich zu ärgern. Doppelmoral, dachte sie. Machte sich selbst strafbar mit dieser Aktion und echauffierte sich dann über sie.

Die anderen hatten sich nach draußen verzogen, nur noch der Kapuzenpulli, Jay und Em waren in dem Badezimmer.

»Das ist ein Scherz«, sagte der Kapuzenpulli.

»Nein.«

»Natürlich war sie's nicht«, sagte Jay lahm.

»Sieh zu, dass du sie an den Bullen vorbeischaffst!«

»Ja, das wäre mir ehrlich gesagt auch sehr recht«, sagte Em.

Eine Frau steckte den Kopf zur Tür herein. »Sie sind oben«, sagte sie. »Vier. Aber es kommen noch mehr.«

»Das war schnell«, fragte Jay.

»Okay, ich muss raus. Du filmst?«, fragte Kapuzenpulli die Frau und ging.

»Wir könnten einfach die Tür zumachen und hierbleiben, bis alle weg sind«, schlug Jay vor.

»Hast du das eigentlich absichtlich gemacht?«, fragte Em.

Er schüttelte stumm den Kopf.

Von draußen hörten sie laute Stimmen. Die Musik verstummte, und nun wurde noch mehr geschrien.

»Friedlicher Protest geht anders«, sagte Em.

»Irgendwas stimmt nicht.« Jay öffnete die Tür einen Spalt breit und lauschte. »Das läuft sonst nicht so ab. Die kennen die Fette-Mieten-Partys. Die sind genervt, okay, aber ...«

Spitze Schreie waren zu hören, dann wieder laute Stimmen. Einige riefen um Hilfe. Jay sah Em kurz fragend an. Sie nickte nur. Dann rannte er raus.

Sie schloss die Tür hinter ihm und setzte sich auf den Rand der Badewanne. Es war ein Luxusbad der Extraklasse, genau wie es in den Katalogen stand. Marmor, vergoldete Armaturen, riesige Spiegel. Em war in einem Umfeld aufgewachsen, in dem solche Wohnungsausstattungen normal waren. Später würde sie erfahren, dass die Leute, die sich hier zur Fette-Mieten-Party getroffen hatten, teilweise in besetzten Häusern wohnten. Sie wollten darauf aufmerksam machen, wie ungerecht Besitz verteilt war und wie die Luxuswohnungen, die überall neu gebaut wurden, die gewachsenen Strukturen der Stadtteile zerstörten. *Themseblick für alle*, hatte jemand auf ein Laken geschrieben, das nun vom Balkon der Musterwohnung wehte, und in kleinen Buchstaben darunter: *Wenigstens für einen Tag*.

Draußen wurde das Geschrei schwächer. Em dachte schon, die Party sei halbwegs friedlich aufgelöst worden. Aber vom Badezimmerfenster aus konnte sie sehen, wie die Demonstranten aus dem Gebäude rannten – und die Polizisten mit Schlagstöcken hinterher. Em erkannte die Schwangere an ihrem auffälligen grünen Batikkleid. Sie stolperte und fiel. Es bildete sich ein Knäuel. Em konnte nicht richtig erkennen, wer wann was machte. Als er sich auflöste, rannten die meisten weiter. Die Schwangere stand wieder und hielt sich den Bauch. Die Frau im roten Ledermantel war bei ihr und legte den Arm um sie. Kapuzenpulli schrie den einzigen Polizisten an, der noch in Ems Blickfeld verblieben war.

Der Polizist packte ihn am Arm und stieß ihn weg.

Kapuzenpulli schlug nach dem Uniformierten, traf ihn aber nicht.

Der Polizist holte mit dem Schlagstock aus und schlug auf den Jungen ein.

Nicht einmal, sondern immer wieder. Zielte auf den Kopf und hörte nicht mehr auf.

Em vergaß alle Vorsicht, entriegelte die Badezimmertür und rannte aus der Wohnung. Sie stürmte die Treppen hinunter, fünf Stockwerke, eine Ewigkeit. Als sie auf die Straße kam, stand der Polizist mit dem Rücken zu ihr über den Jungen mit dem Kapuzenpulli gebeugt. Ohne zu zögern, rannte sie auf den Uniformierten zu, packte ihn und riss ihn zu Boden. Er schrie auf, ließ noch im Fallen den Schlagstock los. Sie kniete sich auf seinen Rücken, drückte ihm den Kopf auf den Asphalt. Der Stock blieb vor den Füßen des Jungen liegen. Em schrie die beiden Frauen an, die zugesehen hatten, damit sie dem Jungen halfen. Sie regten sich nicht. Em beugte sich vor, griff sich den Schlagstock.

»Ich kann damit umgehen, wenn es sein muss.«

Der Polizist wimmerte.

»Liegen bleiben«, sagte sie zu ihm. Dann rutschte sie von ihm runter. Nur am Rande registrierte sie, dass der Mann so gut wie keine Gegenwehr geleistet hatte und auch jetzt keine Anstalten machte aufzustehen. Em kniete sich neben den Jungen, befühlte ihn vorsichtig, strich ihm über den Kopf. Sein Haar war warm, feucht und klebrig. Als sie ihre gesunde Hand betrachtete, war diese voller Blut.

Wie auch der Schlagstock des Polizisten, den sie in der anderen Hand hielt.

Wie auch das Gesicht des Polizisten, der sich nun weinend neben ihr auf dem Boden zusammenkrümmte.

Wieder schrie sie die beiden Frauen an. Riss sie aus ihrer Schockstarre, ließ sie einen Notarztwagen rufen. Sie schrie den Jungen an, flehte ihn an, bettelte darum, dass er aufwachte. Sie drehte ihn auf den Rücken, hob seinen Oberkörper an, setzte sich hinter ihn, damit sie ihn stützen konnte.

Der Verband an ihrer linken Hand hatte sich mit seinem Blut vollgesogen. Sie spürte sein warmes Blut auf ihrem Bauch, als es durch ihr Shirt drang. Em sah sich nach etwas um, mit dem sie die Blutung aufhalten konnte. Sie befahl der Schwangeren, ihr Halstuch rauszurücken, was sie nur zögerlich tat. Em drückte es dem Jungen auf die Wunde am Kopf.

»Er wollte mir nur helfen«, jammerte die Frau.

»Ich hab's gesehen. Und dann?«

»Der ist ausgerastet. Der hat einfach angefangen, auf ihn einzuschlagen.«

»Einfach so, ja?«

»Tobs hat ihn beschimpft.«

Tobs war offenbar der im Kapuzenpulli.

»Okay«, sagte Em.

»Der ist ausgerastet. Er hat gebrüllt: ›Sag das nie wieder zu mir‹, so in der Art.«

»Was hat Tobs denn zu ihm gesagt?«

Die Schwangere hob die Schultern und fing an zu schluchzen. Die andere Frau zündete sich eine Zigarette an. Sie war kreidebleich und zitterte so stark, dass ihr die Kippen aus der Schachtel gefallen waren und sie ewig brauchte, um sie einzusammeln.

Mit den Fingerspitzen der verbundenen Hand tastete Em nach Tobs' Puls: schwach, aber spürbar. Von Ferne waren Sirenen zu hören. Sie hoffte, dass es der Notarztwagen war, den die Frauen gerufen hatten.

Dann sah sie zu dem Polizisten rüber. Er weinte immer noch. Aber er hatte sich aufgesetzt und angefangen, sich das Blut aus dem Gesicht zu wischen. Tobs' Blut. Er war noch jung. Mitte zwanzig vielleicht. Etwa im selben Alter wie Tobs.

Die Sirenen kamen näher.

»Hey, du«, rief sie dem Polizisten zu. »Komm her. Press das auf die Wunde. Na los.«

Er stand auf, schluchzte, tat aber, was sie ihm sagte.

»Ganz fest draufpressen. Und jetzt setz dich hinter ihn. So wie ich.« Sie tauschten die Plätze, hochkonzentriert und mit größter Vorsicht. Als der Polizist ganz die Kontrolle über den Jungen mit dem Kapuzenpulli hatte, stand sie auf, sah sich kurz nach Jay um, entdeckte ihn aber nicht. Er war vielleicht auf der anderen Seite des Gebäudes, wo die Streifenwagen geparkt hatten. Es war egal. Jay würde zurechtkommen.

Sie musste jetzt verschwinden.

28

Tobs hieß eigentlich Tobias Schneider und stammte aus der Nähe von Marburg in Hessen, wo er auch mit seinem Wirtschaftswissenschaftenstudium begonnen hatte. Eigentlich hatte er nur für ein Jahr nach London gehen wollen, dann wieder zurück nach Deutschland, wenn auch nicht unbedingt wieder nach Marburg. Dort gab es ihm nämlich zu viele Burschenschaftler mit rechtslastigem Gedankengut, und mit denen hatte er sich schon oft genug angelegt. Es wurde langsam langweilig. Tobs sehnte sich nach neuen Gegnern.

In London fand er sie. Kaum war er dort, wurde auch schon Occupy London ins Leben gerufen, und statt sich voll und ganz auf sein Studium zu konzentrieren, schloss er sich der Bewegung an. Er war ohnehin schon seit einiger Zeit unsicher, ob er das richtige Fach gewählt hatte.

Diese Zweifel legten sich allerdings schnell. Er traf viele kluge Menschen, die ihm zeigten, wie wichtig es war, die Zusammenhänge zu kennen. Historisch, wirtschaftlich, soziologisch, psychologisch. Tobs stürzte sich in sein Studium, belegte sogar noch weitere Kurse, die er gar nicht brauchte, verbrachte seine freie Zeit entweder im Occupy-Camp oder in der Bibliothek. Er diskutierte mit spannenden Leuten, informierte sich über die anderen Occupy-Bewegungen, half mit, Demos und Aktionen zu organisieren. Tobs kam kaum mehr zum Schlafen. Er liebte es und war ganz in seinem Element. Endlich hatte er seine Aufgabe im Leben gefunden: der Kampf gegen die ganz große Ungerechtigkeit. Sein Anspruch an sich lautete: Die Welt retten.

Er überredete seine Eltern, ihn weiter in London studieren zu lassen. Erst jammerten sie, weil die Studiengebühren und Lebenshaltungskosten für ihren Sohn scheußlich hoch waren. Aber dann sagten sie sich: Er bringt gute Leistungen. Er ist glücklich. Wir wollen ihm nicht im Weg stehen. Tobs bekam sogar noch ein Stipendium, was seine Eltern finanziell etwas entlastete. Und er machte weiter mit seinem politischen Engagement. Seine Eltern waren übrigens nicht arm, und in Wirklichkeit tat ihnen die finanzielle Unterstützung für ihren einzigen Sohn nicht sehr weh. Allerdings waren sie, wie die meisten wohlhabenden Leute aus der bürgerlichen Mittelschicht, sehr darauf bedacht, ihr Geld beisammenzuhalten. Beide waren sie verbeamtet, beide arbeiteten sie Vollzeit, und seit Tobs' Geburt zahlten sie monatlich auf ein Konto ein, das sie für ihn eingerichtet hatten und von dem er erst wissen sollte, wenn sie es für richtig hielten.

Von den Fette-Mieten-Feten hatte Tobs bereits gehört, bevor er nach London gegangen war. Er hatte schon damals die Idee großartig gefunden. In Marburg gab es nur keinen Grund für solche Feten. In London jede Menge. Besonders nachdem die Finanzkrise vergeben und vergessen zu sein schien: Es dauerte nicht lange, da lagen die Mieten weit über dem Stand, den sie vor der Krise gehabt hatten. Occupy hatte nichts gebracht. Die Banker gingen straffrei aus und machten weiter wie bisher. Alle anderen mussten zahlen. Höhere Steuern, höhere Lebenshaltungskosten, höhere Mieten. Die Welt wurde noch viel ungerechter als zuvor. Die Gentrifizierung der einst erschwinglichen Stadtteile ging schneller voran als befürchtet. Tobs wohnte eine Zeit lang in Brixton, wie viele Studenten. Er hatte es geliebt, wie ranzig und abgerissen alles um ihn herum wirkte. Dann waren die jungen Familien gekommen. Dann die Renovierungen und noch mehr Familien. Dann die höheren Mieten. Die poshen Cafés. In Brixton. Es war nicht zum Aushalten. Tobs Schneider zog in ein besetztes Haus in Greenwich, erinnerte sich wieder an die Fette-Mieten-Feten und initiierte selbst welche. Er achtete darauf, dass diese Proteste halbwegs ordentlich über die Bühne gingen. Er wollte keine Angriffsfläche bieten. Es sollte nicht heißen: Das sind doch nur Chaoten und Kriminelle. Seit einem Jahr waren seine Feten legendär, und es hatte niemals ernsthaften Ärger mit der Polizei gegeben, worauf er sehr stolz war. Die Presse hatte die Feten sofort aufgegriffen und – abgesehen von Zeitungen wie der *Daily Mail* – positiv reagiert. Besonders, und das war Tobs sehr wichtig gewesen, wurde gelobt, wie höflich die Feiernden zur Polizei gewesen waren.

Höflich, zuvorkommend, verbindlich. Gut gelaunt, sogar.

Aber dann war etwas schiefgelaufen.

Auf einer Fete vor etwa drei Monaten – in einem Braidlux-Gebäude auf der Isle of Dogs – war statt der Polizei ein Anwalt aufgetaucht. Der hatte ihnen ausführlich dargelegt, wegen welcher Vergehen sie verhaftet und angeklagt werden konnten und welche Strafen voraussichtlich auf sie zukamen. Das hatte einige von ihnen eingeschüchtert. Der Anwalt hatte sie aber nicht gehen lassen. Er hatte alle möglichen Fragen gestellt. Was jeder Einzelne von ihnen tat, wie sie lebten, alles hatte er wissen wollen. Dann hatte er sie gewarnt, was weitere Aktionen betraf. Unter denen, die er nervös gemacht hatte, befand sich auch ein Programmierer und Hacker, Miles. Der Anwalt sagte zu ihm: »Was macht jemand wie Sie denn hier?« Und Miles war auf der Stelle eingeknickt. Tobs hatte Miles noch nie besonders leiden mögen, aber damit, dass sich Miles an den Anwalt ranwarf, sich sogar dessen Nummer aufschreiben ließ, »falls es mal nötig wird«, legte doch eindeutig dessen zutiefst konservativ-bürgerliche Gesinnung offen. Miles war also einer von denen, die es für eine Weile schick fanden, sich gegen das zu stellen, was ihnen ihr Elternhaus mitgegeben hatte, um dann wieder in den warmen, sicheren Schoß der gesetzestreuen Angepasstheit, die ein geregeltes Einkommen garantierte, zurückzukehren. Tobs hasste solche Typen. Er setzte alles dran, um nicht eines Tages ebenfalls zu ihnen zu gehören. Die Gefahr war nämlich sehr groß.

Seit diesem Tag also war Miles verschwunden. Nicht wirklich »verschwunden« im Sinne von untergetaucht oder unauffindbar. Nur verschwunden aus dem Umfeld der Aktivisten. Sein Twitteraccount lag brach, auf Mails reagierte er nicht mehr, und bei keiner einzigen Fete ließ er sich blicken. Auf einen wie ihn konnte man verzichten.

Allerdings war es seit Miles' Verschwinden immer wieder zu Problemen bei Aktionen gekommen. Probleme, die es sonst nicht gegeben hatte. Die Polizei war beispielsweise schon im Vorfeld über Kundgebungen informiert und konnte sie verhindern. Nach einer Graffiti-Aktion waren die Künstlerinnen festgenommen worden. Es gab einen

Maulwurf, einen Spion, eine undichte Stelle, und das, obwohl sie Miles von jedem Verteiler genommen hatten. Tobs hatte mit niemandem über seinen Verdacht gesprochen, um keine Unruhe zu stiften, aber sämtliche Passwörter an seinem Rechner geändert. Er hatte geglaubt, damit sei die Sache ausgestanden. Tobs war kein Hacker. Er konnte Computer bedienen, aber er hatte keine Ahnung davon, wie sie in der Tiefe funktionierten.

Als nun die Polizei heute wieder viel zu schnell die Fete aufgelöst hatte, wusste Tobs, dass Miles immer noch seine Korrespondenz mitlas und ihn ausspionierte, mehr noch, ihn und alles, woran er glaubte, verriet. Tobs hatte die Beherrschung verloren und die Polizisten erst angeschrien, dann beschimpft, schließlich geschubst. Daraufhin hatten sie die Wohnung recht unsanft geräumt, und als Tobs sah, wie eine Frau, die ihr Kind dabeihatte, brutal an den Schultern gepackt und zur Tür hinausgestoßen wurde, hatte er rotgesehen und war auf den Polizisten losgegangen. Dieser packte ihn an der Kapuze und schleifte ihn aus der Wohnung. Er stieß ihn sogar so fest in Richtung Treppe, dass Tobs ein paar Stufen runterpolterte. Im allgemeinen Gedränge lief er mit nach unten. Er sah, wie die schwangere Frau hinfiel, und half ihr auf. Der Polizist stieß ihn wieder. Tobs fing sich, drehte sich um und schlug ihm ins Gesicht. Dabei schrie er ihn an. Er nannte ihn einen Verräter, eine feige Sau und vermutlich noch ein paar andere Dinge, die ihm selbst nicht so recht bewusst waren, weil er nur noch die Explosion in sich spürte, den Hass auf diesen Mann in Uniform, der alles verkörperte, wogegen Tobs kämpfen wollte – bis zum bitteren Ende, komme, was wolle. Dass es zu nicht geringen Teilen auch der Hass auf seine eigene spießige, aber privilegierte Herkunft war, darüber wollte Tobs nicht wirklich nachdenken. Er fühlte sich in solchen Momenten als Rächer der Armen, Sprecher des Proletariats, Kämpfer der Gerechtigkeit. Ein bisschen Karl Moor, ein bisschen Robin Hood, in jedem Fall tragischer Superheld mit einer edlen Mission.

Tobs, getragen von dieser Welle, brüllte den Polizisten nieder, griff ihn an und provozierte damit dessen Gegenwehr, die noch sehr viel überzogener ausfiel als Tobs' eigener Hassanfall. Der Polizist – vollkommen übermüdet nach einer Doppelschicht und ohnehin gereizt, weil er seit der Geburt seiner Tochter vor fünf Wochen nie richtig zum Schlafen kam – war ausgerastet und hatte auf ihn eingeschlagen, um ihn zum Schweigen zu bringen. Selbst, als Tobs kein Wort mehr sagte, schlug er noch auf ihn ein, bis jemand auf ihn sprang und ihn umstieß.

Tobs war irgendwann ohnmächtig geworden. Davon, dass ihm eine junge Frau vermutlich das Leben gerettet hatte, bekam er nichts mit. Er kam kurz zu sich, als die Sanitäter ihn in die Notaufnahme schoben. Das nächste Mal wurde er erst wieder im Aufwachraum nach der Operation wach. Der Polizist hatte ihm Schlüsselbein und Nase gebrochen. Die Platzwunde am Kopf hatte schlimmer ausgesehen, als sie letztlich war, durch sie hatte er aber einiges an Blut verloren. Er hatte außerdem eine schwere Gehirnerschütterung und konnte auf einem Auge nur verschwommen sehen. Ein Arzt teilte ihm mit, dass man das Auge beobachten und möglicherweise operieren müsse. Den Namen des Polizisten, der ihn so zugerichtet hatte, erfuhr er vorerst nicht. Auch von der jungen Frau, die ihm beigestanden hatte, sagte ihm keiner etwas. Er würde es erfahren, sobald die ersten Journalisten anriefen. Sie hatten sich von den beiden Zeuginnen den Hergang genau erzählen lassen und waren nun auf der Suche nach der verschwundenen Heldin.

29

Em kehrte nur deshalb in Jays Haus zurück, weil sie nicht wusste, wohin sie sonst gehen sollte. Sie steckte ihre Kleidung in die Waschmaschine und ging duschen. Hätte sie nicht wie üblich Schwarz getragen, wäre sie nicht so unbemerkt durch die Stadt gekommen. So war niemandem aufgefallen, dass Blut an ihr klebte. Em zog sich frische Sachen an und nahm das Handy, das ihr Samir verkauft hatte, um Jono anzurufen.

»Ich bin's. Ich brauch deine Hilfe.«

»Hallo Mama! Du, ich bin noch bei der Arbeit!«

»Okay. Soll ich später oder kannst du rausgehen?«

»Warte mal, Mama, ich geh vor die Tür, da ist der Empfang auch besser. Sag mal, wie ist das Wetter in Kapstadt?«

»Alles klar.« Sie wartete, bis Jono ihr grünes Licht gab. »Pass auf. Du musst das nicht tun. Sag, wenn du es nicht tun willst, ja?«

»Was denn?«

»Ich muss mit meinem Onkel reden. Kannst du für mich rausfinden, wo ich ihn möglicherweise unauffällig abpassen könnte, ohne dass lauter Leute dabei sind?«

»Puh«, sagte Jono. »Der ist schon weg.«

»Wo hat er den Termin? Das wird ja wohl der letzte für heute sein.«

»Warte.« Sie hörte, wie Jono herumlief, wahrscheinlich zurück ins Büro zu seinem Computer, um etwas nachzusehen, und dann wieder raus, auf den Flur, ins Treppenhaus, aufs Klo, wo auch immer er sich herumtrieb, um in Ruhe mit ihr reden zu können. »Er ist gleich im Samuel Pepys. Ab acht. Weißt du, wo das ist?«

»Ja. Mit wem?«

»Da stand nur RH, keine Ahnung.«

Robert Hanford. »Ich weiß schon. Danke. Warum bist du eigentlich noch in der Bank? Du bist Praktikant.«

»Ja. Aber der Chefetagenpraktikant, der gerade die Chefsekretärin vertritt, weil die krank ist. Vollkommene Selbstausbeutung, mit einem Schuss Karriereehrgeiz.«

»Die schnelle Internetverbindung, hm?«

»Verdammt. Du hast mich durchschaut.«

»Sind noch viele da?«

»Nö. Nur deine Tante. Soll ich dir noch was raussuchen?«

»Nein. Du hast mir sehr geholfen. Danke, Kleiner.«

»Nenn mich nicht so!«

»Wieso? Ich bin doch deine Mama.« Sie lachte leise und legte auf.

30

Frank Everett verabredete sich gerne im Samuel Pepys. Es war kein besonderes Restaurant, aber es lag praktisch in der City of London nahe Blackfriars, zwischen der Millennium Bridge und der Southwark Bridge, und er mochte aus irgendeinem Grund die Pizza und den Blick über die Themse auf das nachgebaute Shakespeare's Globe Theatre und die Tate Modern. Frank hatte eine Schwäche für Kunst, Theater und Literatur, ohne für irgendetwas ein ausgewiesener Experte zu sein. Er erfreute sich einfach daran. Auch mochte er den Fußweg zwischen dem Samuel Pepys und seinem Haus – etwa eine gemütliche halbe Stunde von der Stew Lane zur Henrietta Street, davon der allergrößte Teil direkt am Nordufer des Flusses entlang, bei jedem Wetter ein spektakulärer Spaziergang. Es gab natürlich noch viele andere Restaurants und Bars auf dem Weg, die ebenfalls einen wunderbaren Blick aufs Wasser boten, aber Frank mochte eben das Samuel Pepys. Er sagte einmal, er bevorzugte es schließlich auch deshalb, weil er den Namenspatron, Samuel Pepys, so spannend fand. Schon als Junge hatte er gerne in dessen Tagebüchern gelesen. Pepys, ein im Grunde unwichtiger, aber typischer Vertreter des Londoner Bürgertums im 17. Jahrhundert, hatte einst peinlich genau Tagebuch über seinen Alltag geführt. Von politischen Ereignissen bis hin zu seinen Verdauungsstörungen fand sich darin alles, was ihn zum wichtigsten Chronisten der Epoche und seine Tagebücher zur Fundgrube für Historiker machte.

Frank war mit Robert Hanford verabredet, seinem Geschäftspartner in Sachen Braidlux und seinem besten Freund. Em fragte sich, ob ihre Tante Katherine etwas von Braidlux wusste. Patricia war sicherlich nicht eingeweiht. Nebengeschäfte duldete sie nicht, schon gar nicht in diesem Ausmaß. Aber was war mit Katherine? Hatte Frank Geheimnisse vor ihr?

Frank Everett hatte bis zu seiner Heirat mit Katherine Frank Binder geheißen. Anfang der Siebzigerjahre hatte er sich in den Kopf gesetzt, Möbelgestalter zu werden. An der Münchner Fachhochschule war ihm die Erkenntnis gekommen, dass er für den Studiengang nicht taugte. Er ging nach London, lernte schnell Englisch und machte eine Banklehre. In dieser Zeit lernte er Robert kennen, und sie wurden Freunde. Somit kannte er Robert länger als seine Frau. Vertraute er ihm deshalb mehr als Katherine?

Em dachte schon die ganze Zeit darüber nach, was es zu bedeuten hatte, dass die beiden Anschläge in Braidlux-Gebäuden verübt worden waren. Es konnte Zufall sein. Braidlux baute im Moment so viel wie sonst niemand in London. Ganz sicher ging es bei den Anschlägen aber um sie, wie sonst erklärten sich die anonymen Drohungen und Nachrichten, die sie erhielt? Das einzige Motiv, das jemand haben könnte, sie zu töten, war: Geld.

Patricia war neunzig. Sie war geistig voll auf der Höhe und leitete letztlich immer noch die Geschäfte, allerdings von ihrem Wohnzimmer aus. Durch ihre kaputten Hüften konnte sie kaum noch laufen. Ansonsten ging es ihr auch gesundheitlich hervorragend, und jeder rechnete damit, dass sie älter als die Queen Mum werden würde. Es sei denn, man hatte Em gegenüber etwas verschwiegen. Denn wenn Patricia sterben würde, ginge ihr Vermögen zur Hälfte an Katherine. Die andere Hälfte hätte Ruth geerbt, doch Patricia hatte ihre seit fast dreißig Jahren verschwundene Tochter schon lange aus dem Testament gestrichen. Dieser Teil würde also an Ruths Kinder gehen, Eric und Em. Nun war Eric tot, und Em würde die andere Hälfte des Vermögens ihrer Großmutter erben.

Darüber hatte Em bisher noch gar nicht nachgedacht. Ihre Großmutter würde ewig leben, so viel war immer klar gewesen. Ihr Bruder würde sich um die Geschäfte kümmern, auch das war immer klar gewesen. Em wollte gar nichts erben, sie wollte ihr eigenes Geld verdienen. Noch so eine Wahrheit in Ems Kopf, aber die Realität sah wohl anders aus.

Em, Millionenerbin, Halterin von fünfzig Prozent Anteilen einer der größten Privatbanken im Land.

Wenn ihre Großmutter tot war. Erst dann.

War etwa nicht nur sie in Gefahr, sondern auch – und vor allem – Patricia?

Frank hatte Anteile an Braidlux. Die Braidlux-Gebäude waren attackiert worden. Sie selbst hatte in einem dieser Gebäude gewohnt, ohne zu wissen, dass diese Firma dahintersteckte. Und hinter dieser Firma ihr Onkel und sein alter Freund Robert Hanford.

Em nahm das Handy und rief in der Kanzlei ihres Bruders an. Sie arbeiteten dort manchmal bis zehn, elf, Mitternacht. »Mr Hanford bitte«, sagte sie.

»Wer spricht denn?«

Sie dachte sich einen Namen aus.

»Tut mir leid, er ist nicht im Haus. Kann ich etwas ausrichten? Wollen Sie, dass er Sie zurückruft?«

»Danke. Hat sich erledigt.« Em legte auf und dachte nach. Alex' Handynummer: Entweder sie versuchte, an die Mails ihres Bruders zu kommen und darüber auch in sein Adressbuch. Schwierig. Ihr Bruder hatte sich gerne die kompliziertesten Passwörter ausgedacht. Jemand wie Jay könnte wahrscheinlich so etwas knacken. Aber wollte sie das? Konnte sie das überhaupt, auf diese Art in die Privatsphäre ihres Bruders eindringen? Besonders jetzt, wo er tot war? Der Gedanke brachte die Tränen zurück.

Auf ihrem alten Handy hatte sie alle Nummern. Es lag bei Samir, der es für sie in Einzelteile zerlegt hatte und aufbewahrte. Sie nahm ihre Jacke, setzte Mütze und Sonnenbrille auf und ging zu Samirs kleinem Laden.

Diesmal waren alle drei Computerplätze belegt, und an den beiden Tischen drängten sich gut gelaunte Gäste. Samir half gerade einer Frau dabei, Onlinetickets für einen Flug auszudrucken. Em sah, dass es ein Billigflug nach Barcelona war.

»Ich bin noch nie geflogen«, sagte die Frau und strahlte.

»Das ist toll«, sagte Samir. »Fliegen ist toll.«

»Ich bin ganz aufgeregt!«

»Na klar! Wie lange bleibst du?«

»Drei Tage, und wir wissen nicht mal, wo wir schlafen.« Sie kicherte. »Aber der Flug war so billig!«

Samir erklärte ihr, wie sie günstige Zimmer finden konnte, und schrieb ihr ein paar Webadressen auf. Die Frau, eine dürre Blondine um die vierzig, strahlte noch mehr und wäre Samir vermutlich um den Hals gefallen, wenn Em sich nicht bemerkbar gemacht hätte.

»Ich, ähm, brauch noch mal mein Telefon«, sagte sie.

»Du kannst damit geortet werden, sobald du es einschaltest. Und wenn ich die Nachrichten richtig verstanden habe«, er zeigte auf seinen eigenen Laptop, »sucht man immer noch nach dir. Warum brauchst du's? Funktioniert das andere nicht richtig?«

»Ich brauche eine Nummer.«

»Ist sie auf der Karte oder im Telefon gespeichert?«

Em hob die Schultern.

Samir sah sich im Laden um. »Hör zu, ich kann jetzt nicht einfach weg, und du kannst es nicht selbst machen. Ich schick dir eine SMS mit der Nummer. Sag mir, unter welchem Namen sie abgespeichert ist.«

»Brauchst du nicht meine PIN oder so was?«

Samir sah sie todernst an. »Willst du mich beleidigen?« Dann lachte er. »Gib mir einfach den Namen.«

»Alex Hanford.«

»Läuft.«

Hinter Em hatte sich bereits eine kleine Schlange gebildet. Sie nickte Samir dankbar zu und ging. Frank saß nun schon seit einer halben Stunde im Samuel Pepys und aß mit Robert Pizza.

Weil sie davon ausging, dass Frank später zu Fuß an der Themse entlang nach Hause gehen würde, beschloss sie, ihn dort abzupassen. Robert hasste nichts mehr als Spaziergänge, er hielt sie für unrentabel, reine Zeitverschwendung. Sie musste sich also keine Sorgen darüber machen, dass die beiden noch einen gemeinsamen Verdauungsgang am Wasser vornehmen würden.

Es war kurz nach halb neun, als Em bei Samir losging. Eine gute Dreiviertelstunde später stand sie in der engen, dunklen Gasse vor dem Restauranteingang und wartete. Sie hatte sich unterwegs Zigaretten gekauft. Jetzt zündete sie sich eine an.

»Schrecklich voll heute«, sagte ein älterer Herr, der gerade aus der Tür trat und umständlich eine Zigarette aus der zerknautschten Packung schüttelte.

»Ich war noch nicht drin«, sagte Em. »Ich bin ein bisschen zu früh dran.«

»Oh. Ich weiß nicht, ob Sie einen Platz finden. Haben Sie reserviert?«

Sie nickte und log: »Mein Vater ist schon drin. Aber er redet noch mit jemandem. Geschäfte. Ich soll erst später nachkommen. Auf einen Drink.«

»Das ist gut. Dann hat er schon einen Platz.« Endlich hatte der Mann eine Zigarette zu fassen bekommen. Er steckte sie sich in den Mund und suchte nun ähnlich umständlich nach Feuer. Em reichte ihm ihr Feuerzeug. »Danke«, nuschelte er.

»Wo sitzen Sie denn? Vielleicht haben Sie ihn ja gesehen. Er sitzt gern oben am Fenster. Mitte sechzig, hat seltsame Ähnlichkeit mit David Cameron. Das darf man ihm nur nicht sagen. Sein … Geschäftspartner ist so ein großer, schlanker Typ, dasselbe Alter, versucht aber jünger zu wirken, etwas zu dunkle Haare für Mitte sechzig, schwitzt Oxford aus jeder Pore.«

»Aaah. Gute Beschreibung. Sie wissen, wie man Menschen dazu bringt, sich an jemanden zu erinnern.«

Em lachte. »Wirklich?«

»Normalerweise beschreiben die Leute nur Äußerlichkeiten. Aber Sie beschreiben Typen. Also, ja, die beiden sind da. Unterhalten sich prächtig. Sitzen allerdings an einem kleinen Tisch.«

Em winkte ab. »Ja, deshalb soll ich warten, bis sie fertig sind. Ich komme dann sozusagen als Ablösung. Und Sie? Sind Sie wegen der Aussicht oder wegen der Pizza hier?«

Der alte Mann blies mit einem langen Seufzer Rauch aus. »Familienfeier. Meine Enkeltochter wird achtzehn. Am Wochenende gibt es eine große Party für ihre Freunde, aber heute ist es nur die Familie. Sie werden so schnell groß …« Er schnippte Asche von seiner Zigarette. »Sie haben wahrscheinlich noch keine Kinder, was?«

»Nein.«

Die Tür ging auf, und ein kleines Grüppchen gesellte sich zu ihnen, um ebenfalls zu rauchen.

»Was haben Sie mit Ihrer Hand gemacht? Sieht schlimm aus«, sagte der Alte.

Em hatte den Verband selbst gewechselt. Er war voll mit Tobs' Blut gewesen. »Ach, bisschen herumgewerkelt und mit dem Hammer ausgerutscht«, sagte sie. »Ich geh morgen mal zum Arzt.«

»Die jungen Frauen, machen alles selbst«, lachte der Alte.

»Ich geh noch mal ne Runde Beine vertreten«, sagte Em freundlich. »Dann noch viel Spaß beim Feiern.«

»Danke. Soll ich Ihrem alten Herrn sagen, dass Sie schon warten?«

»Oh, auf keinen Fall. Er hasst es, wenn er das Gefühl

hat, dass man ihn drängt.« Sie nickte ihrer Rauchbekanntschaft freundlich zu und ging die Gasse hinunter.

Zu viele Menschen, die Zeit hatten, sie anzustarren. Um diese Zeit konnte sie keine Sonnenbrille mehr tragen, nicht in einem normalen Restaurant. In der U-Bahn, auf der Straße kümmerte sich niemand darum. Hier schon. Sie hatte zu große Angst davor, erkannt zu werden. Und wenn es nur ein »Sie sehen ja so ähnlich aus wie«-Moment war. Es war zu gefährlich. Jays Strickmütze half sicherlich, weil viele Menschen auf Haarfarbe und Frisur achteten, besonders bei Frauen. Aber was war schon sicher.

Wenigstens wusste sie jetzt, dass Frank immer noch dort war. Sie entschied sich dafür, runter zum Themse-Fußweg zu gehen und sich auf eine Bank zu setzen. Das war unauffälliger, als sich vor dem Samuel Pepys herumzutreiben, und sie würde Robert nicht in die Arme laufen.

Bevor sie eine geeignete Stelle gefunden hatte, an der sie warten konnte, erhielt sie eine SMS. Samir schickte ihr endlich Alex' Handynummer. Sie rief sofort bei ihm an.

»Kannst du sprechen?«, sagte sie ohne Begrüßung.

»Oh! Ähm, ja, klar. Wo bist du?«

»Du wirst aber nicht irgendwie ... abgehört oder so was?«

»Ich bin Anwalt. Das dürfen sie nicht.«

»Gut. Was hat dein Vater mit Braidlux zu tun?«

Kurzes Schweigen. Dann: »Was?«

Sie hätte ihm jetzt lieber gegenübergestanden. Am Telefon darüber zu urteilen, wie überrascht jemand wirklich war, fand Em schwierig. »Weißt du davon?«

»Nein, ich hab keine Ahnung, wovon du redest. Braidlux? Die Baufirma?«

»Er und Frank halten zusammen die Mehrheit an dem Laden.« Sie entdeckte einen Mauervorsprung, der sichtgeschützt in der Dunkelheit lag, auf halbem Weg zwischen der Millennium und der Blackfriars Bridge, und setzte sich drauf.

Wieder Schweigen. Dann: »Bist du sicher? Wie kommst du darauf?«

»Das ist egal. Ich will nur wissen, ob du etwas darüber weißt.«

»Nein.« Diese Antwort: schnell. Zu schnell?

»Das Gebäude, in dem Eric und ich gewohnt haben, und der Limeharbour Tower wurden beide von Braidlux gebaut.«

Alex schwieg.

»Sag was.«

»Was soll ich sagen? Ich hab keine Ahnung, was das zu bedeuten hat. Wo hast du das her? Ich meine, bist du dir ganz sicher?«

»Das bin ich.« Sie folgte mit den Augen einem Schiff und blieb bei der bläulich schimmernden Millennium Bridge hängen.

»Hast du ihn darauf angesprochen?«

»Deinen Vater? Sicher nicht. Aber gleich werde ich mit Frank darüber reden.«

»Bist du bei ihm?«

»Ich sehe ihn später.« Wenn alles gut lief.

»Glaubst du, es gibt eine Verbindung ...«

»Deshalb will ich mit dir darüber reden«, unterbrach

sie ihn ungeduldig. »Ist das ein Zufall? Oder was passiert hier gerade? Ich kann es mir nicht erklären.« Ein älteres Ehepaar in enger Funktionskleidung joggte an Em vorbei. Sie senkte die Stimme. »Alex, warum passiert das alles? Wer will mich aus dem Weg haben? Das einzige Motiv, das ich mir mittlerweile vorstellen kann, ist das Geld, das ich noch nicht geerbt habe. Ich kenne keine Geheimnisse, ich stehe niemandem im Weg, also was soll das?«

Alex antwortete nicht. Eine Gruppe italienischer Studenten kam von der Brücke und zog lärmend an Em vorbei. Sie waren wohl entweder in der Tate Modern oder im Shakespeare's Globe Theatre gewesen, danach noch etwas trinken. Jedenfalls rochen sie nach Alkohol.

»Bist du noch dran?«, fragte Em, als die Studenten weitergezogen waren.

»Ja.«

»Sag was.«

»Ich habe keine Ahnung. Ich bin ... vollkommen überrascht.«

»Frag mich mal.«

»Wo bist du gerade? Können wir uns treffen? Ich komm zu dir.« Er klang jetzt sanfter.

»Jetzt nicht. Ich warte auf Frank.«

»Danach?«

»Okay. Ich melde mich.«

»Ich warte.«

»Bis später.«

»Em?«

»Ja?«

»Pass auf dich auf.« Dann war die Leitung tot.

Em sah nachdenklich das Telefon an und versuchte zu entscheiden, ob Alex' letzter Satz Bitte oder Drohung gewesen war. Sie wusste gerade nicht mehr, wer Freund und wer Feind war.

Em stand auf, um ihren Kreislauf in Schwung zu bringen, ging ein paar Schritte vor und zurück, dann setzte sie sich wieder. Sie beobachtete die Schiffe auf der Themse, betrachtete, wie die Lichter sich abwechselten. Sie sah The Shard auf der anderen Seite des Flusses, fragte sich, wann sie auf die Aussichtsplattform im 70. Stock in über zweihundert Metern Höhe gehen würde – ob überhaupt. Fragte sich dann, was die Menschen in Brixton zu diesem Bauwerk sagten, denn wenn man Brixton Hill hinunterging und dann weiter auf der Brixton Road blieb, sah man direkt auf The Shard, als sei der Turm, der drei Meilen entfernt am Südufer der Themse stand, eigens so konstruiert worden, um am Ende dieser Sichtachse aufzuragen.

Ein Gebäude, das wie eine Glasscherbe aussah. Mit Etagen für unbezahlbare Luxusapartments und weiteren Etagen für ein Luxushotel, das einem malaysischen Multimilliardär gehörte.

Es war noch nicht so lange her, da hieß es, der Londoner Süden sei gefährlich. Armut, Gewalt, Drogen. Das war der Süden. Dann kamen die glänzenden Hochhäuser, die Kunstmuseen, die Luxushotels. Der Süden war seither viel gefährlicher geworden.

31

Miles Fielding war vor allen Dingen ein Feigling. Etwas Besseres über ihn zu sagen, ohne dabei die Wahrheit deutlich zu dehnen, war ausgesprochen schwierig, denn er hatte nicht einmal das, was im Allgemeinen Gewissen genannt wurde. Ihn interessierte einzig, dass er mit allem, was er tat, ungeschoren davonkam.

Am liebsten versteckte er sich hinter seiner Tastatur. Miles vermied gerne die direkte Konfrontation. Vielleicht nahm er hier und da auch mal an Demos teil, aber nur, wenn er sich sicher war, dass er jederzeit abhauen konnte, falls es brenzlig wurde.

Er war im Grunde das, was man im Internet einen Troll nannte. Wo immer er konnte, trieb er sich anonym herum und verspritzte sein Gift. Er schrieb Dinge über andere Leute, die er ihnen niemals im richtigen Leben auch nur zugeflüstert hätte. Er verhöhnte, lästerte, machte nieder, tobte, wütete, drohte und verwünschte. Miles trollte durchs Netz, weil er grundsätzlich unzufrieden war und es ihm Spaß machte, wenn sich andere über ihn aufregten. Sollte einmal jemand aus Versehen und Unkenntnis nett zu ihm sein, schaffte er es schnell, auch diesen von sich wegzutreiben. Wie die meisten Trolle sehnte er sich aber danach, so etwas wie echte Wertschätzung zu erfahren.

Als sich Miles ein paar Aktivisten in London angeschlossen hatte, glaubte er auch, diese Wertschätzung gefunden zu haben. Er war ein hervorragender Hacker, das wussten die anderen anzuerkennen.

Sie ließen ihn in ihre Gemeinschaft, ohne zu wissen, was für ein Troll er war. Miles spürte auch vorerst kein allzu großes Verlangen mehr, auf anderen herumzuhacken. Bis ihm diese Zugehörigkeit irgendwann zu schwierig wurde. Man forderte viel von ihm. Vor allem aber: Integrität. Und Miles war sicherlich kein integrer Mensch. Die Idee, für das Wohl einer Gemeinschaft zurückstecken zu müssen, gefiel ihm nicht. Er war den Aktivisten gefolgt, weil er dachte, es ginge darum, Krawall zu machen. Randale. Chaos. Und, ganz wichtig: anderen die Schuld zu geben, wenn das Leben schieflief. Es waren doch immer die anderen schuld. Die Politiker. Die Banker. Die anderen eben, die Geld hatten und eine gute Ausbildung und eigene Häuser.

Als er verstand, dass es um mehr als das ging, suchte er nach einem Ausweg. Dieser bot sich auch bald. Ein Mann kam während einer Protestaktion auf ihn zu und sagte ihm: »Leute wie Sie können wir gebrauchen. Sie haben doch Ziele im Leben. Sie wollen doch was erreichen. Jemand mit Ihren Fähigkeiten.«

Miles wusste nicht, dass man ihn gerade mit Honig in die Falle gelockt hatte. Er fühlte sich einfach bestätigt und dachte: Endlich sieht mal jemand, dass ich es draufhabe. Er sprach mit dem Mann und bekam einen Job. Miles war Softwareentwickler, und als solcher wurde er eingestellt. Miles war aber auch Hacker, und diese Fähigkeit wollte man vor allem nutzen. Er wurde gefragt: Kann man die Klimasteuerung eines Gebäudes manipulieren? Kann man die gesamte Technik eines Hochhauses verrücktspielen lassen? Und es auf jemand anderen schieben? Miles sagte Ja. Und tat es. Er wurde gefragt: Kann man die Sprinkleranlage eines einzelnen Stockwerks abschalten? Und die Rauchmelder? Miles sagte: Ich will nicht wissen, wozu das gut sein soll. Und half.

Er las später in der Zeitung, was er angerichtet hatte. Er hatte kein schlechtes Gewissen, weil er sagen konnte: Ich habe kein Feuer gelegt. Ich habe nur getan, was man mir gesagt hat. Natürlich hatte er Angst vor juristischen Konsequenzen, doch da verließ er sich auf die Leute, die ihm ein monatliches Gehalt zahlten. Moralisch war er mit sich im Reinen. Er hackte sich in Mailkorrespondenzen, erstellte Bewegungsprofile anhand von GPS-Daten, arbeitete im Grunde als Detektiv, der sich nicht aus dem Büro bewegen musste. Softwareentwicklung war kein Thema. Die Überstunden wurden großzügig honoriert. Miles hatte das Gefühl, endlich seinen Traumjob zu haben. Gemein sein, Leute ausspionieren, Geld dafür bekommen. Drei Monate befand er sich in diesem Paradies.

Dann sagte man ihm, dass er rausgehen musste. Um in diesem Paradies zu bleiben, musste er tatsächlich raus. Geh auf die Straße. Mach das, was du hier tust, im echten Leben. Verfolge, spioniere, überwache, schlage zu. Miles wollte Nein sagen, aber er war nun mal der Feigling, der er war. Er sagte gar nichts. Auch nicht, als man ihm auftrug, bis zum Äußersten zu gehen. Man legte ihm Geld auf den Tisch. Dicke Bündel aus Fünfzigern. Zehntausend, hieß es. Natürlich nur eine Anzahlung. Jetzt fand Miles die Sprache wieder. Statt zu sagen, dass er Angst hatte, die Sache zu vermasseln, fragte er: Anzahlung worauf? Nachdem man ihm die Gesamtsumme genannt hatte, verließ Miles das Büro, in dem er den größten Teil der letzten drei Monate verbracht hatte, und wurde zum bezahlten Auftragsmörder.

32

Frank Everett war bereit, Brieftasche und Uhr rauszurücken und, wenn es sein musste, auch den Autoschlüssel.

»Tun Sie mir nichts!«, rief er, schlug die Hände vors Gesicht und fiel auf die Knie. Er klang wie ein deutscher Tourist. Obwohl er mehr Zeit in England als in seiner Heimat Deutschland verbracht hatte, kam sein Akzent in bestimmten Situationen deutlich durch.

»Frank, ich bin's.« Sie packte ihn an den Schultern und versuchte, ihn hochzuziehen, aber er war zu schwer. Er ließ sich sogar noch nach vorne fallen. »Frank! Ich bin's, Emma. Jetzt schau mich an, verdammt!«

Frank wandte sich mit einem misstrauischen Blick zu ihr um und erschrak dann noch mehr. »Was machst du hier?«

Ein Jogger blieb stehen und fragte: »Alles in Ordnung? Brauchen Sie Hilfe?«

Frank sah nervös von Em zu dem Fremden und wieder zurück.

»Er ist gestolpert«, sagte Em. »Komm schon, Dad. Ich bring dich nach Hause.«

Frank rollte sich auf die Knie und ließ sich von Em und dem Jogger aufhelfen. Leise schimpfend klopfte er seinen Trenchcoat sauber. »Danke«, sagte er zu dem Fremden. »Alles in Ordnung. Das ist ...«

»Seine Tochter«, fiel sie ihm ins Wort. »Mein Dad hatte einen langen Tag.« Sie machte eine Handbewegung, die andeutete, dass Frank getrunken hatte.

Der Jogger zuckte nur mit den Schultern und trabte weiter.

»Dad?«

»Wenn dich jemand erkennt? Du hast nur *eine* Nichte.«

»Aber ich habe keine Tochter.«

»Eben. Man würde denken, es handele sich um eine Verwechslung. Ich muss mit dir reden.« Sie zog ihn bis zu einer Treppe, die zu der höher gelegenen Straße führte. Unter der Treppe stank es nach Urin und Erbrochenem, aber hier würde sie niemand sehen, und es gab keine CCTV-Kameras.

»Verdammt, ich hab fast einen Infarkt bekommen.« Er sah sie böse an. »Meine Nerven sind so dünn wie Spinnweben im Moment! Ich dachte wirklich, jemand wollte mich umbringen.«

»Jemand will *mich* umbringen«, sagte Em.

»Na ja. Man weiß ja nie«, murmelte ihr Onkel unwirsch. »Da schleichst du einfach hinter mir her und ziehst mich dann in eine dunkle Ecke. Was soll ich denn denken?«

Em verdrehte ungeduldig die Augen und sagte nichts.

»Wie kommst du überhaupt hierher?«

»Ich hab gehört, dass du im Samuel Pepys sein würdest.«

»Von wem?«

»Ich muss mit dir über Braidlux reden.«

»Was?«

»Ja.«

»Hör mal, die Polizei ist hinter dir her! Du solltest hier nicht einfach so rumstehen!«

»Seit wann mischst du bei Braidlux mit?«

Frank schüttelte energisch den Kopf. »Das geht dich gar

nichts an. Das hat überhaupt nichts mit dir oder mit der Bank oder so zu tun. Das ist ganz allein meine Sache, und ich …«

»Du weißt, dass du keine Nebengeschäfte tätigen darfst, solange du für die Bank arbeitest.«

»Deshalb wolltest du mit mir reden?«, fragte Frank aufgebracht. »Du wirst gesucht, weil du angeblich jemanden umgebracht hast, und statt dich darum zu kümmern, deine Unschuld zu beweisen, willst du mir hier Vorträge halten, wie ich …«

»Genau darum geht's mir. Meine Unschuld zu beweisen. Dazu muss ich rausfinden, was passiert ist.«

»Na, dieser Kerl da, den du angeblich, du weißt schon, der hat doch …«

»Eben nicht.«

»Doch nicht?«

»Ich lag wohl daneben mit meinem Verdacht. Kann passieren.«

»Die Polizei findet jetzt aber, dass er's war.«

»Dann hat die Polizei nicht recht. Auch das soll ja vorkommen. Frank, beide Gebäude gehören Braidlux.«

Er sah sie mit zusammengepressten Lippen an. Sein Blick wanderte herum. »Ja, ich weiß.«

»Du hast das gewusst?«, rief sie fassungslos.

»Und? Viele Gebäude gehören Braidlux«, verteidigte er sich. »Allein hier an diesem Ufer, gleich da vorne …«

»Hast du mit der Polizei darüber geredet?«

»Nein.«

»Vielleicht hat es irgendwas zu bedeuten! Darüber schon mal nachgedacht?«

»Was? Nein. Unsinn. Was denn?!«

Sie beobachtete ihn genau. Er hatte Angst, und er verbarg etwas. Leise sagte sie: »In beiden Fällen hat jemand die computergesteuerte Sicherheitstechnik gehackt. Aber vielleicht wurde sie ja auch gar nicht gehackt. Vielleicht kannte sich jemand einfach nur gut damit aus.«

Ihr Onkel leckte sich die Lippen. »Ein Insiderjob? Jemand innerhalb der Firma soll ... Jemand bei Braidlux? Warum?«

»Um mich loszuwerden? Keine Ahnung. Sag du's mir.«

Er sah sich nervös um. »Em! Das ist doch Unsinn. Warum sollte irgendjemand dir etwas antun wollen?« Er lachte. Es klang wie ein Kreischen.

Em trat einen Schritt von ihm zurück. »Weil ich erbe?«

»Wieso? Von Eric? Oder ...« Dann verstand er, langsam sickerte es in sein Bewusstsein. Seine Stimme änderte sich. Sie war jetzt tiefer und leiser, und jede Andeutung seines deutschen Akzents war wieder verschwunden. »Ach so. Wenn Patricia stirbt. Und da denkst du, ich hätte nichts Besseres zu tun, als schon mal vorzusorgen und deinen Bruder und dich ...« Der Klang seiner Worte verlor sich, und er dachte einen Moment nach. Dann rief er: »Hörst du dir da eigentlich noch zu? Ihr seid meine Familie! Ich hab euch aufwachsen sehen! Ich könnte euch doch nie ...« Er strich sich mit beiden Händen übers Gesicht, drehte den Kopf erst in die eine, dann in die andere Richtung, wie um nach Bestätigung zu suchen für das, was er gesagt hatte. Dann sah er Em mit einem Flehen im Blick an und streckte die Arme nach ihr aus. »Emma, Liebes, das kannst du nicht wirklich glauben.«

Sie nahm seine Umarmung nicht an. Aber sie wusste tatsächlich nicht, was sie glauben sollte. War Frank wirklich der nette Onkel, der sich in seiner Rolle, immer in Katherines Schatten zu stehen, immer die zweite Geige zu spielen, ganz wohlfühlte? Oder hatte sich da über die Jahre und Jahrzehnte etwas angestaut? Neid und Missgunst auf die reiche Schwiegerfamilie? Der Wunsch, endlich etwas Eigenes zu haben? Selbst zu Geld zu kommen? Und im nächsten Schritt sich das gesamte Erbe zu sichern statt lediglich der Hälfte?

»Was ist das mit Braidlux?«, fragte sie.

Ein tiefer Seufzer. »Das war Roberts Idee. Vor ein paar Jahren. Er brauchte noch jemanden, der mit einstieg, um insgesamt auf über fünfzig Prozent zu kommen. Ich bin da nur … stiller Teilhaber. Das ist einfach auf dem Papier. Ich spiele da überhaupt keine Rolle. Reine Formsache.«

»Ach so. Na dann.«

»Ich wusste, dass du das verstehst.« Er klang tatsächlich erleichtert.

»Denkst du wirklich, dass ich dir das abnehme? Braidlux fährt riesige Gewinne ein. Ich hab mir die Börsenkurse angesehen. Und du willst mir erzählen, dass du davon nicht profitierst? Was machst du mit dem ganzen Geld? Hungerleidenden Kindern in Afrika spenden?«

»Aber das sind doch nur Geschäfte!« Frank wischte sich Schweiß von der Stirn.

»So was passt gar nicht zu dir. Hab ich recht?«

»Wie meinst du?«

»Diese zwielichtigen Geschäfte. Robert traue ich das sofort zu. Aber dir?«

Frank hielt ihren Blick nicht aus. Er zog den Kopf ein und starrte missmutig auf den Boden.

»Ich hab also recht. Robert hat dich da reingeredet, und jetzt kommst du aus der Nummer nicht mehr raus? Was ist los, Frank? Das ist doch noch nicht alles, oder?«

Als er den Kopf hob und sie ansah, wusste sie, dass sie nichts aus ihm herausbekommen würde. Er wirkte wie ein trotziger Junge, bereit, sein Geheimnis für sich zu behalten. »Was willst du jetzt? Zu Patricia gehen? Damit sie mich rausschmeißt? Das kannst du Katherine nicht antun. Sie würde dir das nie verzeihen.«

Em hob kapitulierend die Hände. »Nein. Natürlich nicht. Ich will nur verstehen, was gerade passiert. Frank, irgendjemand ist hinter mir her.«

»Unsinn«, murmelte er stur. »Ich sag dir, das war dieser Typ, der jetzt tot ist. Der kann dir nichts mehr tun.«

»Er hat sich wohl kaum selbst umgebracht.«

»Wahrscheinlich ist der einfach nur überfallen worden, und sein Tod hat gar nichts damit zu tun. Niemand ist hinter dir her!«

Sie dachte kurz daran, ihm alles zu erzählen, was sie wusste, aber etwas hielt sie davon ab. Sie sagte nur: »Ich sehe das ein bisschen anders.«

»Hör zu. Du kommst jetzt einfach mit nach Hause. Dann reden wir in Ruhe mit der Polizei, natürlich wird unser Anwalt dabei sein, und schon ist die Sache aus der Welt. Wirklich, Em. Wir kriegen das hin. Aber sich zu verstecken, das ist keine Lösung. Du musst doch irgendwann wieder ein normales Leben führen. Und Patricia macht sich große Sorgen.«

Sie musterte ihren Onkel, diesmal mit mehr Distanz, als sie je in ihrem Leben zu ihm gehabt hatte: Der maßgeschneiderte Anzug schien ihn zu verschlucken. Die Krawatte war verrutscht. Das getönte Haar war in Unordnung geraten und wirkte wie ein schlecht sitzendes Toupet. Im Zwielicht sah er sehr viel älter aus, als er war. Aber sie wusste nicht, ob er ihr leidtat oder ob sie ihn fürchten musste.

»Sag Patricia, dass es mir gut geht.« Sie drehte sich um und ließ ihn stehen. Sie rannte nicht. Sie wusste, dass er ihr nicht folgen würde.

Em hatte lange auf Frank warten müssen. Es war mittlerweile kurz nach halb zwölf, und sie fühlte sich müde und ausgelaugt, war gleichzeitig aber voller Unruhe. Sie setzte sich auf die Mauer der Uferpromenade, stützte den Kopf in die Hände und dachte nach. Frank. Deutlich nervös, weil sie von Braidlux wusste. Hatte er Angst, dass sie ihn an Patricia verriet? Oder steckte mehr dahinter? Wenn Patricia davon erfuhr, wäre Frank nicht nur komplett aus der Bank draußen. Sie würde mit hoher Wahrscheinlichkeit von Katherine fordern, sich auf der Stelle scheiden zu lassen. Sollte sie sich weigern, würde sie ebenfalls rausfliegen. Patricia war nicht dafür bekannt, Nachsicht zu üben, wenn jemand ihre Regeln verletzte. Frank hatte streng genommen erst seit ein paar Minuten ein Motiv, Em aus dem Weg zu schaffen. Und Em hatte ihm dieses Motiv selbst geliefert. Hinzu kam allerdings, dass Franks Einkünfte von Braidlux hoch genug waren, sodass ein Rauswurf bei der Bank zwar unangenehm, aber mitnichten existenzbedrohend war.

Nein, wahrscheinlich hatte er wirklich nichts mit den Anschlägen zu tun.

Wer sonst? Robert Hanford war die einzige andere Person, die sie im Zusammenhang mit Braidlux kannte. Alle anderen Namen auf der Liste, die Jay ihr gezeigt hatte, waren ihr unbekannt. Und Hanford hatte nicht den geringsten Grund, Em den Tod zu wünschen. Es passte alles nicht zusammen. Sie kam nicht weiter, wie sie es auch drehte und wendete. Em beschloss, Alex anzurufen und sich mit ihm zu treffen. Vielleicht übersah sie etwas, und er könnte ihr helfen. Sie nahm ihr Handy aus der Hosentasche und wollte ihn anrufen. Als sie Schritte hörte, beschloss sie zu warten, bis derjenige vorbeigegangen war. Ein Typ in Jeans und Kapuzenpulli schlenderte den Uferweg entlang. Sie sah auf ihr Handy und suchte Alex' Nummer heraus. Der Typ ging an ihr vorbei, blieb dann stehen und tastete sich ab, als würde er etwas suchen. Dann drehte er sich um, kam auf sie zu und fragte sie nach Feuer. Em nickte und suchte nach ihrem Feuerzeug. Sie war vollkommen überrascht und nicht mehr in der Lage, sich zu wehren oder auch nur festzuhalten, als er ihre Beine packte und sie über die Mauer stieß. Em stürzte zwei, drei Meter tief ins flache Wasser.

Zu dieser Zeit war auflaufendes Wasser, aber der Höchststand der Flut würde erst in ein paar Stunden erreicht sein. Sie wollte sich aufrichten, spürte dann aber einen Fuß im Nacken, der sie nach unten drückte. Em hatte nur eine Möglichkeit zu entkommen: sich ins tiefere Wasser zu rollen und versuchen zu schwimmen.

Sie tat es.

Sie schluckte Wasser, tauchte hustend auf, und wieder spürte sie einen Tritt gegen ihren Körper, er war immer noch da, wollte sie immer noch nicht an Land lassen. Em tauchte ab, hielt die Luft an, ließ sich unter Wasser treiben, bis sie es nicht mehr aushielt und atmen musste. Sie tauchte auf, schnappte nach Luft und sah, dass sie ein Stück weit in Richtung Flussmitte abgetrieben war. Sie hielt sich prustend über Wasser, sah sich um nach dem Ufer, sah, dass er dort stand und sie ganz woanders vermutete, jedenfalls schien er, soweit sie das auf die Entfernung und in der Dunkelheit erkennen konnte, in eine andere Richtung zu spähen. Sie hoffte darauf, dass nicht ausgerechnet jetzt ein Schiff kommen würde, und versuchte, in die entgegengesetzte Richtung von ihrem Verfolger zu schwimmen. Die Themse war eiskalt. Das Wasser roch nach Diesel. Sie tauchte noch einmal unter, als sich der Mann am Ufer ruckartig umdrehte, und ließ sich wieder treiben, bis sie auftauchen und atmen musste. Sie hatte den Kopf kaum über Wasser, als sie gegen einen der Pfeiler der Blackfriars Bridge knallte. Sie stieß sich heftig den Kopf, verlor aber nicht das Bewusstsein. Es würde eine Beule geben, aber in diesem Moment begrüßte sie den Schmerz, weil er sie klar denken und rasch handeln ließ. Sie suchte Halt an dem Brückenpfeiler, fand aber nichts, woran sie sich klammern konnte. Wenigstens aber stabilisierte sie sich. Sie wartete, bis sie ruhiger atmete und sich orientiert hatte, hielt dann Ausschau nach dem Verfolger.

Er stand am Ufer. Em drückte sich gegen den Pfeiler und wartete ab, was er als Nächstes tun würde. Er stand einfach nur da und rührte sich nicht. Ihre Zähne schlugen hart aufeinander, sie zitterte vor Kälte. Aber sie konnte nicht weg. Er war immer noch dort und suchte wahrscheinlich mit den Augen die Wasseroberfläche ab.

Sie musste aus dem Wasser. Es war viel zu kalt. Sie hörte bereits ein Schiff, das auf die Brücke zukam, und sie wusste, sie musste sich beeilen, um nicht in den Sog zu geraten. Aber wenn sie es bis ans Ufer schaffte, würde er sie an Land kommen sehen. Sie überlegte, ob sie es auf die andere Seite des Flusses schaffen würde. Dazu müsste sie bestimmt zwei Drittel der Themse durchschwimmen.

Das Schiff kam näher. Em spürte bereits die Wellenbewegungen, die von ihm ausgingen.

Zwei Drittel der Themse. Bei auflaufendem Wasser. Die Fließgeschwindigkeit des Flusses war nicht sehr hoch, aber der Sog zu stark für sie. Ems Kraft würde dazu nicht ausreichen. Das Wasser war zu kalt. Sie war keine gute Schwimmerin. Sie hatte Kondition, aber Schwimmen war nicht ihre Disziplin. Sie hatte lange nicht mehr richtig geschlafen. Der Kampf mit dem Polizisten vorhin hatte außerdem Kraft gekostet. Sie würde es nicht schaffen.

Em sah zurück zum Ufer. Er bewegte sich und ging ein Stück in die Richtung, die von ihr wegführte. Dann aber blieb er stehen und kam zurück. Sie wandte schnell das Gesicht von ihm ab und hoffte, dass sie nicht zu sehen war. Ihre gesunde Hand krampfte. Die Fingerkuppen stachen. Wahrscheinlich war die Haut aufgerissen. Mit der anderen Hand hatte sie kaum Halt. Der Verband ließ nicht zu, dass sie sich festklammern konnte. Sie presste sich gegen den Pfeiler. Hoffte, dass sie sich über Wasser halten würde, während das Schiff vorbeifuhr.

Die Wellen schlugen höher. Em verlor kurz den Halt. Sie schluckte Wasser, spuckte es aus, hustete. Dann sah sie das Schiff. Es war kleiner als gedacht, nur eine Motoryacht. Sie würde schnell durchfahren. Bis dahin musste Em durchhalten. Das Wasser tanzte um sie herum. Schlug ihr ins Gesicht. Sie versuchte, es nicht zu schlucken. Versuchte, nicht unter Wasser zu geraten. Versuchte, am Leben zu bleiben.

Endlich war die Yacht vorbeigerauscht. Es dauerte noch einen Moment, bis sich das Wasser etwas beruhigt hatte. Em keuchte und spuckte. Noch ein Schiff würde sie nicht durchhalten. Sie sah zum Ufer. Niemand war mehr zu sehen. Sie wartete trotzdem noch, nur um sicherzugehen. Aber dann spürte sie, dass sie keine Wahl mehr hatte. Wenn sie länger blieb, würde sie untergehen.

Em konzentrierte sich, erinnerte sich daran, dass sie noch lange nicht sterben wollte und schwamm mit letzter Kraft ans Ufer. Sobald sie halbwegs festen und vor allem trockenen Boden unter den Füßen hatte, ließ sie sich keuchend fallen, weinte und zitterte vor Müdigkeit und Wut, erholte sich aber ein wenig, stand dann wieder auf und suchte nach einer Möglichkeit, zurück von der Böschung auf den Uferweg zu gelangen.

Ein Stück weiter vorne waren Stufen. Sie wusste nicht, ob hier einmal eine Art Anlegestelle gewesen war. Sie war einfach nur dankbar. Em kletterte hinauf und ließ sich auf den Gehweg fallen. Sie war erschöpft und durchgefroren, und sie wollte nur noch schlafen. Egal wo und egal wie.

12. April 2013

33

Eine Frau stand über ihr und betrachtete sie eingehend.

»Nein, sie lebt, und sie ist wach. Sie ist kein Junkie, so ist sie nicht angezogen. Ich glaube, sie ist einfach in die Themse gefallen«, sagte sie, aber nicht zu Em.

»Niemand fällt einfach in die Themse«, sagte eine andere Frau, die Em nicht sehen konnte. Sie hatte die Augen wieder geschlossen.

»Vielleicht wollte sie sich umbringen und hat es sich anders überlegt«, sagte die erste. Ihre Stimme war weich und hell. »Gib mal deinen Mantel. Los, mach schon.«

»Meinen Mantel? Was ist mit deinem?« Die Stimme der zweiten Frau war sehr viel tiefer.

»Deiner ist wärmer.«

»Na und? Der wird klatschnass und dreckig.«

»Dann kommt er halt in die Reinigung.«

»Nimm deinen!«

»Miststück.«

Etwas legte sich wie eine Decke auf ihren Körper.

»Ich geh rauf und schau, ob Pete schon da ist.«

»Nein, der wartet oben auf uns. Hilf mir lieber.«

»Womit ... Was? Du willst sie mitnehmen?«

»Jetzt hilf mir!«

Em wurde hochgezogen und auf die Beine gestellt. Jemand stützte ihren Oberkörper, damit sie nicht umfiel.

»Urgs, klatschnass.«

»Stell dich nicht so an!«

Mühsam öffnete Em die Augen.

»Oh, hallo. Kannst du laufen? Wir müssen die Treppe da rauf. Schaffst du das? Wir stützen dich.«

Em bewegte widerwillig ihre Beine. Sie spürte sie kaum. Das Wenige, was sie spürte, fühlte sich nicht so an, als gehörte es zu ihrem Körper.

Irgendwie schafften sie es die Treppe rauf. Die beiden Frauen, Mädchen eigentlich, trugen sie fast. Als sie oben angekommen waren, machten sie eine Pause.

»Pete müsste jeden Moment kommen«, sagte die Frau, die ihr den Mantel nicht hatte geben wollen. »Du willst sie aber nicht mitnehmen, hoffe ich?«

»Natürlich nehmen wir sie mit.«

»Wir bringen sie zur Polizei, die sollen sich um sie kümmern.«

Em flüsterte: »Keine Polizei.«

»Was?«

»Da hörst du's. Keine Polizei, hat sie gesagt. Jetzt stell dich nicht so an.«

»Wer weiß, was mit ihr los ist?!«

»Hör mir mal zu, Linny. Weißt du noch, was letztes Jahr an Weihnachten mit *dir* los war? Ja? Gut. Und jetzt halt den Mund. Wir nehmen sie mit.«

Em wurde wieder gepackt, diesmal deutlich unsanfter, und es ging weiter, diesmal ohne Treppen. Anstrengend war es trotzdem, und ihre nasse, kalte Kleidung klebte an ihr und schien zentnerschwer.

»Da ist Pete. Ich rede mit ihm.«

Die Geräusche eines laufenden Motors direkt neben ihnen. Die Stimme eines Mannes, aber Em gab sich keine Mühe, um zu verstehen, was gesagt wurde. Die Frau, die bei ihr geblieben war – die skeptische –, sagte wenig überzeugt: »Wird schon alles gut. Wir haben es nicht weit.«

Dann saßen sie in einem warmen Auto. Em öffnete kurz die Augen, sah, dass es ein Taxi war.

»Lehn dich an. Schlaf ruhig ein bisschen. Wir sind gleich da.«

Em hatte die Augen längst wieder geschlossen und sackte zur Seite weg. Hinlegen. Schlafen. Nur ein bisschen.

»Nicht einschlafen! Nachher wird sie nicht mehr wach!«, sagte die Skeptische.

»Das ist doch nur bei einer Kopfverletzung. Oder wenn jemand ohnmächtig war.«

»Woher willst du wissen, dass sie keine Kopfverletzung hat?«

Hände, die Ems Kopf abtasteten. Zentimeter für Zentimeter. Dann ihre Stirn. »Hier ist was.«

Ihre Beule.

»Also. Sie soll nicht einschlafen.«

»Meinst du?«

»Studieren wir Medizin oder Musik? Aber sicher ist sicher.«

»Soll ich die Heizung höherdrehen?«, fragte der Mann.

»Schadet nicht«, sagte die freundliche Frau.

»Wie gut, dass wir es heute nicht so weit haben«, sagte der Mann.

Die beiden Frauen sprachen weiter mit ihr. *Bleib wach. Schlaf nicht ein. Wir sind gleich da. Alles wird gut.*

Tatsächlich dauerte die Fahrt nicht lange. Der Mann hob sie aus dem Wagen und trug sie in ein Haus, die Treppen hinauf, in eine Wohnung. Er brachte sie ins Bad und setzte sie auf der Toilette ab. »So, ab hier machen die Mädchen weiter. Alles Gute.«

Em ließ sich widerstandslos ausziehen. Sie hörte, wie Wasser in die Badewanne lief.

»Nicht so heiß«, sagte die Skeptische. »Sie ist doch eiskalt.«

»Ja, eben.«

»Nein, der Temperaturunterschied ist dann zu groß. Lauwarm. Und dann langsam wärmer.«

»Du solltest vielleicht doch das Fach wechseln, Frau Doktor.«

Sie halfen Em in die Wanne. Das Wasser brannte auf ihrer Haut. Sie ließen nicht zu, dass sie davor zurückwich. Und sie hatten recht. Nach einer Weile kehrte die Wärme in Ems Körper zurück, und sie fühlte sich ein wenig besser. Immer noch zerstört und sterbensmüde, aber besser.

»Wer seid ihr denn?«, fragte sie.

»Ah, sie kann sprechen.« Die Freundliche war höchstens zwanzig und bildhübsch. Ihr langes blondes Haar war kunstvoll hochgesteckt, ihr Make-up wirkte glamourös, als wäre sie bei einer Filmpremiere gewesen. Ihr Kleid unterstrich die Vermutung. Die andere war im selben Alter, nicht hübsch, aber auf eine herbe Art schön. Sie trug die langen, kastanienbraunen Locken offen und war ebenfalls gestylt wie für einen Fototermin von mindestens nationaler Wichtigkeit.

»Ich bin Linda«, sagte die Dunkelhaarige. »Das da ist Becca.«

»Hi«, sagte Becca.

»Emma«, sagte Em.

Linda sammelte Ems Kleider auf und steckte sie in die Waschmaschine. Handy, Schlüssel und Geldbeutel legte sie auf den Rand des Waschbeckens. Die durchweichte Zigarettenpackung warf sie gleich in den Müll.

»Wolltest du dich umbringen?«, fragte Becca.

»Nein, das wollte jemand anderes für mich erledigen.« Em fiel das Sprechen schwer. Der Satz kam schleppend und stockend.

»Scheiße. Wer?«

»Keine Ahnung.«

»Bist du ausgeraubt worden?«

»Ich weiß es nicht.«

Linda kippte duftendes Badeöl in die Wanne und ließ heißes Wasser nachlaufen. »Gut so?«

Em nickte. »Danke.«

»Sei froh, dass wir noch auf Pete warten mussten und ein bisschen herumgelaufen sind.« Becca zog vorsichtig ihr Kleid aus und hängte es auf einen Bügel. Dann stellte sie sich ans Waschbecken und fing an, sich abzuschminken.

»Wart ihr auf einer Party?«

»Ja«, sagte Linda.

»Nein«, sagte Becca.

»Aha.«

»So was Ähnliches wie eine Party«, erwiderte Becca schnell und schmierte sich eine Nachtcreme ins Gesicht.

»Wo sind wir hier?«

»Bethnal Green.«

Em fragte nicht weiter. Zwei Studentinnen, die offenbar einen Deal mit einem Taxifahrer hatten, damit er als ihr Chauffeur fungierte. Aufgerüscht bis zum Anschlag, in teuren Kleidern. Sie lebten aber in einer kleinen Wohnung in Bethnal Green, also kamen sie nicht aus wohlhabendem Haus. Ihr Akzent verriet nicht viel von ihrer Herkunft, klang aber antrainiert, sobald sie miteinander sprachen. Em tippte auf Escortservice. Die Mädchen finanzierten sich ihr Studium. Unweit der Brücke befand sich ein teures Hotel. Vermutlich waren sie von dort gekommen.

Linda war kurz verschwunden und kam nun im Pyjama zurück. Sie schob Becca beiseite und begann ebenfalls mit dem Abschminken.

»Aber krasse Sache, dass dich einfach jemand in die Themse gestoßen hat«, meinte Becca. Sie ging dazu über, den dezenten Nagellack von den sorgfältig manikürten Fingernägeln zu entfernen. »Willst du es der Polizei melden?«

»Nein«, sagte Em schnell.

Die Mädchen sahen sie an. In ihren Blicken las Em, dass sie schon zu viel gesehen, zu viel erlebt hatten, um sich zu wundern oder gar zu empören. Trotzdem wusste sie nicht, ob sie ihnen die Wahrheit sagen sollte. Aber hatten sie es verdient, angelogen zu werden, nachdem sie sich so um sie gekümmert hatten?

»Ich hab so was wie einen Stalker.« Em entschied sich, die Wahrheit ein wenig zurechtzubiegen. »Keine Ahnung, wer es ist, aber er droht mir seit einer Weile. Und heute hat er mich wohl verfolgt und angegriffen. Er hat mich sogar angesprochen. Hat so getan, als bräuchte er Feuer.« Sie versuchte, sich an sein Gesicht zu erinnern. Es gelang ihr nicht. Dabei hatte sie ihn angesehen. Ein Fremder. Irgendjemand, den man sich nicht merken musste. Irgendjemand, der versucht hatte, sie umzubringen.

»Krass. Was für ein Arschloch«, sagte Linda.

»Aber du willst nicht zur Polizei«, stellte Becca klar.

»Nein. Also, ich war schon dort. Sie glauben mir nicht.«

»Jetzt müssten sie dir doch glauben.«

»Quatsch«, fuhr Linda ihre Freundin an. »Die werden sagen, dass sie das selbst war.«

Em nickte. »Wie kann ich mich bei euch bedanken? Ihr habt mich echt gerettet. Ich wäre sonst einfach liegen geblieben und hätte mir eine Lungenentzündung oder so was geholt.«

»Kein Problem, wirklich. Ich bin echt froh, dass wir dich gefunden haben. Linny ging's ja an Weihnachten nicht so gut, und dann hat sie ...«

»Soll ich noch mal heißes Wasser nachlaufen lassen?«, fiel Linda ihr ins Wort.

»Danke, es ist gut so. Ich glaube, ich war für heute lange genug im Wasser, warm oder kalt. Habt ihr ein Handtuch?«

Die Mädchen boten ihr an, sie auf der Couch schlafen zu lassen, und Em nahm das Angebot dankbar an. Linda half ihr sogar, einen neuen Verband anzulegen.

»Ich hab deine Narben gesehen«, sagte sie leise, als Becca irgendwo herumräumte und nach Bettzeug suchte. »Sie sind ganz alt, oder? Warum hast du wieder angefangen?«

»Ich dachte, ich hab's hinter mir«, sagte Em und lächelte.

»Aber du bist wirklich nicht selbst ins Wasser und hast es dir dann doch anders überlegt, oder?«

»Nein. Wirklich nicht.«

»Okay.« Linda zögerte kurz, dann zog sie ein Hosenbein hoch und zeigte Em ihre Narben.

»Wirst du danach gefragt? Wenn du ... arbeitest?«, fragte Em.

»Ist denen egal.« Linda grinste schief. »Finden sie im Zweifel aufregend.«

»Das kenn ich.« Em lächelte zurück. Ein warmer Moment, wie zwei Freundinnen, die sich aus tiefstem Herzen verstanden.

Becca kam in das kleine Wohnzimmer und hatte eine Decke und ein Kopfkissen dabei.

»Ich mache gerade Tee für uns alle.«

»Eine Flasche Wein wäre vielleicht besser«, schlug Linda vor, aber Em schüttelte den Kopf. Sie wollte keinen Alkohol. Sie brauchte Schlaf und einen klaren Kopf.

»Willst du jemanden anrufen? Dein Handy ist bestimmt nicht mehr zu gebrauchen.«

»Nein, wirklich nicht.« Em streckte sich auf der Couch aus und deckte sich zu. »Ich bin so furchtbar müde.«

»Ich hol mal den Tee.« Becca verschwand, und von irgendwoher hörte man Porzellan klappern.

»Wer hat das vorhin gesagt? Dass alles gut wird?«, fragte Em schläfrig.

»Es wird bestimmt alles gut«, antwortete Linda ruhig.

»Ja. Bestimmt.«

Als Becca mit dem Tee kam, war Em längst eingeschlafen.

34

Barney Vogel brach morgens um vier in das Haus ein, das nicht mehr sein Haus sein sollte. Es war nicht besonders schwer, weil niemand die Schlösser ausgetauscht hatte und im Hinterhof noch ein Ersatzschlüssel deponiert war. Warum hätte sich auch jemand um die Sicherheit eines Hauses kümmern sollen, das ohnehin bald abgerissen wurde? Barney betrat die Küche, die nicht mehr seine Küche sein sollte, sah kurz im Kühlschrank nach, öffnete dann einen der Hängeschränke und holte eine Flasche Gin heraus. Er stellte sie auf den Tisch, ging zu dem Abstellkämmerchen unter der Treppe und suchte die zwei Flaschen Brennspiritus hervor, die er letzten Sommer gekauft und dann aber nie verbraucht hatte. Er stellte sie zu dem Gin und ließ sich auf den Küchenstuhl fallen. Nachdem er ein paar Minuten regungslos vor sich hin gestarrt hatte, schraubte er den Gin auf und trank ungefähr ein Viertel der Flasche aus.

Barney war in den vergangenen Tagen nicht etwa, wie alle gedacht hatten, im Gefängnis gewesen. Die Polizei hatte ihm zwar mit einem Bolzenschneider die Ketten aufgetrennt und ihn mitgenommen, aber sie hatten ihn auch genauso schnell wieder laufen lassen. Mit viel Mitleid und Kopfschütteln. Das Problem für Barney war nur: Sie hatten ja recht. Das Haus gehörte ihm nicht. Es gehörte der Bank. Er konnte schon lange nicht mehr seine Kredite zurückzahlen, für die er das Haus als Sicherheit genommen hatte, um sich nach der Hochzeit ein Auto und eine Gefriertruhe und einen Fernseher und eine neue Küche kaufen zu können. Mit seiner Frau zusammen war es kein Problem gewesen. Sie hatte auch gearbeitet. Aber dann war sie krank geworden und bald darauf gestorben. Barney hatte aus Kummer darüber mit dem Trinken angefangen, seinen Job verloren und war mit den Zahlungen in Rückstand gekommen. Er hatte wieder einen neuen Job gefunden, aber der war schlechter bezahlt, und dann fehlte ihm auch das Geld, das seine Frau verdient hatte. Irgendwann hatte das Haus der Bank gehört. Und die hatte es jetzt verkauft.

So war es nun mal. Es ließ sich nicht ändern. Er hatte es eingesehen, und er hatte sich damit abgefunden, irgendwie: Sein Leben in Brixton war vorbei. Von der Polizei aus war er direkt nach Croydon gefahren, um sich anzusehen, wo sie ihn hinschicken wollten. Es hatte ihm nicht gefallen. Er kannte niemanden. Es gab auch nicht so einen schönen Markt wie in Brixton, wo ihm jeder Händler vertraut war. Da war Vinny, der immer Reggae spielte und ihm ab und zu ein Bier ausgab. Da war Jean-Luc aus Guadeloupe, der ihm den Bokit genauso zubereitete, wie er ihn haben wollte, ohne dass sie noch darüber reden mussten. Da kaufte er, an besonderen Tagen, karibische Früchte, deren Namen er immer noch nicht kannte, oder nahm ein paar von den bunten Minicupcakes mit. Bei Al, dessen Dreadlocks bestimmt einen Meter lang waren und den er noch nie ohne die bunte Strickmütze gesehen hatte, egal, wie heiß es war, bei Al kaufte er gerne Olivenbrot, und er war sicher, dass er in ganz London kein Olivenbrot finden würde, das so schmeckte wie Als Olivenbrot. In Croydon gab es keinen Samir, bei dem er jeden Tag eine halbe Stunde im Internet surfen konnte, ohne dass er dafür bezahlen musste. In Croydon würde er ganz neu anfangen müssen, und dazu fühlte sich Barney einfach zu alt. Er war achtundfünfzig, aber er sah aus wie achtundsechzig. Er wollte nicht neu anfangen.

In Brixton war Barney aufgewachsen. Er war dort zur Schule gegangen, hatte dort seine Frau kennengelernt. Nach der Schule hatte er bei Morleys, dem alten Brixtoner Kaufhaus, angefangen und sich zum Abteilungsleiter hochgearbeitet. Später dann, nach dem Tod seiner Frau, hatte er nur noch was als Reinigungskraft bekommen, und das auch nur, weil sein alter Chef Mitleid mit ihm hatte. Aber es war ihm immer wichtig gewesen, eine Arbeit zu haben, also hatte er sich nicht beklagt. Brixton war immer für ihn da gewesen. Immer. Auch mit wenig Geld war er klargekommen, abgesehen von den monatlichen Zahlungen an die Bank, aber mit wenig Geld konnte man in Brixton gut durchkommen. Die anderen wussten, wenn es einem schlecht ging, und dann sorgten sie für einen. Nachbarn und Freunde, sie waren immer da. Wie konnte er jemals woanders leben?

Croydon war natürlich nicht so schlecht. Es war nicht teuer, es gab alle möglichen Geschäfte, und die Leute waren – na ja, sie waren eben, wie sie waren. Nur, dass er eben keinen kannte. Er wusste nicht, wo die Bücherei war. Barney lieh sich gerne alle zwei Monate mal ein Buch aus. Er hatte das früher mit seiner Frau zusammen getan, und er hatte diese alte Gewohnheit nicht ablegen wolle. Galt sein Leihausweis überhaupt in Croydon, oder würde er einen neuen beantragen müssen? Kostete das etwas? Und wo waren die ganzen Ämter? Wo war hier ein Arzt? Und die Post, war er schon an der Post vorbeigekommen? In welchem Pub würde er Leute finden, mit denen er Darts spielen konnte? Welche Reinigung war die günstigste? Wo gab es einen Schuster? Konnte man dem Wettbüro an der Ecke trauen? Barneys Kopf schwirrte. Noch keine Stunde hatte er sich in Croydon befunden, und er kam sich schon vor, als hätte es ihn ans andere Ende der Welt verschlagen.

Barney ging ins nächstbeste Pub und ließ sich volllaufen. Irgendwann warf man ihn raus, und er schlief in einem Hauseingang, bis man ihn auch dort verjagte. Anschließend irrte er im Morgengrauen durch die Straßen, schlief auf einer Parkbank ein, besorgte sich Alkohol, kam mit ein paar Pennern ins Gespräch. Sie zogen zusammen herum, tranken, schliefen, tranken. Er wusste nicht, wie viel Zeit vergangen war, aber irgendwann fasste er den Entschluss, dass er nach Hause musste, obwohl es nicht mehr sein Zuhause sein sollte.

Da saß Barney nun am Küchentisch, trank noch einmal aus der Ginflasche und nahm sich dann die beiden Flaschen mit dem Brennspiritus. Er verteilte die Flüssigkeit im gesamten Erdgeschoss. Eigentlich hatte er noch etwas davon auf die Treppe schütten wollen, aber es war nichts mehr übrig.

Es würde schon reichen, sagte er sich und ging zurück in die Küche, wo er wieder von dem Gin trank. Aus einer der Schubladen nahm er Streichhölzer und ging ins Wohnzimmer. Dort wollte er anfangen. Die Vorhänge würden gut brennen. Er warf noch ein Zündholz in den Flur, und eins vor die Abstellkammer. Das Feuer folgte eifrig dem

Brennspiritus, und Barney sah ihm eine Weile zufrieden zu. In der Küche setzte er sich zu seinem Gin, warf ein brennendes Streichholz vor die Tür, die zum Hinterhof ging, betrachtete die Flammen und trank die Flasche aus.

Jetzt musste er nur noch warten.

35

»Bist du das?« Linda saß im Schneidersitz auf dem Boden vor der Couch und hielt Em das Display ihres Smartphones vors Gesicht. Em brauchte einen Moment, um sich zu erinnern, wo sie war. Und warum.

»Was bin ich?«, murmelte sie und blinzelte, um den Blick scharf zu stellen.

Linda gab ihr das Telefon. »Da. Sie suchen jemanden.«

Dafür, dass sie eine gesuchte mutmaßliche Mörderin in der Wohnung hatte, schien Linda ausgesprochen fröhlich. Sie hatte den niedrigen Couchtisch für drei Personen gedeckt. In der Mitte standen Orangensaft, getoastetes Brot, Rührei, Butter, Marmelade, Cornflakes, Milch und Obst, neben jedem Teller eine dampfende Tasse Tee.

Em rieb sich die Augen und sah auf Lindas Telefon. Nicht, was sie erwartet hatte: ein Artikel über die Fette-Mieten-Fete und unangebrachte Polizeigewalt. Dazu ein Bild von Tobs, der mit leidendem Blick in die Kamera schielte. Der Fotograf hatte dafür gesorgt, dass möglichst viel von seinen Verletzungen zu sehen war, und das Licht fiel ungünstig genug, um den Eindruck tiefer Augenringe und eingefallener Wangen entstehen zu lassen.

»Letzter Absatz«, sagte Linda und nahm sich einen Apfel.

Em scrollte vor und las, dass eine Frau um die dreißig gesucht wurde, groß, sehr schlank, dunkle Kleidung, Verletzung an der linken Hand. Wenn sie den Verband verbarg, würde niemand sie erkennen.

»Wie kommst du darauf?«, fragte Em.

»Ich weiß nicht. Das würde zu dir passen. Keine Ahnung. Also, bist du das?«

»Ja.«

»Cool. Warum gehst du nicht hin und meldest dich?«

»Nicht so wichtig. Wo ist eigentlich Becca?«

»Im Bad. Warum meldest du dich nicht?«

Em schlug die Decke zurück und glitt von der Couch, um sich zu Linda auf den Boden zu setzen. »Ich hab schon bestimmt hundert Jahre keine Cornflakes mehr gegessen. Darf ich?« Sie griff nach der Packung. Linda schnappte sie ihr weg.

»Sag.«

»Wirklich. Es ist total unwichtig.«

»Alle wollen Helden sein. Nur du nicht.«

»Hey, ich hab zufällig gesehen, wie der Bulle auf den Jungen losgegangen ist, und da konnte ich ja schlecht einfach weitergehen. Also.«

»Zufällig, ja?«

Em hob die Schultern. »Ja. Klar.« Sie nahm Linda die Cornflakesschachtel ab und kippte sich eine große Portion auf den Teller.

»Aber du hast nicht auf den Krankenwagen gewartet, und du hast niemandem gesagt, wer du bist, und jetzt will der Typ wissen, bei wem er sich bedanken kann, und du meldest dich nicht?«

»Ich schreib ihm eine Karte.« Em angelte sich die Milch und goss sie über die Cornflakes.

»Ich hab deine Narben gesehen. Und ich hab dir meine gezeigt. Ein bisschen mehr Ehrlichkeit hätte ich da schon erwartet«, sagte Linda leise.

Im ersten Moment dachte Em, das Mädchen würde einen Scherz machen. So viel Pathos zu so früher Stunde, das *musste* ein Scherz sein. Aber als sie sie ansah, verstand sie, dass die junge Frau es ernst meinte.

»Ich werde noch aus einem anderen Grund gesucht.« Em deutete auf das Smartphone. »Der Tote in der Themse. Die Polizei denkt, dass ich das war.«

Linda ließ ihren Apfel sinken. »Du hast jemanden in die Themse ...?«

»Nein. Aber sie denken es.«

»Und der ist ermordet worden?«

»Ja.«

»Und gestern wollte *dich* jemand in der Themse ermorden?«

»Ja.«

»Und dann kannst du nicht zur Polizei gehen und sagen: Seht mal, ich kann das nicht gewesen sein, aber wahrscheinlich hat derselbe Typ, der mich ins Wasser geworfen hat, den anderen Typen auch ins Wasser geworfen?«

»Nein.«

»Nein, es war nicht derselbe Typ, oder nein, du kannst nicht zur Polizei gehen?«

Em ließ sich gegen die Couch sinken und legte den Kopf zurück. »Sie werden mir nicht glauben. Es geht schon seit Wochen hin und her. Erst ist etwas Schreckliches passiert, das eine Freundin von mir in den Tod getrieben hat. Dann wurde mein Bruder ermordet, wobei ich glaube, dass man es auf mich abgesehen hatte. Und jetzt ist der Typ tot, der mich monatelang vorher gestalkt hat. Ich dachte erst, er hätte das alles angerichtet, aber jetzt glaube ich, dass er mich einfach nur warnen wollte und wusste, wer hinter mir her ist. Und deshalb …«

»Deshalb ist er tot?«

»Ja. Ich glaube schon.«

»Scheiße.«

»Ja.«

»In was bitte schön bist du denn da reingeraten? Ich meine, normalen Leuten passiert das doch nicht.«

»Meine Familie hat Geld. Ich glaube, es hat was damit zu tun.«

»Und du?«

»Mich kennt man … in gewissen Kreisen.«

»Was für Kreise?«

»Meine Güte, was studierst du?«

»Musik.«

»Du solltest auf Jura wechseln. Oder Journalismus. Mit deiner Fragerei wirst du's weit bringen.«

»Ich spiele exzellent Cello.«

»Glückwunsch.«

»Ehrlich!«

»Ich meinte das auch ehrlich. Ich spiele gar kein Instrument.«

»In welchen Kreisen kennt man dich?«

»Google doch mal Emma Vine.«

Linda hob die Augenbrauen. »Oh. Das muss ich nicht googeln.«

»Aha?«

»Na, in meinem … Job trifft man auch alle möglichen Leute. Und ein paar von diesen Leuten geben gerne damit an, wen sie alles kennen.«

»Äh, ja?«

»Nein, keine Exlover von dir oder so was! Jedenfalls nicht, dass ich wüsste. Nur Typen, die stolz erzählen, dass sie auf Partys und Premieren und Galas waren, die du organisiert hast. Einer hat sogar Fotos gezeigt, wo er Backstage mit ein paar wichtigen Menschen rumstand.« Linda lächelte. »Tja, in gewissen Kreisen kennt man dich. Stimmt.«

»Wow. Und so was merkst du dir.«

»Ich versuche, mir alles zu merken. Ich mache mir Notizen. Weiß ja nie, was mal wichtig sein kann. Also, später.«

Em sah Linda neugierig an. »Später?«

»Man trifft sich immer zweimal, heißt es doch. Ich will ... vorbereitet sein.«

»Falls dich jemand erpresst?«

Jetzt machte Linda auf geheimnisvoll, oder vielleicht wollte sie das Thema auch nur wechseln, weil die Badezimmertür aufging und Becca singend über den Flur hüpfte. »Wer weiß.«

»Alles klar«, sagte Em leise und zwinkerte ihr zu.

Becca gesellte sich zu ihnen, und Em ließ die Mädchen plaudern. Sie erfuhr, dass die beiden aus Canterbury stammten, sich aber erst am King's College, wo sie beide Musik studierten, kennengelernt hatten. Als Escorts zu arbeiten, war Beccas Idee gewesen. Die hübsche Blondine hatte nichts von der dunklen Aura, die Linda umgab, und Em vermutete, dass Becca die größten Enttäuschungen im Leben noch vor sich hatte, während Linda jetzt schon auf alles vorbereitet, gegen alles gewappnet war. Zwei Mädchen aus derselben Stadt in Kent. Beide aus einfachen Verhältnissen, sogenannte Erstakademiker. Das Studium war teuer, das Leben in London ebenfalls. Aber sie hatten Träume, Wünsche und Pläne, sie kamen bei den Männern gut an, und sie hatten kein Problem damit, ihre Körper einzusetzen. Becca sah es sogar als – sehr lukratives – Spiel. Linda hatte offenbar gelernt, Gefühle und Sex zu trennen. Sie war neunzehn. Em konnte nur ahnen, warum sie dazu in der Lage war. Die Narben an Lindas Beinen erzählten eine dunkle Geschichte.

Gegen eins kam Em in Brixton an. Sie klopfte an Jays Tür, und er riss sie fast sofort auf.

»Gott sei Dank.« Jay packte sie am Arm und zog sie rein. »Wo zum Teufel warst du?«

»Zur Begrüßung gleich mal die Eckpfeiler der christlichen Mythologie. Ich freu mich auch, dich zu sehen.« Sie ging an ihm vorbei in sein Zimmer und ließ sich auf die Couch fallen. Ihr Bettzeug von vorletzter Nacht lag noch genauso da, wie sie es zurückgelassen hatte. Sie fragte sich, wann sie wieder in einem richtigen Bett, in ihrem eigenen Bett schlafen würde. »Ich war in Bethnal Green. Und gestern Abend habe ich mit meinem Onkel geredet.« Sie erzählte ihm alles, was geschehen war. Jay sah sie kopfschüttelnd an.

»Und da meldest du dich nicht mal zwischendurch?«

»Handy, Themse, Wasserschaden …«

»Oh, Scheiße, ja.« Er schüttelte wieder den Kopf. »Das hätte wirklich schiefgehen können.«

»Ich weiß.«

»Du gehst nicht mehr alleine irgendwohin.«

»Ja. Klar.«

»Ich meine das ernst. Warum bist du einfach so abgehauen gestern Nachmittag? Hast du mitbekommen, was mit Tobs passiert ist?«

»Zu Frage eins: Polizei. Sucht mich. Schlechtes Timing, um entspannt nach dir zu sehen, damit wir gemeinsam nach Hause fahren und Kaffee trinken. Das mit Tobs: Rate, wer ihm den wild gewordenen Schläger in Uniform vom Leib gehalten hat.«

»Verstehe.« Jay sah aus, als würde er gleich losheulen. Oder auf andere Art emotional überlaufen. Er wirkte jedenfalls keineswegs so, als würde er irgendetwas verstehen.

»Jay, hör zu, ich glaube, ich brauche dich.«

»Das denke ich aber auch.« Er setzte sich neben sie aufs Sofa. Dann umarmte er sie und hielt sie lange fest. »Ich bin so scheißfroh, dass dir nichts passiert ist«, sagte er dann und ließ sie los.

Em spürte, dass sie rot geworden war. Sie wandte das Gesicht von ihm ab und murmelte: »Ich muss ... mein Onkel ... irgendwas stimmt da nicht.«

»Tobs hat gemailt«, sagte Jay und ging zu seinem Rechner. »Gerade vor ein paar Minuten. Er meinte, jemand hätte uns an die Polizei verraten. Ich denke, ich fahre nachher mal ins Krankenhaus und rede mit ihm. Kommst du mit?«

»Bist du wahnsinnig? Da steht eine Meute Journalisten und wartet auf mich.«

»Alles meine Kollegen«, sagte Jay. »Da kann ich dich dran vorbeischleusen. ›Meine Praktikantin!‹, werde ich rufen.« Er grinste. »Nur mit dem Verband müssen wir uns was einfallen lassen. Wie geht's der Wunde eigentlich?«

»Danke. Die Beule und der aufkommende Schnupfen lassen sie mich fast vergessen.«

»Ich glaube übrigens nicht, dass da noch besonders viel los ist. Die Story ist raus, die Polizei blamiert, Tobs vergessen.«

»Okay.« Em klang nicht sehr überzeugt.

»Aber du wolltest noch was wegen deinem Onkel?«

»Ich glaube, dass sein Freund Robert ihn erpresst. Ich bin mir sogar ziemlich sicher, so wie mein Onkel reagiert hat. Und ich kann mir auch vorstellen, womit er erpresst wird. Aber ich habe keine Ahnung, warum.«

»Klingt ein bisschen vage. Irgendwelche Fakten?«

»Nur Vermutungen.«

»Vage.«

»Keine wasserdichte Story für die Titelseite.« Sie lächelte freudlos.

Jay tat ihr den Gefallen, trotzdem den Gedanken weiterzuspinnen. »Vielleicht weiß dein Onkel was über Robert Hanford, und sie halten sich so gegenseitig in Schach?«

»Oder er soll irgendetwas für ihn tun ...«

»Du glaubst jetzt also doch, dass dein eigener Onkel ...?«

»Welchen Grund soll er haben? Warum mich ausschalten? Wegen Braidlux? Ich meine, er könnte ja auch erst mal mit mir reden, worum auch immer es gehen mag. Ich sehe weit und breit keinen *Grund*!«

»Und Robert Hanford?«

Sie hob die Schultern. »Warum sollte der mich umbringen wollen?«

»Ich bin ein Idiot«, sagte Jay leise. »Alan.«

»Bitte?«

»Natürlich. Alan. Er hat dich gestalkt. Er hat versucht, alles über die herauszufinden. Er hat natürlich auch jeden Einzelnen deiner Verwandtschaft gestalkt.«

»Oh …« Sie verstand vage, was er meinte. »Du denkst, er hat an der falschen Stelle herumgekratzt, während er Frank ausspionieren wollte, und es ist irgendwem aufgefallen?«

»Wir haben nach etwas gesucht, um Braidlux zu schaden. Dass sie nette Leute ohne Geld mit unfeinen Methoden aus ihren Bruchbuden jagen, damit sie Luxuswohnungen bauen können, interessiert niemanden, es sei denn, man ist wirklich betroffen. Der Rest zuckt mit den Schultern: Geschäfte eben. Wir wollen Dreck aufwirbeln. Egal was. Hauptsache, es sorgt für mehr als Schulterzucken. Alan meinte irgendwann, er sei an etwas dran.«

»Warum hat er dir nicht gesagt, was es war?«

»Weil – und das ist die einzige Erklärung, die ich habe – er gleichzeitig deine Leute ausspioniert hat und dabei wohl auf etwas gestoßen ist, dass *dir* nicht gefallen könnte, weil dein Onkel bis zum Hals bei Braidlux drinsteckt, wie wir jetzt wissen. Alan wollte erst mit *dir* reden, bevor er es mir sagte. Scheinbar ist er aufgeflogen.«

»Wie, aufgeflogen? Frank?«

»Nein, Alan. Hacker können natürlich auffliegen. Jemand merkt, dass er gehackt wurde, und verfolgt jetzt den Hacker.«

»Er hat also, um es mal aus der virtuellen Welt in die echte zu übersetzen, im falschen Schreibtisch die Schubladen durchwühlt und ist erwischt worden?«

»So ungefähr.«

»Oh.«

»Genau. Alan wollte dir Material schicken. Dich warnen.«

Em atmete langsam aus. »Und ich hab alles gelöscht.«

»Oder sprengen lassen.«

»Scheiße. Und jetzt?«

»Müssen wir versuchen rauszufinden, was Alan rausgefunden hat. Allerdings vermute ich mal, dass sie ihre Daten jetzt deutlich besser gesichert haben, nachdem Alan schon drin war.«

»Das heißt, es wäre wahrscheinlich Zeitverschwendung, es zu versuchen.«

»Wahrscheinlich«, bestätigte Jay.

»Aber gibt es eine andere Möglichkeit?«

»Ja. Die Entscheidung liegt allerdings bei dir.«

»Bei mir?!«

»Du nimmst wieder Kontakt auf.«

Zehn Minuten später schrieb Em auf ihrem Twitteraccount:

ich lebe noch.

Diesmal kam die Antwort überraschend schnell. Wieder von einem eigens angelegten Account, der nur diese eine Nachricht verschickte:

zähl die stunden, die dir bleiben.

36

Sie stiegen an der Haltestelle Westminster aus und überquerten die Brücke. Das St Thomas' Hospital bestand aus mehreren großen grauen Klötzen, die gegenüber den Parlamentsgebäuden direkt am Themseufer lagen. Em wusste, dass sie in dem touristischen Trubel nichts zu befürchten hatte. Sie war heute noch einmal bei einer Ärztin gewesen. Die Naht musste geöffnet und die Wunde mit einem Antibiotikum behandelt werden, weil sie sich entzündet hatte. Diesmal bat Em darum, die Kompresse mit Pflastern zu fixieren und den Verband wegzulassen. Sie kaufte sich an einem Marktstand Armstulpen, die sie so weit vorzog, dass nur noch ihre Finger hervorschauten. Die Verletzung an der Hand würde niemandem auffallen. Die Leute starrten außerdem auf ihre Stirn, wo die Beule langsam Farbe bekam. Jay kaufte ihr an einem anderen Stand noch eine Wollmütze, damit sie auch diese verdecken konnte. Seine bunte Mütze, die er ihr gegeben hatte, trieb die Themse hinunter und war auf dem Weg in die Nordsee.

Auf der Westminster Bridge blieb er nun stehen, und Em dachte erst, er schaute sich das London Eye an.

»Bist du schon mal damit gefahren?«, fragte sie ihn.

»Ich? Oh nein. Bloß nicht. Du etwa?«

»Vor Jahren hat mich mal jemand mitgeschleppt.«

»Und?«

»Ganz schön. Vor allem aber ganz schön hoch.«

»Du hattest echt Glück«, sagte Jay. »Du hattest so ein verdammtes Glück, dass du aus diesem Drecksfluss wieder rausgekommen bist.« Er sah in Richtung Waterloo Bridge. Dahinter machte die Themse einen Knick, und die nächste Brücke war die Blackfriars Bridge. Unter der sie fast ertrunken wäre.

»Komm, lass uns den Patienten besuchen«, sagte sie. »Vielleicht hat er ja ein Zimmer mit Aussicht.«

»Auf die Parlamentsgebäude und Westminster Abbey? Das wird seiner politischen Gesinnung nicht wohltun.«

»Aber vielleicht den Heilungsprozess beschleunigen. Weil er schnell wieder weg will.«

Jay lachte. Sie schlängelten sich durch Touristengruppen, die aus den roten Doppeldeckerbussen quollen. Auf dem Gelände des St Thomas' fragten sie sich tapfer durch, bis sie endlich die richtige Station und dann auch Tobs' Zimmer gefunden hatten.

Jay sollte recht behalten: Seine Kollegen hatten das Interesse verloren. Kein Journalist war mehr zu sehen. Sie gelangten gänzlich unbehelligt an das Krankenbett des Studenten. Em erschrak, weil er schlimmer aussah als auf dem Zeitungsfoto. Sie hatte gedacht, man hätte ihn eigens in Szene gesetzt, um Mitleid zu erregen. In Wirklichkeit hatte man ihm geschmeichelt.

»Die Blutergüsse sehen nach einer Weile erst mal viel schlimmer aus, weil sie sich verteilen«, erklärte Tobs, dem ihre Reaktion nicht entgangen war. »Du hast den Bullen umgehauen, oder? Ich muss mich bei dir bedanken.«

»Hab ich sehr gerne gemacht«, sagte Em und lächelte ihm, wie sie hoffte, aufmunternd zu.

Tobs hatte ein Einzelzimmer bekommen, damit andere Patienten nicht gestört wurden. Er erzählte von endlosen

Vernehmungen durch die Polizei, von Journalisten, die ihn stundenlang genervt hatten – sobald sie vom Klinikpersonal herausgeworfen worden waren, hatten sie ihm gemailt oder Nachrichten auf Twitter und Facebook geschickt –, von dem Anwalt, den seine Eltern ihm von Deutschland aus besorgt hatten.

»Wirst du eigentlich noch von der Polizei gesucht?«, fragte er Em.

Sie nickte.

»Umso cooler, dass du mir geholfen hast.«

»Wirklich. Kein Thema. Ich bin froh, dass es dir gut geht. Also, den Umständen entsprechend. Das sah vor Ort alles sehr viel gefährlicher aus.«

»Kopfwunden bluten sehr stark«, sagte er. »Aber das haben sie gut nähen können. Willst du's sehen?« Er setzte sich auf, drehte den Kopf zur Seite und zeigte ihr seine Wunde.

»Haben sie sehr ordentlich gemacht«, sagte Em.

Jay stand lächelnd daneben. »Tobs, wenn du irgendwas brauchst ...?«

»Hab alles«, sagte er. »Mein Smartphone, genug zu essen, und ich schlafe im Moment sowieso noch total viel.«

»Wie lange musst du noch hierbleiben?«

Er schnaufte. »Der Schlüsselbeinbruch ist nicht wirklich kompliziert, und die Nase wird auch wieder. Und sonst ... ach, vielleicht gar nicht mal so schlecht, ein bisschen auszuruhen.«

»Vielleicht«, sagte Jay.

»Wegen dieser Sache«, begann Tobs. »Du weißt schon.«

Die beiden sahen zu Em.

»Oh. Ich kann auch rausgehen. Kein Problem.«

Tobs nickte. »Danke.«

»Nein«, sagte Jay. »Sie kann ruhig hierbleiben. Der Grund, warum sie Probleme hat, kommt nämlich auch irgendwie von Braidlux. Wir wissen nur nicht genau, wie alles zusammenhängt.«

Tobs schloss die Augen. Es wirkte ein wenig theatralisch, besonders, weil er dann noch mit leiser Stimme sagte: »Na gut. Ich hab sowieso gerade keine Kraft, mich zu streiten.«

Em bemerkte, wie sich Jay das Lachen verbiss und todernst aussah, als Tobs die Augen wieder öffnete.

»Ich hätte da früher reagieren müssen. Es ist alles mein Fehler. Vor gut drei Monaten hatte ich schon den Eindruck, dass uns jemand verpfeift. Oder zumindest sehr gut im Blick hat. Und dann hatten wir doch diese seltsame Begegnung mit dem einen Anwalt von Braidlux. Ich glaube jedenfalls, dass es ein Anwalt von Braidlux war, warum sonst hätte er da aufkreuzen sollen. Er hat zwar so getan, als ob er uns nur helfen wollte, aber meine Güte, die Leute reden viel. Jedenfalls hab ich mitbekommen, dass sich einer von unseren Leuten länger mit dem unterhalten hat. Und danach ist er nie wieder bei irgendeiner Aktion aufgekreuzt. Auch seine Accounts liegen alle brach. Einfach verschwunden.«

»Und du denkst, dieser Anwalt hat ihn angeheuert, um an Informationen über unsere Aktionen ranzukommen?«, fragte Jay.

»Klar. Warum waren die Bullen denn sonst immer so schnell da?«

»Kenn ich den Typen?«

»Miles. Flannigan? Farraday? Warte ... fällt mir gleich ein ... Fielding. Miles Fielding.«

»Miles? Auch ein Hacker? Hab ich den nicht mal irgendwo kurz kennengelernt?«

»Sicher. Er ist gut im Spurenverwischen. Und ich bin selbst kein Hacker. Er hat wahrscheinlich noch die ganze Zeit bei uns mitgelesen.«

»Und Miles, glaubst du, hat sich mit Braidlux eingelassen?«

»Schaut doch so aus?«

Jay sah Em an. »Dann wissen wir jetzt, wer Alan aufgespürt hat.«

Tobs verstand nicht ganz, worum es ging, und Jay fasste es für ihn knapp zusammen.

»Deinem Onkel gehört der Scheißladen?«, rief der Junge. »Na prima. Jay, wen schleppst du hier eigentlich an? Erst soll sie Alan umgebracht haben, und dann ist ihr Onkel auch noch Feindbild Nummer eins!«

»Sie sind hinter ihr her, hast du mir nicht zugehört? Sie wollen sie umbringen!«

»Warum?«

»Weil sie denken, dass sie weiß, was Alan rausgefunden hat. Deshalb musste Alan sterben, und deshalb soll sie sterben.«

»Verdammt, ich hab Kopfschmerzen«, murmelte Tobs und zog sich mit dem gesunden Arm die Decke bis zum Kinn.

»Tobs, ich hab wirklich nichts mit Braidlux zu tun«, sagte Em. »Ich organisiere Veranstaltungen. Bis vor Kurzem dachte ich, mein Onkel sei einfach nur Banker.«

»Das wird ja immer schlimmer!«, stöhnte Tobs. »Banker! Und Baulöwe! Jay, schaff mir diese Frau vom Hals!«

»Sie hat dich vor dem schlagwütigen Bullen gerettet. Sonst hätte er dir die Birne komplett zu Brei geschlagen«, sagte Jay ruhig. »Em, was weißt du über deinen Onkel?«

»Er ist mit meiner Tante seit fünfunddreißig Jahren verheiratet. Ich kenn ihn, seit ich auf der Welt bin.«

»Wo kommt er her, aus welchem Umfeld, was weißt du über ihn?«

Em überlegte. »Er ist Deutscher. Hat den Namen von meiner Tante angenommen. Er hat in München Gestaltung studiert, aber dann abgebrochen. Anfang, Mitte der Siebziger ist er nach London, hat bei einer Bank gearbeitet und so irgendwie meine Tante kennengelernt.«

»München, Anfang der Siebziger? Aha«, sagte Tobs. »Wann genau?«

»Ich weiß es nicht. 72? 73? Jedenfalls wusste ich nichts von Braidlux. Und ich sag's noch mal gerne, ich habe Alan garantiert nicht umgebracht.«

»Sieht die Polizei offenbar anders«, fauchte Tobs.

»Seit wann so behördengläubig?«, fragte Jay.

Tobs schwieg.

»Miles also«, sagte Jay. »Miles Fielding. Wie finden wir den?«

»Du bist der Hacker.« Tobs war immer noch beleidigt und wandte sich demonstrativ von Em ab.

»Hast du ihn gegoogelt? Ist er irgendwo unter seinem Klarnamen zu finden?«

»Der war schon immer ein paranoides Miststück. Ein Hater, eigentlich. Ein Troll. Hab ich aber zu spät gemerkt, da hatte er sich schon schön bei uns eingenistet. Dachte, vielleicht geht's, wenn er beschäftigt ist und eine Sache hat, an die er glaubt. Er war ja schon immer sehr leidenschaftlich mit dabei. Aber ich fürchte, das war alles nur Getue. Hauptsache, er konnte irgendwo mitbrüllen und jemanden hassen. Wie gesagt, mein Fehler.«

»Er muss doch irgendwo zu finden sein.« Jay tippte auf seinem Telefon herum.

»Dann such ihn. Ich hab ihn nirgendwo gefunden.«

»Vielleicht über den Anwalt«, sagte Em. »Weißt du noch, wie der hieß? Oder wie er aussah? War er so um die sechzig?« Sie dachte an Robert Hanford.

»Nein. Nein, der war jünger. Eher dreißig. Er hat keine Kärtchen verteilt, aber er hat seinen Namen genannt und später Miles noch mal Namen und Handynummer aufgeschrieben. Der wusste, dass er ihn am Haken hat. Er hieß Vine.«

»Bitte was?« Em glaubte, den Boden unter sich zu verlieren.

»Ich habe ein gutes Namensgedächtnis, also schrei mich nicht an, sondern freu dich darüber. Vine. Eric Vine. So hieß der Anwalt.«

Em spürte Jays Blick auf sich und schloss die Augen. Was hatte Alan zu ihr gesagt, als es um Eric ging? Ob sie glaubte, dass es eine gute Idee gewesen sei, sich ihm anzuvertrauen? Und er hatte noch nachgeschoben: »*Ihm* vertraust du also.«

Hätte sie nur seine Mails gelesen. Hätte sie ihm doch nur zugehört.

Aber Eric? Konnte es wahr sein? Hatte Frank Eric ins

Boot geholt? Warum nicht ... Einen Anwalt in der Familie zu haben, dazu noch einen, der bei einem aufgewachsen war ... Hatte Eric zu viel gewusst und musste deshalb sterben? War er doch Ziel des Anschlags gewesen?

Nein, sie wollte es nicht glauben. Vielleicht – das gestand sie ihrem Zwillingsbruder zu – hatte er von Franks Braidlux-Beteiligung gewusst. Bestimmt hatte er nur Papierkram für seinen Onkel erledigt. Verträge geprüft. Eine zweite Meinung zu etwas abgegeben. Sicherlich hätte er sich nicht auf wirklich krumme Geschäfte eingelassen.

Aber was war Braidlux anderes als ein einziges krummes Geschäft?

»Mein Bruder hieß Eric Vine und war Anwalt«, sagte Em schließlich. »Ich weiß wirklich nicht, was da vor sich geht. Ich weiß nur, dass ich ein paar Leuten gerade dringend ein paar Fragen stellen muss.«

Sie wollte das Krankenzimmer verlassen. Direkt zu Katherine und Patricia und Frank gehen und sie alle zur Rede stellen. Irgendwann mussten sie es ja erfahren. Irgendwann musste Frank die Karten auf den Tisch legen. Es ging einfach nicht, dass er Eric in etwas reingezogen hatte, das ihm den Tod gebracht hatte.

Jay packte sie an den Schultern und zog sie zurück ins Zimmer. Er schloss die Tür und stellte sich davor.

»Mach das nicht«, sagte er.

Tobs rief: »Lass sie gehen! Die ist mir unheimlich!«

»Halt den Mund«, fuhr Jay ihn an. »Em, du bleibst hier.«

»Nein, ich gehe zu meiner Scheißfamilie, damit das alles endlich geklärt wird. Und zwar jetzt!« Sie versuchte, ihn von der Tür wegzustoßen.

»Du kannst da nicht hingehen«, schrie er sie an.
»Warum nicht?«
»Weil irgendeiner von denen will, dass du stirbst!«

37

WikiLeaks war tot. Schon seit ein paar Jahren. Der letzte große Coup, nachdem monatelang nichts wirklich Interessantes passiert war – abgesehen von den Vergewaltigungsvorwürfen gegen Julian Assange, aber das war eine andere Geschichte –, der letzte große Coup also war die Veröffentlichung von fast zwei Millionen bislang geheimer Dokumente aus der Kissinger-Ära, den Siebzigerjahren des vergangenen Jahrhunderts. Nur, dass es kein großer Coup war. Und dass auch Dokumente darunter waren, die nie eine Geheimhaltungsstufe gehabt hatten. Oder keine besonders hohe. Es hatte etwas von einer Verzweiflungstat. Es war ein »Schaut her, es gibt uns noch«. Es war letztlich nichts anderes als Datenjournalismus: Dokumente wurden digital aufbereitet und öffentlich zugänglich gemacht, um eine individuelle Recherche zu ermöglichen oder zu vereinfachen.

Es war langweilig.

Vierzig Jahre altes Material, das hieß: Sie hatten nichts Neues. Woher auch. Seit 2010 konnte man WikiLeaks online nichts mehr gesichert zuspielen.

Wollte man heute etwas leaken, tat man das, was man vor WikiLeaks schon getan hatte: Man wandte sich an die Presse. Die hatte von WikiLeaks eine Menge gelernt. Thema Datensicherheit. Thema internationale Recherche. Thema Verfügbarkeit der Ansprechpartner. Thema Veröffentlichungsmöglichkeiten. WikiLeaks war wichtig gewesen. Jetzt war es überflüssig geworden.

Miles schnürte sein Datenpaket und schickte es auf hochgesichertem Weg an den Journalisten, der für die *Daily Mail* arbeitete und mit dem er heute Kontakt aufgenommen hatte. Normalerweise wäre die Vorbereitungszeit länger. Aber Miles hatte keine Wahl gehabt. Es musste schnell über die Bühne gehen. Nachdem Emma Vine sich von den Toten zurückgemeldet hatte, bestand Handlungsbedarf.

Und nicht nur an die *Daily Mail* würde das Überraschungspaket gehen, sondern auch an Scotland Yard direkt, um die Dinge zu beschleunigen. Miles war gut im Spurenverwischen und im Verschleiern der digitalen Identität. Er machte sich keine Sorgen, dass ihn irgendjemand finden würde. Nicht wegen dieses Leaks. Und auch sonst nicht. Er hatte seine Flucht längst geplant.

Miles Fielding würde von dem brisanten Material in den nächsten Tagen sehr viel in den Medien hören, sehen und lesen. Sein letzter Auftrag, seine letzte große Tat. Vorerst.

Dann verschwand er unauffällig aus dem Büro, nahm die Northern Line bis King's Cross, wo er sein Gepäck bereits am Vortag in einem Schließfach verstaut hatte, kaufte ein Ticket bis Edinburgh und nahm zehn Minuten später den Zug. Von dort aus musste er weiter nach Inverness, wo ihn seine Schwester entweder mit dem Auto abholte, oder er würde übernachten und am nächsten Tag weiter mit dem Zug hoch in den Norden nach Thurso fahren. Dort lebte sie in einem kleinen, langweiligen Reihenhäuschen und rettete irgendwelche seltenen Vögel, Fische oder anderen Viecher.

Niemand würde sich die Mühe machen, bis ins abgelegene Thurso zu fahren, um nach ihm zu suchen. Miles hatte auch nicht vor, besonders lange dort zu bleiben. Nur bis sich die Wogen geglättet hatten und er sicher sein konnte, dass tatsächlich niemand hinter ihm her war. Dann würde er sich auf eine der Inseln absetzen. Vielleicht sogar gleich auf die Shetlandinseln. Vielleicht noch weiter weg. Färöer. Vielleicht nach Island. Er hatte keine Ahnung, was er dann machen wollte, wovon er leben würde. Er wollte nur aus der Schusslinie.

Es war nicht das schlechte Gewissen, das Miles die Flucht antreten ließ. Es war die Angst, die Konsequenzen seiner Machenschaften ziehen zu müssen.

38

In Samirs kleinem Laden waren drei weitere Gäste. Einer saß an einem der drei Rechner, die anderen beiden rührten in ihren Kaffeetassen herum und schwiegen sich an. Die Stimmung wirkte so trüb wie das Wetter. In Samirs Hinterzimmer allerdings kochte Jay vor Aufregung fast über.

»Wer war das?«, rief er. »Wenn du es nicht warst, wer war das?«

»Wenn es direkt an die Presse ging, und dann auch nur an eine einzige Redaktion, war es wohl eher ein Mitarbeiter-Leak. Ein ehemaliger Mitarbeiter vielleicht, der gefeuert wurde und es ihnen heimzahlen will. Vielleicht auch eine enttäuschte Ehefrau.« Samir grinste. »Jetzt haben wir sie, jetzt haben wir sie! Ich kann hierbleiben!«

Auch das kleine, windschiefe Häuschen, in dem Samir lebte und sein Internetcafé betrieb, sollte von Braidlux aufgekauft und abgerissen werden.

»Dann ist Barney umsonst gestorben«, sagte Jay. »Hätte er ein paar Tage noch durchgehalten ...«

»Der Barney, über den du mal was geschrieben hast?«, fragte Em.

Jay nickte. »Hat sich in sein Haus geschlichen und es angezündet. Er ist drin sitzen geblieben, um mit dem Haus zu verbrennen.«

»Gemeinsam in den Tod«, sagte Samir. »Nach dem Motto: Wenn ich es nicht haben kann, soll es niemand haben.«

Em verstand immer noch nicht, wie jemand so sehr an einem Haus – dazu noch einem vermutlich baufälligen und schlecht renovierten – hängen konnte, sagte aber nichts.

»Braidlux baut auf Gift«, hieß die Schlagzeile der *Daily Mail*, die sich seit einer Weile im Netz verbreitete und auch langsam ihren Weg in andere Medien wie Fernsehen und Radio fand. In dem Bericht waren auch sämtliche Stroh- und Hintermänner namentlich genannt. Der Name Frank Everett tat Em in den Augen weh.

Die Meldung war am Freitagabend online gegangen, als Jay und Em gerade auf dem Nachhauseweg waren. Weil Jay geglaubt hatte, Samir hätte etwas damit zu tun, waren sie direkt von der U-Bahn-Station zu ihm gegangen.

»Wer auch immer es war, er ist mein Held«, strahlte Samir. »Irgendwo hab ich bestimmt einen Sekt. Soll ich mal nachsehen?« Er verschwand, und kurz darauf hörte Em Schritte im oberen Stockwerk.

»Was bedeutet das jetzt?«, fragte Jay, der sich wohl aus Höflichkeit Em gegenüber wieder etwas beruhigt hatte.

»Frank wird wohl ins Gefängnis kommen.«

»Ich meine, was es für *dich* bedeutet.«

»Ob noch jemand hinter mir her ist?«

»Jemand hat geleakt, was für Sauereien bei Braidlux abgehen. Wahrscheinlich war das das kleine Geheimnis deines Onkels.«

Braidlux hatte Baugenehmigungen für Grund bekommen, der erst in einigen Jahren oder nach aufwändigem Abtragen und Erneuern des Erdreichs hätte freigegeben werden dürfen. Jetzt aber standen Luxuswohnhäuser auf vergiftetem Boden. Spielplätze und Gemeinschaftsgärten waren dort angelegt worden. Für einige Gebäude waren gesundheitsgefährdende Baustoffe, Farben und Lacke verwendet worden. Trinkwasserproben, die bei Tests in unabhängigen Labors zu bedenklichen Ergebnissen geführt hatten, waren durch geheime Absprachen mit dem privaten Wasserversorger »nachkorrigiert« worden.

Braidlux vergiftete für überhöhte Mieten und Kaufpreise seine Klienten. Wer dort wohnte, lebte ungesünder als in jedem sozialen Wohnungsbau. Diese Ironie hatte die *Daily Mail* nicht aufgegriffen – dem *Guardian* wäre sie sicherlich nicht entgangen, dachte Em.

»Ich glaube, mein Onkel wollte damit an die Öffentlichkeit. Er wollte damit nichts zu tun haben. Und Robert hat ihn erpresst, damit er den Mund hält«, sagte Em.

»Glaubst du wirklich?«

»Wenn mein Bruder für ihn und Braidlux gearbeitet hat: ja. Ich kenne beide mein Leben lang. Vielleicht sind sie da irgendwie reingeschlittert. Sie haben wirtschaftlich gedacht und wollten ein gutes Geschäft machen. Und dann war es ihnen zu heftig. Sie wollten damit an die Öffentlichkeit, und Robert …«

»Dann ist Robert Hanford derjenige, der hinter dir her ist?«

Em nickte. »So muss es sein. Er hat diesen Hacker eingestellt. Über meinen Bruder. Und dieser Hacker hat gemerkt, dass Alan all diese Dinge über Braidlux herausgefunden hat. Daraufhin dachte man wohl, ich hinge mit Alan zusammen oder hätte ihn am Ende gar beauftragt zu spionieren, und die Sache nahm ihren Lauf. Klingt das … logisch?«

Samir platzte in das kleine Büro. »Hier, meine Lieben,

zur Feier des Tages: kein Sekt!« Er schwenkte eine Whiskyflasche und drei Gläser. »Benromach Organic! Schottlands erster Biowhisky!« Als die beiden nicht reagierten, sagte er: »Äh, lieber was anderes?«

Em schüttelte den Kopf. »Genau das Richtige. Wenn der Alkoholgehalt stimmt.«

»Das tut er«, sagte Jay, während er die Flasche studierte.

»Hab ich was verpasst?«, fragte Samir.

»Ich brauch ein neues Telefon.«

»Du wirst noch meine beste Kundin«, grinste der Libanese.

»Wie es aussieht, ist der Spuk bald vorbei. Ich muss nach Hause«, sagte Em. »Und mit Scotland Yard reden. Aber erst – ein großes Glas bitte. Einen vierfachen.«

Samir nickte verständnisvoll und schenkte ihr großzügig ein.

Auf dem Weg zur U-Bahn rief Em bei Jono an.

»Wie ist die Stimmung?«, fragte sie.

»Gut! Wieso?«

»Äh, wegen Braidlux?«

»Ach so. Ich dachte, du meinst mich.«

»Sorry. Schön zu hören, dass es dir gut geht.«

»Vorhin im Büro war es wirklich lustig. Deine Tante hat deinen Onkel sozusagen an den Haaren aus dem Büro geschleift. Polizei war auch gleich da.«

»Wow. Weißt du, ob sie jetzt zu Hause sind?«

»Keine Ahnung. Wahrscheinlich. Willst du etwa ...«

»Ja. Ich weiß jetzt, was los ist.«

»Wow. Erzählst du's mir?«

»Nicht am Telefon.«

»Wo soll ich hinkommen?«

Sie musste lächeln. »Ich melde mich.«

Als sie eine halbe Stunde später in der Henrietta Street eintraf, wusste sie, dass die Dinge schwieriger werden würden als gedacht. Vor dem Haus standen mehrere Streifenwagen. Das Blaulicht flackerte durch die Dunkelheit. Offenbar war eine Durchsuchung im Gange. Em blieb in einem Hauseingang stehen und wählte die Nummer von Alex.

»Kannst du sprechen?«, fragte sie, bevor er sich richtig gemeldet hatte.

»Nein.«

»Sind sie auch bei deinem Vater?«

»Ja. Warst du das?«

»*Ich*?«

Er schwieg, wartete offenbar wirklich auf eine Antwort.

»Natürlich war ich das *nicht*. Warum sollte ich so was tun?«

Sie bekam keine Antwort. Alex legte auf.

16. April 2013

39

Patricia Everett hatte die britische Premierministerin Margaret Thatcher immer aufrichtig bewundert. Sie hatte ihr Leben lang nie etwas anderes als die konservative Partei gewählt und war, als ihr Mann noch lebte und Thatcher noch regierte, sogar zu einigen Empfängen der Premierministerin geladen gewesen. Allerdings war sie bis heute nie darüber hinweggekommen, dass ihre Erhebung in den Adelsstand ausgeblieben war. Sie konnte es sich nur damit erklären, dass alle Welt die Bank in erster Linie mit ihrem Mann in Verbindung brachte. Patricia war lediglich die Ehefrau eines erfolgreichen Geschäftsmannes. Dass es in Wirklichkeit umgekehrt gewesen war, interessierte nicht. Er hatte den Namen Everett, er war der Gründer der Bank, er war seit Jahrzehnten tot. Eine andere Erklärung war, dass die Bank zu neu war. Eine Nachkriegsgründung, der die Tradition fehlte. Andererseits bekamen sogar Kriminalschriftsteller oder Schauspieler oder Popsänger eine Nobilitierung. Patricia kam tatsächlich nicht darüber hinweg.

Umso erfreuter war sie, dass sie zu den geladenen Gästen bei Thatchers Beerdigung zählte. Sie durfte in die St Paul's Cathedral, um dem Trauergottesdienst beizuwohnen, den Premierminister sprechen zu hören, die Queen zu sehen.

Immerhin etwas. Niemals hätte sie sich an den Straßenrand zu dem trauernden Fußvolk gestellt. St Paul's war etwas anderes.

Die alte Dame hatte nicht einmal ein schlechtes Gewissen, dass sie sich auf eine Beerdigung freute. In ihrem Alter war man ständig zu Beerdigungen geladen. Manchmal ging sie hin, meist jedoch behauptete sie, ihr Gesundheitszustand ließe es bedauerlicherweise nicht zu. Dann schickte sie einen besonders großen Kranz, damit man nicht schlecht über sie reden konnte. Tatsächlich war es doch so, dass ihre Zeit knapp wurde. Warum sie dann verschwenden? Momente der Freude wurden ebenfalls knapp. Warum sich dann also nicht freuen?

Nicht einmal Erics Tod vermochte es, ihre Laune zu trüben. Sie hatte ihren Enkel sehr geliebt und war stolz auf ihn gewesen. Es musste wohl an ihrem Alter liegen, dass sie den Tod nicht mehr als so tragisch empfand. Menschen starben. Auch liebe Menschen. Menschen verschwanden einfach. So wie ihre Tochter Ruth, die Mutter ihrer Enkelkinder. Aber sie lebten trotzdem in einem selbst weiter. Das hatte Patricia schon vor Jahrzehnten dank einiger sehr harter Prüfungen gelernt. Und sie hatte nun wirklich nichts davon, wenn sie zu Hause herumsaß und in Tränen ertrank. Sie hatte genug geweint. Und würde noch oft wegen Eric traurig sein. Sie wusste, dass Trauer in Wellen kam und sich nicht an vorgeschriebene Zeiten hielt. Darüber sprach sie allerdings nicht mit ihrer Tochter Katherine, und schon gar nicht mit Emma. Sie würden es nicht verstehen, allein schon, weil sie noch zu jung dafür waren. Sie freute sich also über die Einladung zu Thatchers Beerdigung, und sie würde hingehen.

Sie hatte Angst gehabt, man würde es sich noch einmal anders überlegen – wegen Em. Eine Enkeltochter, die unter Mordverdacht stand, war keine gute Referenz. Andererseits war es nur ein *vager* Verdacht, oder etwa nicht? Man suchte sie, um sich mit ihr zu unterhalten. Man hatte nichts gegen das Mädchen in der Hand. Als jedoch sämtliche Fernsehsender den Namen Everett sozusagen in einem Atemzug mit dem Braidlux-Skandal nannten, wurde sie wirklich nervös. Katherine hatte diesen Deutschen damals unbedingt heiraten müssen, obwohl Patricia ihr abgeraten hatte. Ihre Tochter hatte es nicht verstanden: Schließlich arbeitete Frank sogar in derselben Branche, war also auch in beruflicher Hinsicht so etwas wie ein Glücksfall, nicht? Anders als Ruths Ehemann, der als Architekt immer unterwegs gewesen war, sich nie um die Familiengeschäfte geschert hatte, nie auch nur Interesse an den Everetts gezeigt hatte. Hingegen Frank ...!

Genau das war jedoch von Anfang an Patricias Problem mit Frank gewesen. Er interessierte sich zu sehr für die Geschäfte der Everetts. Er fügte sich zu schnell in alles ein, wie ein Chamäleon. Tat, was man ihm sagte. Bemühte sich stets, allen zu gefallen. Frank hatte kein eigenes Profil, und das war etwas, was Patricia einem Menschen nicht verzeihen konnte.

Patricia hatte ihn nie besonders gemocht. Und wie üblich hatte sie am Ende recht behalten. Weil Frank in der Bank nicht weiter hatte aufsteigen können – Patricia hatte ihn immer nur als Geschäftsführer in Anstellung gehabt, ihm nie eine Beteiligung erlaubt –, war er offenbar losgezogen, um sich anderswo wichtig zu machen. Ihr war klar, dass er ihre Tochter wirklich liebte, aber er war ihr gleichzeitig nicht gewachsen. Er war kein Kämpfer. Er war weich und konturlos. Man konnte sich nicht auf ihn verlassen, wenn es hart auf hart kam. Katherine hingegen war zäh, sie konnte in komplizierten Schachzügen denken. Wie sollten diese beiden zusammenpassen? Trotzdem hielten sie es schon seit fünfunddreißig Jahren miteinander aus.

Gut, Katherine hatte einige Affären gehabt, von denen Frank nicht den leisesten Schimmer hatte. Frank hingegen war treu wie Gold gewesen, zumindest in der Ehe. Seine beruflichen Seitensprünge waren etwas, das Patricia ihm nicht verzeihen konnte. Sie hatte damit gerechnet, sie hatte es geahnt, aber sie hatte nie einen Beweis dafür gehabt, nicht einmal einen Hinweis darauf, um was es sich handeln mochte. Dass es mit diesem Robert zu tun hatte – mit dem Katherine übrigens auch eine Weile etwas gehabt hatte, aber das lag nun schon dreißig Jahre zurück –, war klar. Frank war gar nicht in der Lage, selbst so etwas zu planen und durchzuführen. Er fragte Robert ständig um Rat. Aber Braidlux? Niemals wäre Patricia auf Braidlux gekommen. Vermutlich, weil sie weder Frank noch Robert zugetraut hätte, in etwas so Erfolgreiches einzusteigen.

Manchmal täuschte sie sich. Aber meist nur im Detail, selten im Großen und Ganzen.

Braidlux also. Ein Verrat an Patricias Regeln. Dazu war er noch so dumm gewesen, krumme Geschäfte zuzulassen. Dass man versuchte, Gewinne zu maximieren – geschenkt. Dass hier und da mal mit Bestechungsgeldern nachgeholfen werden musste – außer Frage. Aber bei solchen Umweltsauereien mitzumischen und sich dann auch noch erwischen zu lassen? Wo doch heutzutage jeder, der etwas auf sich hielt, auf Grün machte? Frank, Frank, wie dämlich konnte man sein.

An dem Tag, als es publik wurde, war alles sehr schnell gegangen. Als wäre es von langer Hand geplant gewesen. Frank und Robert wurden gleichzeitig festgenommen, sie hatten gar keine Möglichkeit zu fliehen. Jetzt saßen sie in Untersuchungshaft, der Richter hatte sich nicht erweichen lassen, stattdessen Hausarrest anzuordnen oder gar eine Freilassung auf Kaution zu ermöglichen. Die Flucht- und Verdunklungsgefahr sei zu hoch, hieß es, und Patricia stand innerlich uneingeschränkt hinter dieser Einschätzung. Natürlich sagte sie nichts davon zu Katherine. Obwohl sie ein wenig den Eindruck hatte, dass ihre Tochter insgeheim erleichtert war. Katherine musste vor Wut platzen, dass ihr Ehemann sie und die Familie so bloßstellte. Zu Patricia hatte sie gesagt: »Noch ist nichts bewiesen. Ich kann und will mir nicht vorstellen, dass Frank tatsächlich in diese Sache verstrickt ist. Wir müssen abwarten, was die Untersuchungen ergeben. Bis dahin möchte ich nicht mehr darüber reden.« Das war ein paar Stunden nach Franks Festnahme gewesen. Seither war das Thema zwischen den beiden Frauen tabu.

Patricia hatte sich ihre Enkeltochter Emma zurückgewünscht, und dieser Wunsch war ihr an diesem Skandaltag auch erfüllt worden. Mitten im größten Trubel stand sie einfach da. Zwischen all den Polizisten, die jeden Quadratzentimeter des Hauses durchkämmten.

»Da bin ich wieder«, hatte sie gesagt, und furchtbar hatte sie ausgesehen, aber Patricias Freude war groß gewesen, noch größer sogar, als sie erfuhr, was das Kind in den letzten Tagen alles durchmachen musste. Wenig später tauchte DCI Palmer auf und nahm Emma mit. Patricia bestand darauf, mit zu Scotland Yard zu kommen und der Befragung beizuwohnen. Zwei Anwälte aus Erics Kanzlei kamen ebenfalls, nicht aber Alex Hanford. Der war damit beschäftigt, hinter seinem Vater aufzuräumen.

Emma gab der Polizei entscheidende Hinweise, die sie auf die richtige Spur brachten.

»Ich denke, Robert hat einen Hacker beauftragt ... Miles Fielding. Ausgerechnet mein Bruder Eric hat ihn offenbar bei einer Hausbesetzungsaktion rekrutiert. Robert hat dann diesen Hacker bei Frank eingeschleust.«

»Erklären Sie das genauer«, bat DCI Palmer in dem Gespräch, dem Patricia kopfschüttelnd beiwohnte.

»Dieser Miles hat als Softwareentwickler in der Bank gearbeitet. Aber in Wirklichkeit sollte er ein Auge auf Frank haben.«

»Klingt plausibel. Wie sicher ist das?«

»Es ist eine Theorie«, gab Em zu. »Aber im Moment die einzige, die halbwegs Sinn ergibt. Robert wird Ihnen schon alles erzählen, wenn er sich dadurch Strafminderung erhofft.«

Palmer hob die Schultern. »Hoffen wir es. Würde uns jedenfalls viel Ermittlungsarbeit ersparen. Was haben Sie noch für mich?«

»Ich denke mal, dass Alan durch seine Nachforschungen ...«

»... weil er etwas über Sie und Ihre Familie herausfinden wollte? Diese Nachforschungen?«

»Diese und die Braidlux-Recherche. Daraus wurde ja

dann eins. Jedenfalls muss Alan Staub aufgewirbelt haben, und der andere Hacker, also dieser Miles Fielding, ist Alan auf die Spur gekommen, als er in die Computer von Braidlux eingedrungen ist.«

»Hoffentlich finden wir bald diesen Fielding«, murmelte Palmer.

»Ich denke, Fielding hat diese Anschläge eingefädelt, um sie Alan anzuhängen. Und um den Fokus auf mich zu verschieben. Und nachher hat er versucht, mich umzubringen, weil er dachte, ich wüsste etwas. Er hatte ja keine Ahnung, dass ich Alans Mails immer ungelesen löschte ...«

Anstelle von Emma war Eric ums Leben gekommen. Aber vielleicht war Eric mittlerweile auch unbequem geworden, vielleicht hatte er seinem Onkel Frank dabei helfen wollen, aus Braidlux auszusteigen. Weil Alan Collins, der »gute Hacker«, wie Patricia ihn für sich nannte, mit seinen Recherchen nicht aufhörte, entledigte man sich seiner und verfolgte anschließend Emma, deren Tötung allerdings misslang. Emma erkannte Miles Fielding auf Fotos als den Mann, der versucht hatte, sie umzubringen.

Patricia war unzufrieden mit dem aktuellen Stand: Robert Hanford leugnete hartnäckig. Miles Fielding blieb verschwunden. Die Polizei suchte nun jedenfalls landesweit nach ihm. Das einzig Erfreuliche war, dass jeder Verdacht gegen Emma, sie hätte irgendetwas mit dem Tod dieses bedauernswerten Alan zu tun, der ihr doch eigentlich nur hatte helfen wollen, fallen gelassen wurde.

Frank, Frank, das passierte eben, wenn die falschen Leute den falschen Ehrgeiz entwickelten und auch in der Oberliga mitspielen wollten. Blind hatte er sich auf seinen

Freund Robert verlassen, und nun konnte man ja sehen, was dabei herausgekommen war. Wie naiv er doch war, der gute Frank. Einzig bewundernswert an ihm war, dass er sich wie sein Freund Robert weigerte auszusagen, und das mit einer Hartnäckigkeit, die Patricia so noch nicht an ihm gekannt hatte. Die Anwälte mussten an den beiden verzweifeln. Würden sie sich wenigstens gegenseitig beschuldigen, dann hätten sie etwas, womit sie arbeiten konnten. Aber nach allem, was Patricia gehört hatte, sprachen die beiden wohl nicht mal mit ihren eigenen Verteidigern.

Und Katherine? Stapfte schlecht gelaunt durchs Haus, ging Emma aus dem Weg, mied gemeinsame Mahlzeiten. Dafür verbrachte Emma viel Zeit bei ihrer Großmutter. Sie schlief auch viel und war grüblerisch, aber das gehörte wohl dazu. Schließlich trauerte sie um ihren Zwillingsbruder, und sie brauchte Zeit, all die schrecklichen Dinge zu verarbeiten. Sie würde schon bald wieder ganz die Alte sein. Sie war eine Frau nach Patricias Geschmack: hart im Nehmen und mit einem ganz eigenen Kopf. Es lag nicht in Patricias Naturell, die Zuneigung zu ihrer Enkelin zu deutlich zu zeigen. Sie glaubte, zu viel Liebe mache die Menschen weich.

Patricia bedauerte es sehr, dass Em nicht mit zur Beerdigung in die St Paul's Cathedral kommen wollte.

»Dein Bruder hätte mir diesen Gefallen getan.«

»Nimm Katherine mit.«

»Sie traut sich nicht aus dem Haus, weil sie nicht auf Frank angesprochen werden will.«

»Ich komme nicht mit.«

»Es sind viele wichtige Leute dort.«

»Und die Queen. Schönen Gruß, wenn du mit ihr sprichst.«

Sie stritten ständig. Sie waren sich einfach zu ähnlich, ohne der gleichen Meinung zu sein. Sie liebten sich.

Am Tag vor der Beerdigung probte Patricia Everett mit ihrer Haushälterin ihren Auftritt. Sie hatte sorgfältig ein schwarzes Kostüm ausgewählt, in dem sie problemlos gehen, stehen und sitzen konnte und das in keiner Situation unvorteilhafte Falten warf oder gar zwickte. Die Schuhe waren die größere Herausforderung, weil Patricias Füße schnell ermüdeten, aber auch da hatten sie eine bequeme und doch elegante Lösung gefunden. Der Hut schließlich war vor allem eine Geschmacksfrage, mit der sich Patricia tagelang herumgeschlagen hatte. Handschuhe waren für sie ein Muss, bei dem sie stilsicher und ohne Zögern entschied, die Handtasche war ebenfalls schnell ausgewählt. Weil niemand sie begleiten wollte, telefonierte sie ein paar ihrer Parteifreunde durch, und es endete damit, dass sie mit einem verwitweten Oberhausmitglied, einem tatterigen Greis, von dem sie nicht glauben wollte, dass er drei Jahre jünger war als sie, zur Beerdigung gehen würde.

Ihre Haushälterin ließ sie ein paar Mal auf und ab gehen, sich hinsetzen, zum Gebet erheben, zum Gesang erheben, mehrere Minuten stehen, Handtasche öffnen und schließen (mit und ohne Taschentuch herausnehmen), setzen, aufstehen, gehen, setzen.

Es funktionierte alles ohne Probleme. Ihre Knochen machten mit, ihre Muskeln nach einer Weile auch, und die Glückshormone, die ihren alten Körper durchströmten, gaben ihr die nötige Energie, die sicherlich morgen noch anhalten würde.

Wer konnte schon sagen, wie es Patricia in ein paar Jahren gehen würde. Dann hätte sie vielleicht nicht mehr zur Beerdigung gehen können. Und das wäre doch wirklich ein Jammer gewesen. Wie gut, dass Margaret Thatcher nun gestorben war.

40

»Danke, Mann, dass ich Alans Zimmer haben kann«, sagte Tobs und nickte grimmig. Das besetzte Haus, in dem Tobs eigentlich wohnte, wurde gerade geräumt, und Jay hatte in letzter Minute die Sachen seines Freundes retten können.

Sie gingen durch die endlosen tristen Krankenhausgänge, fuhren zusammen mit einer pakistanischen Großfamilie im Aufzug, ließen die Raucher am Krankenhauseingang hinter sich und machten sich auf den Weg über die Themse zur U-Bahn-Station Westminster.

»Morgen wird hier was los sein ...«

»Ich hab gelesen, die Prozession geht bei der St Clement Danes Church los. Falls du zuschauen möchtest.«

»Zum Buhrufen?«

»Zum Beispiel.«

»Überlegen wir uns morgen, oder? Ich fühl mich noch ein bisschen matschig.«

»Doch lieber ein Taxi?«

»Nein. Es geht schon. Ehrlich.«

»Nicht, dass du mir umkippst.«

»Es geht!«

»Gut.«

»Warum geht's an dieser anderen Kirche los?«

»Die Kirche gehört der Royal Air Force. Es ist aber wohl eher die Lage. Zwischen Westminster und St Paul's.«

»Was für'n Aufwand. Wir haben so was in Deutschland nicht. Also, nicht so.«

»Ihr Glücklichen.«

»Ach, ich weiß nicht. Manchmal hab ich schon den Eindruck, dass viele Deutsche sich die Monarchie zurückwünschen. Vielleicht nicht zum Regieren, wobei ... Na, jedenfalls hätten viele Leute auch gerne eine Königin und Prinzen und Prinzessinnen. Musst dir mal deutsche Klatschmagazine anschauen. Sämtliche europäischen Königshäuser rauf und runter. Der Hammer.«

»Thatcher war Premierministerin. Keine Königin.«

»Ja. Aber – als Lady Di gestorben ist, sind sie alle durchgedreht. Und als der Dings, wie heißt er, als der geheiratet hat.«

»Prince William?«

»Genau. Und der andere, der Bruder, in der Naziuniform. Da sind wir immer voll informiert. Weil wir das selbst nicht haben. Total spannend. Ich glaube, die Leute wollen gesagt bekommen, was sie zu denken haben. Auswahl macht sie nervös. Verantwortung macht sie nervös. Demokratie ist nichts für die. Und wir reißen uns hier den Arsch auf, damit sie noch mehr Demokratie bekommen. Wir haben doch echt nen Knall.«

»Den haben wir.«

Jay kaufte Tobs eine Fahrkarte. Sie gingen durch die Drehkreuze, fuhren runter zum Bahnsteig und quetschten sich mit den anderen Fahrgästen in den Zug. Sie sprachen unterwegs nicht viel. Tobs lief beim Umsteigen brav hinter Jay her, und als sie in Brixton angekommen waren, atmete Tobs hörbar auf.

»Diese Stadt erschlägt einen«, sagte er. »Aber jetzt geht's.«

»Warst du schon in Brixton?«

»Ich hab hier sogar mal gewohnt. Bis es zu teuer wurde. Ich meine: zu teuer? Brixton? Hallo?«

»Das wird mir auch bald so gehen.«

»Quatsch. Braidlux ist doch jetzt am Arsch.« Er warf im Vorübergehen einen kurzen Blick in die Schaufenster von Morleys.

»Und? Dann übernimmt jemand anderes die Deals. Vergiss jede Sozialromantik. Das hier ist Geschäft. Brixton ist goldener Boden. Die hören nicht einfach auf. Die fangen höchstens ein bisschen später als geplant an.«

»Scheiße.«

»Ja.« Jay schob sich die Ärmel seiner Trainingsjacke hoch. Seit drei Tagen war es tagsüber angenehm warm. Für englische Verhältnisse T-Shirt-Wetter.

»Sag mal, diese Frau. Emma.« Tobs klang unsicher.

»Die ist nicht mehr da.«

»Schade.«

»Hättest du sie halt nicht so angeraunzt«, sagte Jay und wich zwei übergewichtigen schwarzen Mädchen aus, die gerade aus dem McDonald's gerannt kamen.

»Na, also bitte. Das war schon alles komisch mit ihr.«

»Sie hat dich gerettet.«

»Ich hab mich ja auch bedankt.«

»Mhm. Nicht viel, und du hättest es zurückgenommen.«

»Ja, is ja gut. Aber deshalb frag ich ja nach ihr. Damit ich mich richtig bedanken kann.«

»Ruf sie an.«

Tobs erwiderte nichts. Sie gingen schweigend weiter, bis sie Jays Haus erreicht hatten, nur als sie an Samirs Laden vorbeikamen, murmelten sie ihm einen Gruß zu. Jay schloss die Haustür auf und ging nach oben. Er hatte Alans Sachen ausgeräumt und in die Abstellkammer unter der Treppe gestellt. Vielleicht würde sie irgendjemand abholen. Jay kannte Alans Familie nicht. Tobs' Habseligkeiten, die er aus dem besetzten Haus retten konnte, lagen ordentlich sortiert auf dem abgezogenen Bett und dem Schreibtisch.

»Wow. Danke.« Tobs war fast zu Tränen gerührt. »Danke, Mann.«

»Kein Problem.«

»Okay, wenn ich mich jetzt erst mal hinlege? War doch anstrengend, so der ganze Fußweg und das alles.«

»Klar.«

»Und ... gehen wir morgen zur Beerdigung?«

»Ich hab keine Zeit. Ich muss jetzt gleich weiter zum Flughafen und komme frühestens morgen Abend wieder.«

»Echt? Wo bist du?«

»Ich muss nach Deutschland.«

»Nach Deutschland? Wo denn da?«

»München.«

Tobs ließ sich mit offenem Mund auf die Bettkante fallen. »Was willst du in München?«

»Ich muss was recherchieren. Schon vergessen? Ich bin Journalist.«

»In München? Geht das nicht online?«

»Die Daten sind zu alt. Aus den Siebzigern.«

Tobs sah ihn mit einer Mischung aus Neugier und Verwunderung an. Aber dann verstand er. »Aaah.«

Jay sah ein wenig verlegen zu Boden. »An der Sache

stimmt was nicht. Da hakt was. Ich weiß nur nicht genau, wo.«

»Ich komm mit.«

»Quatsch. Du bleibst hier und ruhst dich aus. Und singst ein bisschen ›Ding-Dong! The Witch Is Dead‹, wenn sie morgen mit dem Sarg an dir vorbeiziehen.«

»Ich muss mitkommen, Alter.«

»Warum?«

»Du kannst kein Deutsch.«

»Ich komm schon klar.«

»Vergiss es. Du kannst kein Deutsch.«

»Dann lass ich mir helfen.«

»Oh ja. Und zwar von mir.«

Tobs war tatsächlich eine große Hilfe. Er organisierte sich den Flug – die Kreditkartennummer seines Vaters wusste er praktischerweise auswendig, weil er nicht nur ein gutes Namens-, sondern dazu noch ein hervorragendes Zahlengedächtnis hatte – und machte über einen Münchner Hackerspace eine Unterkunft für die beiden klar. Jay war froh, Tobs dabeizuhaben. Es gab ihm mehr Zeit, um in Ruhe über alles nachzudenken, und es würde die Recherchen natürlich beschleunigen, wenn ein Muttersprachler ihm half. Er machte sich lediglich Sorgen, ob Tobs gesundheitlich schon so weit war. Er hatte etwas Nasenbluten, als sie losgingen, sagte aber, es sei nicht schlimm. Tobs schlief außerdem bei jeder Gelegenheit ein: auf dem Weg nach Heathrow, im Flieger, in der S-Bahn, die sie in München vom Flughafen in die Innenstadt brachte. Auch als sie in dem winzigen Hackerspace eintrafen, setzte er sich als Erstes auf den Boden und schlief eine Runde.

Nach zwei Stunden schien er aber wieder fit und beteiligte sich an den Gesprächen mit den neuen Bekanntschaften. Es war einer von mehreren Räumlichkeiten, in denen sich Münchner Hacker trafen, um sich um ihre Projekte zu kümmern, auszutauschen, auszuprobieren. Dieser Treffpunkt war relativ neu gegründet worden und hatte noch wenige Mitglieder, aber man hoffte auf Zuwachs. Der ehrgeizige Plan, rund um die Uhr geöffnet zu haben, Schlafplätze anzubieten und eine kleine Küche sowie sanitäre Anlagen bereitzustellen, brachte einiges an Problemen. So war man aus einem Objekt schon rausgeflogen, weil sich Anwohner beschwert hatten. Die jungen Menschen, die sich um Tageszeiten und Nachtruhe nicht scherten, waren ihnen suspekt gewesen. Jetzt war die kleine Gemeinschaft in ein alternatives Wohnprojekt gezogen.

Jay ließ sich von den einzelnen Projekten der Hacker berichten, hörte aber nur mäßig aufmerksam zu und entschuldigte sich weit vor seiner normalen Schlafenszeit, er sei müde und müsse morgen ja früh raus, um neun wollte er spätestens in der Staatsbibliothek sein und alte Zeitungen durchforsten. Er hatte keine Ahnung, wie viel er an einem Tag schaffen würde. Vielleicht mussten sie länger bleiben. Vielleicht würden sie nichts finden.

Er konnte sich auf nichts anderes konzentrieren als auf das, was vor ihm lag. Während er seinen Schlafsack ausrollte und sich hinlegte, hörte er noch, wie sich Tobs angeregt auf Deutsch unterhielt. Er fragte sich, ob Tobs genauso engagiert, risikobereit und doch leichtfüßig bei seinen Aktionen wäre, wenn er nicht die Kreditkartennummer seines Vaters im Kopf hätte.

17. April 2013

41

Dasselbe nicht greifbare Gefühl, das Jay umtrieb, ließ auch Em nachts nur schlecht schlafen. Allerdings wusste sie nicht, dass es Jay ähnlich ging. Sie hatten seit der Verhaftung ihres Onkels kaum mehr miteinander gesprochen. Em war wieder in das Haus der Everetts in der Henrietta Street gezogen, und irgendwie war der Kontakt mit Jay abgerissen. Was nicht daran lag, dass sie nichts mehr mit ihm zu tun haben wollte. Sie wusste nur nicht, was sie zu ihm sagen sollte, wenn sie ihn anrief. Oder was sie ihm schreiben sollte. Normalerweise war sie nicht so kompliziert. Gerade, wenn es um Männer ging, musste sie nicht lange nachdenken. Bei Jay war es anders.

Vielleicht hatte sie zum ersten Mal vor einem Mann wirklich Respekt.

Hätte sie mit ihm gesprochen, dann wüsste sie, dass ihm das Schweigen ihres Onkels Rätsel aufgab, die er nun wie ein Journalist zu lösen gedachte. Dann wüsste sie auch, dass sie mit ihrem vagen Verdacht, ein zentrales Puzzleteil würde noch fehlen, nicht alleine war. Aber sie rief nicht bei Jay an und er nicht bei ihr.

Die Unruhe trieb sie morgens schon früh aus dem Bett. Sie sah zu, wie Patricia ihre Haushälterin in den Wahnsinn trieb, weil sie Angst hatte, zu spät zu Thatchers Beerdigung zu kommen.

»Willst du nicht doch mitkommen?«, fragte sie Em immer wieder.

»Ich bin nicht eingeladen.«

»Das interessiert doch keinen.«

»Doch. Mich. Und von Beerdigungen habe ich gerade genug.«

Patricia murmelte etwas, das Em nicht verstand, sehr wohl aber die Haushälterin, die pikiert die Augenbrauen hob.

»Aber es ist doch wahr«, knurrte Patricia daraufhin.

Nachdem ihre Großmutter endlich das Haus verlassen hatte, ging Em wieder runter in ihre Wohnung und versuchte, noch etwas zu schlafen. Sie fand aber keine Ruhe. Ihre Gedanken wanderten immer wieder ab und hielten sie wach.

Eric sollte tatsächlich einen Hacker für Robert gesucht haben, der dann in der Bank gearbeitet hatte – als eine Art Trojaner?

Hätte Eric das getan?

Er hatte es ganz offensichtlich getan. Tobs hatte sich an seinen Namen erinnert. Vorname, Nachname. Nicht die kleinste Unsicherheit.

Oder spielte Tobs falsch?

Sie kam nicht weiter. Müsste eigentlich mit dem Studenten reden, hatte aber Angst davor, dass er ihr umso überzeugender bestätigte, den Namen Eric Vine gehört zu haben.

Und doch konnte sie es nicht glauben. Sie hatte Kopfschmerzen und fühlte sich elend. Also gab sie es auf, duschte, zog sich an und verließ das Haus. Sie ging am Covent Garden Market vorbei, weiter in Richtung Aldwych, wo der Leichenwagen mit Thatchers Sarg entlangfahren würde. Thatcher hatte verfügt, dass ihr Sarg vor der Überführung in der Chapel of St Mary Undercroft aufgebahrt werden sollte – nicht in Westminster Hall, was bei Staatsbegräbnissen üblich gewesen wäre. Aber es sollte ohnehin kein Staatsbegräbnis werden.

St Mary Undercroft war eine kleine mittelalterliche Kapelle neben Westminster Hall, und eine vergleichsweise kleine Gemeinschaft, bestehend aus hundert ihrer engsten Verwandten, Freunde und Weggefährten, war für diesen Gottesdienst eingeladen gewesen.

Patricias Freude, in St Paul's dabei sein zu dürfen, ließ zum Glück erst gar keinen Frust darüber aufkommen, dass sie nicht zum allerengsten Kreis zählte.

Es war bereits alles abgesperrt und gesichert, und Zuschauer drängten sich murmelnd am Straßenrand, während uniformierte Polizisten die Strecke säumten. Em passierte das Waldorf Hilton, die London School of Economics, bis sie St Clement Danes sehen konnte. Hier wurden es mehr Demonstranten, wobei Em mit größeren Protesten gerechnet hatte. Die Trauernden, die kleine Union-Jack-Wimpel, Fähnchen, Blumen, Bilder von Thatcher dabeihatten und verhalten schwarz gekleidet waren, überwogen. Hier würden sie Thatchers Sarg auf eine Lafette setzen, die von sechs Pferden gezogen wurde, begleitet von zwei weiteren Reitern: einem Sergeant und einem Offizier. Den Sarg begleiteten außerdem Repräsentanten aus den Einheiten, die im Falklandkrieg eingesetzt worden waren, jeweils von der Royal Navy, den Royal Marines, den Scots Guards, den Welsh Guards, der Royal Artillery, den Royal Engineers, dem Parachute Regiment, den Royal Gurkha Rifles, zwei Repräsentanten der Royal Air Force und zwei Soldaten der

Household Cavalery. Vor St Paul's wartete eine Ehrengarde. Über viertausend Polizisten waren heute im Einsatz, um größere Ausschreitungen und Proteste zu verhindern. Insgesamt kostete die Beerdigung zehn Millionen Pfund.

Ein Mann hielt ein Plakat hoch, auf dem in roter Schrift *Rest in peace shame* stand. Ein anderer malte gerade auf ein Pappschild *Maggie may ye roast in hell.* Ein paar junge Mädchen verteilten Flugblätter. Em warf im Vorbeigehen einen Blick darauf, sie listeten die Negativschlagzeilen von Thatchers Politik auf. Ein älterer Mann mit dem Akzent eines schottischen Minenarbeiters brüllte beharrlich in das Mikrophon eines Journalisten, wie unverschämt er es fand, dass seine Steuergelder für die Beerdigung einer Frau verschleudert wurden, die ihm nicht nur seinen Job und seine Ehre genommen hatte, sondern deren Privatvermögen leicht ausgereicht hätte, um die Kosten zu tragen. Überall wurde gefilmt und fotografiert. Einige hatten professionell wirkende Kameras, andere begnügten sich mit ihren Handys. Eine grauhaarige Frau diskutierte lautstark vor der laufenden Kamera eines Reporters mit uniformierten Polizisten über ihr Recht, an genau dieser Stelle stehen und friedlich demonstrieren zu dürfen. Dann ertönten die Glocken von St Clement Danes, und es wurde schlagartig still. So still, wie es sonst nie in London war: grabesstill.

Em wandte sich um und sah, wie junge Männer in Militäruniformen den Sarg auf den Schultern zur Lafette trugen. Auf dem Sarg der Union Jack und ein Gesteck aus weißen Rosen. Sie legten den Sarg ab, stellten sich auf, Marschtrommeln ertönten, und die Prozession durch die Straßen der Londoner Innenstadt begann.

Außer den Trommeln war immer noch nichts zu hören. Neben Em stand ein Mann mit einem Strauß blauer Rosen und weinte still. Sie wandte sich ab und fühlte sich wie der Prinz in Dornröschen, als sie sich durch die erstarrte Menge trauernder Menschen schlängelte. Erst als die Musik begann, erwachten sie. Die wenigen Buhrufe ertranken in lautem Beifall, als der Sarg vorbeirollte.

Em kam schneller voran als die Prozession. In der Fleet Street klingelte sie an einer Tür, und niemand öffnete. Sie klingelte wieder, und es passierte immer noch nichts. Dann ließ sie den Finger auf den Klingelknopf gepresst und wählte gleichzeitig eine Nummer mit ihrem Handy.

»Würden Sie einfach mal die Tür aufmachen?«, sagte sie, als sich am anderen Ende eine genervte Stimme meldete. Sie konnte den schrillen Klingelton, den sie erzeugte, selbst durch das Telefon kaum ertragen.

Der Türöffner surrte. Em eilte die Treppen hinauf in den zweiten Stock und öffnete die Tür zu der Kanzlei. Ein junger Mann in einem teuren Anzug saß am Empfang und musterte sie mit ausgesuchter Verachtung.

»Ist Alex Hanford zu sprechen?«

»Haben Sie einen Termin?«

»Es ist dringend.«

»Nein.«

»Nein?«

»Er ist nicht zu sprechen.«

»Weil ich keinen Termin habe?«

»Richtig.«

»Mein Name ist Emma Vine.«

Der Junge versuchte, sich den Schrecken nicht anmerken zu lassen. »Ich … ruf mal durch«, murmelte er. »Herzliches Beileid, nachtr… Also, mein Beileid.«

»Danke.«

Sie ließ sich auf eines der Ledersofas im Wartebereich der Kanzlei fallen. Der Junge nuschelte etwas in den Telefonhörer. Dann legte er auf und sagte: »Leider ist Mr Hanford noch in einem Termin. Fünf Minuten …«

»Ja. Schon gut.«

»Darf ich Ihnen einen Kaffee …«

»Nein. Danke.«

Der Junge sah sie unglücklich an. »Es klingeln schon den ganzen Morgen irgendwelche Leute«, sagte er dann.

»Verstehe. Reporter?«

»Auch. Und welche, die ihre Plakate aus dem Fenster hängen wollen. Oder einfach nur zuschauen.«

Em lächelte und nickte ihm zu. Es entstand eine unbehagliche Stille, bis das Telefon erlösend klingelte. Fast gleichzeitig ging hinten im Flur eine Tür auf, und Alex kam mit energischen Schritten nach vorne.

»Mitkommen«, sagte er zu Em, und seine nur unzureichend unterdrückte Wut sorgte dafür, dass dem Jungen der Hörer fast aus der Hand fiel.

Alex knallte die Tür zu seinem Büro zu, als sie beide eingetreten waren. Ohne ihr einen Platz anzubieten, sagte er: »Was willst du hier?«

»Über Eric reden.«

»Haben wir schon oft genug. Was gibt's noch?«

»Ich will wissen, ob er für deinen Vater gearbeitet hat.«

»Hat er nicht.«

»Bist du sicher? Ich meine ...«

»Ich weiß, was du ausgesagt hast. Und das ist vollkommener Wahnsinn. Mein Vater hat nichts mit dieser Sache zu tun. Nichts! Mag sein, dass er sich eine Riesenscheiße mit Braidlux geleistet hat. Aber ich habe keine Ahnung, wer dich umbringen wollte. Robert jedenfalls nicht. Dass du es *wagst*, eine solche Anschuldigung zu erheben, ist unglaublich. Mehr hab ich dir nicht zu sagen. Du bist in diesen Räumen nicht mehr willkommen.«

Er hielt ihr die Tür auf. Sie ging. Obwohl sie hörte, dass er ihr folgte, wohl um sicherzustellen, dass sie auch wirklich ging, drehte sie sich nicht um. Zu dem Jungen am Eingang sagte sie freundlich: »Haben Sie recht herzlichen Dank für alles. Schönen Tag noch. Ach, und ich habe ab sofort bei Ihnen Hausverbot.«

42

Frank Everetts Schweigen musste etwas bedeuten, das war Jay klar. Man schwieg, um sich selbst oder andere, die einem wichtig waren, nicht zu belasten. Man schwieg auch, um sich selbst oder andere nicht in Gefahr zu bringen. Wem ein Gerichtsverfahren drohte, der versuchte, seine Situation möglichst zu verbessern, um eine geringere oder am Ende sogar gar keine Strafe zu erhalten. Waren zwei wegen derselben Sache angeklagt, kam es häufig dazu, dass sich die einstigen Komplizen die Schuld gegenseitig zuschoben. Im Fall von Frank Everett und Robert Hanford lastete ohnehin schon die schwerere Anklage auf Hanford. Zu allen anderen Vergehen könnte noch mindestens Anstiftung zum Mord in mehreren Fällen kommen. Es wäre ein Leichtes für Frank Everett, in dieser Situation alles auf seinen Geschäftspartner zu schieben: *Robert Hanford hat mich gezwungen ... Robert Hanford wollte es so ... Robert Hanford hat mich vor vollendete Tatsachen gestellt ... Robert Hanford hat mich erpresst und wollte meiner Schwiegermutter von meiner nicht genehmigten Beteiligung an Braidlux erzählen.*

Frank Everett könnte auspacken und sich, wenn er geschickt vorging, vielleicht sogar selbst ein Stück weit entlasten. Er könnte eine mildere Strafe wegen des Braidlux-Skandals bekommen. Aber er tat es nicht. Es musste also, und davon war Jay mittlerweile fest überzeugt, etwas geben, das ihn zurückhielt. Entweder weil es ihn sehr viel schwerer belasten würde als alles, was bisher bekannt geworden war, oder weil er jemanden schützen wollte. Oder beides.

Um hinter das wahre Geheimnis in Frank Everetts Leben zu kommen, hatte Jay mit umfangreichen Recherchen begonnen. Er hätte so oder so recherchiert, selbst wenn er sich zu hundert Prozent sicher gewesen wäre, dass keine Gefahr mehr für Em bestand. Selbst wenn klar gewesen wäre, dass das Gericht Everett zu lebenslanger Haft verurteilen würde. Jay wollte den Dingen auf den Grund gehen, das lag in seiner Natur, und das hatte ihn schon in frühester Jugend zum Hacker gemacht.

Jay hatte Everetts Spur bis ins Jahr 1973 zurückverfolgt. Es war bis 1976 leicht gewesen – da hatte die Beziehung mit Katherine begonnen. Die Hochzeit der beiden zwei Jahre später fehlte ebenfalls in keinem Klatschmagazin. Jay fand auch Fotos von Ems Mutter: eine schöne Frau, die jedoch zerbrechlich und verloren wirkte. Ems Vater: attraktiv, strahlend, bodenständig. Jay konnte nur vermuten, dass Em ihre Abgründe, ihre Dämonen von ihrer Mutter geerbt hatte und sie hinter der pragmatischen, harten Schale, die von ihrem Vater kam, in Schach hielt.

Aber darum ging es nicht: Frank Everett hieß vor seiner Heirat mit Katherine Frank Binder. Die Bank, bei der er zuvor gearbeitet hatte, hob ihre Jahrbücher ordentlich im Bankarchiv auf, und Jay fand so leicht heraus, dass Frank Binder im Januar 1973 dort als kleiner Assistent angefangen hatte. Über seine Qualifikation und seinen bisherigen Werdegang stand in dem Jahrbuch, er hätte vorher ein paar Semester Betriebswirtschaft an der Fachhochschule München studiert.

Jay hatte sich mit der Hochschule in Verbindung gesetzt. Er wolle ein Porträt über einen ehemaligen Absolventen machen. Ob man ihm die genauen Einschreibedaten nennen könnte? Ein Frank Binder hatte dort allerdings nie studiert, und schon gar keinen Abschluss gemacht. Weder in Betriebswirtschaft noch in einem anderen Fach. Jay wusste, dass Menschen, die etwas zu verbergen hatten, immer einen Teil Wahrheit in ihre Lügen streuten. Also versuchte er es an den anderen Münchner Hochschulen. Auch da: kein Frank Binder, der passen könnte. Ein sinnvolles Anagramm ließ sich aus dem Namen nicht bilden. Der nächste logische Schritt war die Suche über Franks Geburtsdatum. Mittlerweile hatte er sich übers Telefon fast schon mit der Dame im Sekretariat der Hochschule München angefreundet, und nachdem er sie mit einem Blumenstrauß als Dankeschön überrascht hatte – einem deutschen Online-Floristen sei Dank –, tat sie sowieso alles für ihn, was halbwegs legal war. Er vermutete, nicht ganz zu Unrecht, dass sie in ihrem Job unterfordert war und sich zu Tode langweilte. Als er sie in einem ihrer langen Telefonate, die sie nach ihrem Dienstschluss führten, darauf ansprach, lachte sie und gestand ihm, selbst Studentin gewesen zu sein, aufgrund einer Schwangerschaft abgebrochen und nun nach ein paar Jahren Babyzeit und ohne abgeschlossene Ausbildung nichts anderes gefunden zu haben. Die junge Frau, sie hieß Sabine, machte sich also auf die Suche nach Unterlagen von ehemaligen Studenten mit dem Geburtsdatum, das Jay ihr genannt hatte, und nach einem unkomplizierten Eliminierungsverfahren – sechs Treffer, darunter vier Frauen und ein US-Amerikaner – blieb ein Frank-Uwe

Nesslinger. Aber noch war es eine Vermutung, noch war es kein echter Beweis. Die Gegenprobe stand noch aus, und dazu musste Jay ein Foto von diesem Frank-Uwe Nesslinger finden. War das gefunden, galt es nur noch herauszufinden, worin sein Geheimnis bestand. Das Spiel ging also weiter.

Das Passfoto der Einschreibung, das ihm die nette Frau aus dem Sekretariat eingescannt zuschickte, ließ durchaus vermuten, dass Jay auf der richtigen Spur war. Er gab Nesslingers Namen bei Google ein und fand ihn in einer sozialwissenschaftlichen Magisterarbeit erwähnt. Außerdem fand er ihn eher nebensächlich erwähnt bei Wikipedia: als Sohn eines Richters am Bundesfinanzhof. Über Kurt Nesslinger stand dort nicht viel: 1928 geboren in Königsberg, studierte in Tübingen und München, machte das Referendariat in der Finanzverwaltung des Bundeslandes Bayern, wurde Richter am Finanzgericht in München, dann wissenschaftlicher Mitarbeiter am Bundesfinanzhof und wurde schließlich zum Bundesrichter ernannt. Die Mitgliedschaft in einer katholischen Burschenschaft war erwähnt, über seinen Familienstand war nichts zu lesen. Lediglich ein Nebensatz: »Vater von Frank-Uwe Nesslinger«, Frank-Uwes Name in roten Buchstaben, wie es üblich war, wenn ein Eintrag geplant oder erwünscht, aber noch nicht erfolgt war. Jay sah sich die Bearbeitungshistorie des Wikipediaeintrags an. Der Zusatz mit dem Sohn war nachträglich von einem anderen Benutzer hinzugefügt worden. Dieser Benutzer hatte keinen registrierten Namen, nur eine IP-Adresse hinterlassen und scheinbar sonst nichts bearbeitet. Eine kurze Diskussion war nachzulesen, welche Relevanz dieser Zusatz haben mochte, zumal es keine Belege gab, aber noch hatte ihn niemand gelöscht.

Die Magisterarbeit, in der Frank-Uwe Nesslingers Name genannt wurde, lag als E-Book vor und war dank der Vorschaufunktion von Google Books auszugsweise einzusehen. Da der Zeitraum, der behandelt wurde, übereinstimmte mit Frank Everett/Binder/Nesslingers Lebensdaten, lud Jay das E-Book herunter, ließ ein Übersetzungsprogramm drüberlaufen und versuchte, sich einen Reim auf das zu machen, was ihm als englischer Text vorgeschlagen wurde. Nach zehn Minuten war ihm klar gewesen, dass er nach München musste. Die angegebenen Quellen könnte er auch in London in einer Bibliothek finden. Aber er musste an verschiedene alte Ausgaben von Tageszeitungen und Magazinen herankommen. Und die gab es nicht online, und auch nicht in London.

Deshalb war er nun in München, ließ sich von einem übermüdeten Tobs durch die Staatsbibliothek leiten, Artikel übersetzen und die jüngere deutsche Geschichte erklären. Er suchte nach dem endgültigen Beweis dafür, dass Frank Everett allen Grund hatte, nicht einmal mit seinem eigenen Anwalt zu reden.

43

Mit seiner Frau hingegen hatte Frank Everett schon längst geredet, bereits vor Jahrzehnten. Er vertraute ihr und liebte sie, weshalb er nicht wollte, dass irgendetwas zwischen ihnen stand. Katherine hatte bald darauf den wohl größten Fehler ihres Lebens gemacht und sich Robert Hanford anvertraut. Im Bett, nach dem Sex, ein letztes Glas Wein, bevor man wieder zu den jeweiligen offiziellen Partnern zurückkehrte, eine letzte Zigarette, die man sich teilte, und Katherine fragte, tatsächlich vollkommen arglos, ob Frank ihm viel über seine politische Vergangenheit erzählt hätte. Danach gab es für sie kein Zurück, und sie musste ihm alles erzählen. Seither kannte Robert ebenfalls Franks Geheimnis, und er wusste, wie kostbar es war, weshalb er es viele Jahre für sich behielt. Erst, als er Frank dringend als Geschäftspartner benötigte, um die Mehrheit bei Braidlux zu übernehmen, stellte er Frank vor die Wahl: Entweder er beteiligte sich an Braidlux, was gegen seinen Vertrag bei der Everett-Bank verstieß und im Grunde einen Verrat an seiner Schwiegermutter darstellte, was aber gleichzeitig lukrative finanzielle Gewinne bedeutete, oder Robert verriet Frank an die Presse. Das wiederum hätte weitreichende Folgen gehabt und wahrscheinlich sogar die Bank ruiniert. Frank vertraute sich auch diesmal wieder seiner Frau an, die ihm sinngemäß riet: Scher dich nicht um die Alte, die kriegt das nicht mit. Katherine war natürlich klar, dass Franks Vergangenheit sie in den Abgrund reißen würde. Und sie konnte ihm schlecht sagen, dass sie ihm die Sache eingebrockt hatte. Frank glaubte bis heute, dass sein Freund Robert durch Zufall oder geschickte Recherchen hinter diese Geschichte gekommen sei. Manchmal grübelte er sogar nachts darüber, ob er sich irgendwann einmal ihm gegenüber verplappert hatte, eine unbedachte Äußerung, die Robert auf die richtige Fährte gebracht hatte. Seine Frau verdächtigte er nie.

Als Frank Everett anfing, seine Bedenken zu äußern, was die Geschäftspraktiken von Braidlux betraf, drohte Robert wieder mit Franks Vergangenheit. Katherine wollte Robert daraufhin spüren lassen, dass die Everetts die Kontrolle über ihn hatten. Sie sorgte dafür, dass im neu erbauten und noch nicht lange eröffneten Limeharbour Tower die Technik ausfiel. Leider kam es zu dem, wie sie es gerne nannte, Zwischenfall mit Kimmy Rasmussen, aber viel schwerwiegender war, dass ihr scheinbar ein Hacker auf die Schliche gekommen war. Das jedenfalls hatte Miles Fielding, der für sie arbeitete, um Braidlux auszuspionieren und Robert Hanford in Schach zu halten, herausgefunden. Er berichtete ihr, dass dieser Hacker wohl engen Kontakt zu Katherines Nichte Emma pflegte, und Emma gerade getwittert hätte, sie wisse, wer hinter diesem Anschlag auf Limeharbour Tower stecke.

Noch in derselben Nacht sollte das Feuer in der Wohnung von Emma und Eric ausbrechen. Dass Eric dort sein würde, war nicht geplant gewesen. Eric hätte bei einer Verabredung sein sollen. Er hatte Katherine noch am Morgen davon erzählt. Eine Frau, in die er sich verlieben könnte, hatte er gesagt.

Dass der andere Hacker sie nicht in Ruhe ließ, war ebenfalls nicht geplant. Sie sorgte persönlich dafür, dass er endgültig den Mund hielt, indem sie ihn zu einem Gespräch zu sich bestellte. Leider war er wenig einsichtig, und sie musste Maßnahmen ergreifen.

Einzig das Problem Emma war noch nicht gelöst, und Robert Hanford wurde in der Untersuchungshaft unruhig.

»Wie lange soll ich noch warten, bis dieser lächerliche Verdacht aus der Welt ist, ich wollte deine Nichte umbringen lassen?«, fragte er sie nicht besonders freundlich, als sie ihn zusammen mit Alex besuchte.

»Es ist ein wenig komplizierter als gedacht«, sagte sie vage, aber zuversichtlich.

»Ich weiß immer noch nicht, wer zur Presse gerannt ist. Wer hat uns verraten? Emma doch wohl, oder?«

»Möglich.« Katherine würde einen Teufel tun, ihm zu sagen, dass sie es selbst gewesen war. Sie hatte die beiden Männer endlich aus dem Weg haben wollen. Das ewige Hin und Her, dieses »Wenn du dies nicht tust, dann verrat ich das über dich« war ihr auf die Nerven gegangen. Frank hatte sich kaum noch auf die Bankgeschäfte konzentrieren können, und Roberts schlechte Laune selbst bei offiziellen Anlässen war unerträglich gewesen. Sie hatte immer wieder gefragt: »Es läuft doch gut finanziell. Was wollt ihr denn mehr?« Sie wussten es wohl selbst nicht. Geschäfte, die auf unsauberem Boden geschlossen worden waren, konnten wohl nicht glücklich machen, egal, wie viel Geld sie abwarfen. Sie befahl Miles, die Story zu leaken, die beiden kamen in Untersuchungshaft, und Katherine konnte sie nun mühelos in Schach halten. Wenn Robert tatsächlich die Bombe mit Franks Vergangenheit platzen ließ, würde sie dafür sorgen, dass er keinen Tag mehr in Freiheit verbrachte, denn er hatte ihr damals – ebenfalls im Bett – mehr über seine Geschäfte verraten, als gut für ihn war. Noch waren Frank und Robert nicht allzu aufgeregt, weil ein Urteil mit Bewährungsstrafen und hohen Entschädigungszahlungen zu erwarten war. Es war zu verschmerzen, hatten beide doch genügend Geld im Ausland, von denen die englischen Gerichte und Finanzämter nie etwas erfahren würden.

Solange nur diese verdammten Geheimnisse niemals an die Öffentlichkeit kamen.

Alles wäre für Katherine also gut, hätte Em nicht die verrückte Idee gehabt, dass Robert Hanford ihr nach dem Leben trachtete. Sie überlegte schon seit Tagen, welche Strategie die richtige war. Sie kam allerdings immer nur auf ihre ursprüngliche Idee zurück, ihre Nichte auf radikale Art zum Schweigen zu bringen. Die junge Frau interessierte sich nicht für Familienehre und den guten Ruf der Everetts. Sie hieß ja nicht einmal Everett. Sie hatte auch kein Interesse an der Bank.

Und Katherine hatte ihre Nichte noch nie leiden können. Sie erinnerte sie ständig an ihre verschwundene Schwester, was sie nach all den Jahren immer noch nur schlecht aushielt. Endgültig in ihrem Entschluss bestärkt wurde Katherine allerdings am Tag von Margaret Thatchers Beerdigung. Zunächst rief Alex Hanford kurz nach Mittag bei ihr an.

»Deine Nichte war hier. Ich hab sie rausgeschmissen.«

»Aha?«

»Sie glaubt nicht, dass Eric für meinen Vater gearbeitet haben soll.«

»Es hat dir auch niemand aufgetragen, Erics Namen zu benutzen.«

»Hätte ich diesen Hausbesetzern meinen eigenen Namen nennen sollen?«

»John Smith. Jack Miller. Irgendwas Beliebiges. Aber doch nicht Eric Vine!«

»Es war nicht damit zu rechnen, dass sich das jemand merkt.«

»Tja. Dein Fehler«, sagte sie kühl.

»Du bist mit den Umweltskandalen an die Presse gegangen, stimmt's?«

»Wie kommst du darauf?«

»Das hätte ich an deiner Stelle auch getan. Aber ich bin nicht an deiner Stelle, und jetzt sitzt mein Vater im Gefängnis.«

»Also entschuldige mal, wo kommt denn mit einem Mal diese große Zuneigung für Robert her? Hieß es nicht sonst immer: Er hat meine Mutter sitzen lassen, er hat sich nie richtig um mich gekümmert, er kann mir gestohlen bleiben?«

»Von meinem Erbe wird nicht viel übrig bleiben, wenn er verurteilt wird.«

»Beim Geld hört der Spaß auf. Natürlich. Mach dir darüber keine Sorgen. Er hat genug. Offshore.«

»Wirklich?«

»Ach, der Herr hat Geheimnisse vor seinem lieben Sohn. Interessant.«

»Katherine, du bist ein Miststück.«

»Ich weiß.«

»Wie geht's jetzt weiter?«

»Ich kümmere mich um alles.«

»Emma muss endlich den Mund halten.«

»Wie gesagt. Ich kümmere mich drum.«

Katherine legte auf.

Wenig später kam ihre Mutter von der Beerdigung zurück.

»Sehr inspirierend«, sagte Patricia, während sie sich von ihrer Haushälterin nach oben in ihre Wohnung bringen ließ.

»Eine inspirierende Beerdigung?«, fragte Katherine und folgte den beiden. Sie dachte, ihre Mutter käme nun auf die bevorstehende Beisetzung von Erics Urne zu sprechen, aber damit lag sie ganz offensichtlich falsch.

Die Haushälterin half Patricia aus Mantel, Hut und Schuhen, brachte ihr eine Strickjacke und Pantoffeln und kündigte an, Tee und etwas zu essen zuzubereiten.

Katherine setzte sich auf das Sofa. »Inspirierend?«, wiederholte sie.

»Ja. Ich werde auch meine Beerdigung planen müssen.«

»Traust du mir das nicht zu?«

»Es geht doch darum, was ich möchte. Nicht, was du möchtest. Ich werde zwar naturgemäß nichts mehr davon mitbekommen, aber es würde mich doch sehr beruhigen zu wissen, dass alles so ablaufen wird, wie ich es geplant habe. Die Reden beispielsweise. Ich werde mir entsprechende Textstellen aus der Bibel heraussuchen.«

»Aus der Bibel. Aha.« Ihre Mutter war ihr Leben lang alles andere als religiös gewesen.

»Soll Emma etwa Shakespeare-Sonette aufsagen? Wobei das vielleicht keine schlechte Alternative ist. Du siehst, es gibt sehr viel zu bedenken.«

»Wieso Emma?«

»Natürlich Emma. Was dachtest du?«

Wie immer: gnadenlos direkt, ehrlich und verletzend. Katherine, die zweite Wahl. Schon immer. Ihre Schwester Ruth war selbst nach ihrem Verschwinden omnipräsent gewesen. Dazu musste nicht einmal ihr Name ausgesprochen werden. Ihre Nichte war auch heute noch wie ein lebendes Mahnmal.

»Außerdem«, fuhr Patricia fort, »muss ich mir überlegen, wo ich begraben werden möchte. Und wie die Trauerfeier abläuft. Wer eingeladen wird. Was es hinterher zu essen und zu trinken gibt. Die ganze Logistik. Ich werde gleich morgen damit anfangen. Oh, und wir richten ein Konto ein, sobald ich weiß, wie hoch die Kosten ungefähr sein werden. Darum kannst du dich dann kümmern, nicht wahr? Sollen wir es gleich auf deinen Namen machen?«

Katherine war eigentlich davon ausgegangen, ihre Mutter zu beerben. Auch wenn Patricia nichts Gegenteiliges gesagt hatte, beschlich sie allerdings gerade das Gefühl, hier nicht ganz umfassend unterrichtet zu sein. Warum sonst sollte Katherine ein Konto einrichten, von dem die Beerdigungskosten bezahlt wurden? Wenn sie doch erben würde, gäbe es dazu keine Veranlassung.

Nein, sie war mal wieder von ihrer Mutter degradiert worden. Die Hoffnung, Emmas Lebenswandel würde Patricia ganz mit der folgsamen Katherine, die genau das lebte, was ihre Mutter sich doch wünschen musste, versöhnen, war endgültig zerschlagen. Emma störte, mal wieder. Durchkreuzte Katherines Pläne, mal wieder. Emma hätte in der Nacht sterben sollen, in der das Feuer in ihrer

Wohnung ausgebrochen war. Sie hätte sterben sollen, als Miles Fielding sie überfiel. Aber sie war noch da, und das, so empfand es Katherine, war einfach nicht richtig. Nicht, wenn Katherine endlich in Ruhe ein schönes, gutes Leben haben wollte.

Von Miles hatte sie einiges gelernt. Den Umgang mit Twitter, zum Beispiel, und wie man sich möglichst unauffällig im Netz bewegte. Sie schrieb ein paar Mails, führte zwei, drei Telefonate, trank mit ihrer Mutter Tee und leistete ihr auch beim Essen Gesellschaft, hörte sich die langatmigen Geschichten über Bekleidungsdetails der anderen Trauergäste an, nickte höflich auch bei der fünften Hymne auf den souveränen Auftritt der jungen Thatcher-Enkelin, nahm die bissigen Bemerkungen über diverse Ex- und Neuehefrauen irgendwelcher Politiker zur Kenntnis und tippte dann in aller Ruhe einen Tweet von einem anonymen Account an Emma:

11.30 pm. Wo alles begann.

Sie würde es schon verstehen. Tatsächlich war Emma sehr verstört, als sie ihr später im Treppenhaus begegnete. Höflich erkundigte sie sich nach ihrem Befinden, und Emma sagte:

»Ich weiß nicht, ich bin etwas durcheinander.«

»Willst du drüber reden?« Fürsorglich legte sie ihr eine Hand auf den Arm.

Und Emma zögerte, dachte darüber nach, sich ihrer Tante anzuvertrauen. Dann sagte sie: »Ich muss einen Moment nachdenken. Ich komme vielleicht später noch mal runter zu dir, wenn ich darf?«

»Natürlich, Liebes. Jederzeit. Wir machen alle gerade eine schwere Phase durch. Da müssen wir zusammenhalten.«

Einen Moment lang sah es so aus, als wollte ihre Nichte sie umarmen. Katherine schluckte, sie wusste nicht, was sie dann tun würde. Solche Vertraulichkeiten waren zwischen den beiden seit Emmas Pubertät schon kein Thema mehr, und auch davor war der Austausch von Zärtlichkeiten eher überschaubar gewesen. Zum Glück hielt sich Emma zurück und warf sich ihr nicht an den Hals. Sie nickte nur, bedankte sich und ging – nicht in ihre Wohnung. Sondern rauf zu Patricia.

44

Em schrieb zurück: *Warum?*

Warum sollte sie irgendwo hingehen, nachts, um jemanden zu treffen, der viel Energie darauf verwendete, ihr Leben zu verkürzen? Natürlich würde sie nicht hingehen. Sie war doch nicht lebensmüde.

Nachdem sie den Tweet gelesen hatte, war sie aus dem Haus gestürmt. Sie brauchte Luft, Bewegung, Ablenkung. Nach einer halben Stunde quer durch die Straßen des West Ends reichte es ihr, und sie ging zurück.

Warum war es noch nicht vorbei? Hatte Robert aus der Untersuchungshaft heraus noch die Möglichkeit, jemanden auf sie zu hetzen? Vermutlich war das weniger schwierig, als sie es sich vorstellte. Nur verstand sie den Grund nicht. Sie hatte ihre Aussage längst gemacht. Die Polizei ermittelte gegen ihn. Was brachte ihm ihr Tod jetzt noch?

Und doch hatte sie gerade eine eindeutige Nachricht bekommen. Oder verstand sie sie nur falsch? Hatte diese Nachricht gar nichts mit denen zu tun, die sie sonst bekommen hatte? Wollte man ihr Informationen zuspielen? Erlaubte sich einfach nur jemand einen Scherz?

Oder war es etwa Miles Fielding, der endlich ausführen wollte, was sein Auftrag gewesen war?

Sie würde der Aufforderung nicht folgen. Aber sie musste mit jemandem darüber reden. Em fand, dass dies eine gute Gelegenheit war, sich endlich wieder bei Jay zu melden. Doch sein Handy war ausgeschaltet. Sie rief Jono an, auch dort landete sie sofort auf der Mailbox. Noch einmal probierte sie es bei Jay, dachte sogar daran, nach Brixton zu fahren und nachzusehen, ob er zu Hause war und nur vergessen hatte, den Akku aufzuladen. Sie könnte auch Tobs anrufen und fragen, ob er wüsste, wo Jay war. Wobei das Unsinn wäre. Was hatte sie mit Tobs zu tun? Er konnte sie nicht ausstehen. Eine beste Freundin, wie man es aus Fernsehserien kannte, hatte sie nicht. Da sie gerade kein laufendes Projekt hatte, gab es auch niemanden unter den Kollegen und Mitarbeitern, mit dem sie sich rasch treffen könnte – mit Grauen dachte sie daran, wie umständlich und schmerzhaft es außerdem sein würde, die ganze Geschichte jemandem zu erzählen, der noch nichts darüber wusste.

Eric hatte ihr immer vorgeworfen, keine wirklich engen Vertrauten zu haben. Seine Prophezeiungen, dass sie es eines Tages bitter bereuen würde, schienen sich gerade zu bewahrheiten, und doch wusste Em, dass sie nicht der Typ für tiefe Freundschaften war, jedenfalls nicht die Sorte Freundschaft, die vollkommene Hingabe und Offenheit verlangte. Sie wollte sich nicht öffnen, nur um jemanden zum Reden zu haben. Absurd. Dann machte sie die Dinge doch lieber mit sich selbst aus.

Oder sie ging zu ihrer Großmutter.

Als Em ins Haus kam und die Stufen hinaufging, hörte sie Katherine schon auf der Treppe. Ihre Tante sah sie besorgt an, sagte ein paar nette Dinge zu ihr, verschwand. Em ging rauf zu Patricia und trat vorsichtig ein. Die Haushälterin lächelte sie an und sagte ihrer Großmutter Bescheid.

»Du willst vermutlich nicht wissen, wie die Beerdigung war«, begrüßte Patricia sie.

»Nein. Aber wenn es dir ein Bedürfnis ist …«

»Ich habe meine Tochter schon damit gelangweilt. Das reicht mir. Was liegt dir auf der Seele?«

Em setzte sich unbewusst auf denselben Platz, den Katherine zuvor eingenommen hatte. »Eric. Glaubst du, dass er für Robert die Drecksarbeit erledigt hat?«

»Kind. Anwälte erledigen immer Drecksarbeit. Das liegt an ihrem Beruf.«

»So meinte ich das nicht.«

»Ich weiß. Aber warum sollte er Robert nicht einfach einen Gefallen tun? Du weißt, er mochte ihn immer gerne. Wegen Robert studierte er überhaupt erst Jura. Er bewunderte Roberts kühle, überlegte Art und die schönen Anzüge immer sehr. Euer Vater war ihm, glaube ich, etwas zu hemdsärmelig.«

»Dir ja auch.«

»Das ist Unsinn.«

»Ihr habt euch immer gestritten.«

»Er konnte es vertragen. Deine Mutter war ja nicht mehr da. Jemand musste ihn abhärten.«

»Abhärten?« Em lachte. »Deshalb warst du immer so zu ihm?«

Patricia lächelte ihre Enkelin an. »Er war euch ein guter Vater, nicht wahr?«

Em nickte. »Viel unterwegs, aber ein großartiger Mensch.«

»Na also. Wer sich davon beeindrucken lässt, dass ich kratzbürstig bin, der bringt es nicht weit.«

Em sagte nichts, dachte aber an Katherine, die sich von Patricia alles gefallen ließ.

»Wegen deines Bruders – ja, ich kann es mir vorstellen. Aber ich kann mir auch vorstellen, dass er dabei immer dachte, er hätte die Situation im Griff. Eric war nie leichtfertig. Das weißt du. Warum fragst du?«

»Weil ich es mir nicht vorstellen kann.«

»Du willst es nicht.«

»Hätte Robert denn nicht eher seinen Sohn gefragt?«

Patricia winkte ab. »Was willst du denn mit dem? Alex ist den Anzug nicht wert, in dem er steckt.«

»Wie bitte? Warum wird er dann behandelt, als sei er der lang verschollene Sohn?«

»Unsinn. Kann es sein, dass deine Wahrnehmung ein wenig leidet, was ihn betrifft?«

Em verdrehte die Augen. »Trotzdem. Alex ist sein Sohn. Wer krumme Geschäfte macht, hält den Kreis doch lieber klein.«

»Meine liebe Emma. Ich weiß, dass Frank und Robert verhaftet wurden, und ich weiß auch, warum. Ich traue ihnen das alles zu, aus verschiedenen Gründen. Nur eins bleibt mir ein Rätsel: Warum sollte Robert dir nach dem Leben trachten? Wenn jemand bereit ist zu töten, dann muss eine Menge passiert sein. Da geht es um große Gefühle. Tiefe Verletzungen. Alte Wunden, die aufreißen. Stell dir Robert doch mal vor. Der glaubt, dass sich alles mit Geld regeln lässt und jeder Mensch, sei er noch so ein großer Idealist und Moralist, seinen Preis hat. Das ist seine Religion. Er hätte erst versucht, dir Geld anzubieten, bevor er dir einen Auftragskiller auf den Hals hetzt. Eher würde ich es jemandem wie Frank zutrauen.«

»Frank? Der kann doch keiner Fliege …«

»Na eben. Ein Schäfchen. Das sind die Schlimmsten. Irgendwann bricht es aus denen heraus, dann haben sie die Demütigungen und das alles satt, und sie schlagen um sich.«

»Also, Patricia, ich weiß nicht. Das klingt sehr nach Küchenpsychologie.«

»Das Alter, meine Liebe. Das Alter.«

»Einsetzende Demenz?«

»Du bist unverschämt. Ich meinte Lebenserfahrung.«

Em schüttelte den Kopf. »Nein. Frank ist viel zu …«

»Dumm?«

»Vielleicht ist es das, ja. Ich wollte harmlos sagen.«

»Also dumm. Warum fragst du mich das alles?«

»Ich hab den Eindruck, es ist noch nicht vorbei.«

»Sie sitzen beide im Gefängnis. Wo ist das Problem?«

»Miles Fielding sitzt nicht.«

»Ist der nicht untergetaucht und wird überall gesucht?«

»Ich habe eine Nachricht bekommen, die mich nervös macht«, gab Em zu.

»Ach. Da will dich jemand ärgern.«

»Meinst du?«

»Einfach ignorieren. Hier bist du in Sicherheit. Soll dir doch sonst wer Nachrichten schicken. In meinem Haus passiert dir nichts.« Mit einem ungewöhnlich warmen Lächeln beugte Patricia sich vor und nahm Ems Hand, um sie zu drücken. »Mag sein, dass ich heute sentimental bin. Ich komme von der Beerdigung einer bemerkenswerten Frau, und natürlich lässt mich das über mein Ableben etwas intensiver nachdenken, als ich es sonst tu. Trotzdem, lass dich nicht ärgern.«

Em lächelte zurück, nickte ihr dankbar zu und ging in ihre Wohnung. Sie warf sich auf das Sofa, schaltete den Fernseher ein und ließ irgendein Programm laufen, das Menschen zeigte, die dringend abnehmen wollten, aber noch viel lieber Süßigkeiten aßen. Nach ein paar Minuten schlief sie ein. Als sie gegen elf Uhr wieder aufwachte und ihre Nachrichten checkte, sah sie, dass sie bereits vor einer Stunde eine Antwort bekommen hatte.

Weil der liebe Jono auch hier ist.

Eine weitere Nachricht war wenige Minuten danach geschickt worden. Zwar wieder von einem anderen Absender, aber natürlich war Em klar, dass dieselbe Person dahintersteckte.

Er sagt, er wäre gern allein mit dir.

Dazu ein Foto von einem Arm, der mit Kabelbinder an einen Fenstergriff gebunden war. Ein Unbeteiligter könnte denken, der Tweet an Em sei eine Einladung zu einem vergnüglichen Abend zu zweit, bei dem Fesselspielchen auf dem Programm standen.

Em erkannte, wo das Foto aufgenommen worden war: in Kimmys Büro, an dem Fenster, aus dem sie gesprungen war. Sie sah die Plastikplane, die man anstelle der zerschlagenen Scheibe angebracht hatte.

Man erpresste sie mit Jono. Ihr Leben gegen seins. Natürlich, warum auch nicht. Es funktionierte schließlich. Em zog ihren Ledermantel über und rannte los.

45

Der Limeharbour Tower stand leer. Wie die meisten Braidlux-Gebäude musste der Büroturm aufgrund größter Bedenken seitens der Gesundheitsbehörden geräumt werden. Hier durfte niemand mehr arbeiten. Für die eingemieteten Firmen bedeutete das eine Katastrophe. In kürzester Zeit umziehen zu müssen, neue Räume zu finden, neue Strukturen einzurichten, nicht zu wissen, ob und wann einem dieser Schaden ersetzt wurde – für einige der jungen und kleineren Firmen, die sich im Limeharbour Tower niedergelassen hatten, würde es das Aus bedeuten.

Da man die möglichen Schäden für die Gesundheit noch nicht recht einschätzen konnte, hatte man das Sicherheitspersonal, das sonst nachts den Tower bewachte, abgezogen. Von nun an fuhr nur noch jede Stunde ein Mitarbeiter des Sicherheitsdienstes vorbei, um nachzusehen, ob sich auch keine Jugendlichen hier herumtrieben, Graffitis sprühten oder Müll anzündeten.

Der Mitarbeiter des Sicherheitsdienstes hatte in den vergangenen Nächten nicht sehr viel zu tun gehabt. Niemand schien sich für das Gebäude zu interessieren. In dieser Nacht war er etwas unaufmerksam, weil er den ganzen Tag über, statt zu schlafen, sämtliche Berichte über die Beerdigung von Margaret Thatcher im Fernsehen verfolgt hatte. Er war ein großer Fan der Eisernen Lady gewesen. Einmal, als sie Ministerpräsidentin und er noch im aktiven Polizeidienst gewesen war, hatte er ihr die Hand schütteln dürfen. Eine beeindruckende Persönlichkeit. Er hatte sich auch den Kinofilm über sie angesehen und, das gab er freimütig zu, sehr viel dabei vor Rührung geweint. An diesem Abend war er also nicht besonders aufmerksam. Er fuhr am Limeharbour Tower vor, hielt kurz an, sah nichts Außergewöhnliches und fuhr weiter, ohne auszusteigen.

Er war schon weitergefahren, als Em die Straße von der Haltestelle Crossharbour heraufgerannt kam und auf die Eingangstür zusteuerte.

Die Tür war offen. Der Aufzug funktionierte. Erst, als sich die Türen schon geschlossen hatten, wurde ihr bewusst, dass sie sich in eine Falle begeben hatte. Was, wenn man nun den Strom abstellte? Diesmal echtes Gas einleitete? Ein Feuer legte, während sie in diesem Käfig gefangen war? Oder einfach darauf wartete, dass sich die Türen im fünfzehnten Stock öffneten, um sie – was? – erschlagen, erschießen, erstechen zu können? Und: wer?

Einen kurzen Moment dachte sie, Alex würde sie erwarten. Weil er wütend war, dass sie ihren Vater so schwer belastete. Mit Katherine hätte sie nicht gerechnet.

Warum eigentlich nicht? Weil Blut dicker war als Wasser? Was für ein Unsinn.

»Jono dachte schon, du kommst nicht mehr«, sagte sie. »Du bist ein wenig spät.«

Em stieß sie zur Seite und rannte an ihr vorbei in Kimmys ehemaliges Büro. Es war dunkel, nur wenig Licht drang durch die Fenster, aber Em kannte den Weg.

Jono stand auf einem Stuhl vor dem zerschlagenen Fenster. Die Plane war mittlerweile entfernt worden, mit einer Hand war er immer noch an den Fenstergriff gebunden. Sie sah jetzt, warum er sich nicht selbst befreien konnte: Der Griff, obwohl nur Dekoration, weil die Fenster nicht ohne Sicherheitsschlüssel zu öffnen waren, war T-förmig. Jono zerrte und zog hysterisch an seinem Arm und schrie um Hilfe.

»Jono!«

Er verlor vor Schreck fast das Gleichgewicht. Em lief zu ihm und hielt ihn fest. »Ganz ruhig, Kleiner. Ihr geht's nicht um dich«, sagte sie. Aber er heulte weiter wie eine Sirene.

Katherine hielt ein Klappmesser in der Hand und betrachtete es nachdenklich. »Ich *könnte* ihn ja losmachen.«

»Dann tu's, verdammte Scheiße, was hat er denn damit zu tun?«

»Einer musste mir doch den Weg zeigen. Und abgesehen davon, ohne ein kleines Unterpfand wärst du nicht hergekommen.«

»Zu Hause reden ging wohl nicht.« Sie sah sich rasch um: Das Büro war nicht ausgeräumt worden. Die Möbel standen noch genauso da wie an dem Tag, der Kimmys Leben gekostet hatte.

»Wer sagt, dass ich reden will? Entweder er oder du. Einer von euch beiden wird durch dieses Fenster springen.«

Jono jaulte noch lauter vor Angst und zerrte nun so fest an dem Kabelbinder, dass sein Handgelenk blutete.

»Ich sollte euch beide ...«, murmelte Katherine, und dann, zu Jono gewandt: »Halt endlich die Schnauze!« Sie schlug ihm so heftig ins Gesicht, dass er taumelte und vom Stuhl fiel. Auf die Fensterbrüstung. Einen Moment lang sah es so aus, als könnte er sich halten, aber dann fiel er. Nach draußen.

Em bekam seinen Arm zu fassen, der noch angebunden war. Der Junge baumelte an der Außenwand des Hochhauses und strampelte schreiend mit den Beinen.

»Sieh mich an!«, rief Em. »Sieh hoch, nicht runter. Gib mir die Hand. Halt still.«

Er brauchte einen Moment, um zu verstehen, was er zu tun hatte, aber dann angelte er mühsam nach Ems Hand. Sie zog ihn mit aller Kraft hoch, schrie Katherine an: »Hilf mir!«, doch ihre Tante schien selbst zu erschrocken zu sein.

Es war tatsächlich nicht leicht zu ertragen, einen Menschen zu töten. Katherine hatte immer noch Albträume von Alans Sturz von der Themsebrücke. Als sie nun sah, wie der Junge um sein Leben schrie, zerriss es sie fast, und sie machte einen Schritt zurück, sah zu, wie Em sich abmühte, um ihn zurück durch das Fenster zu ziehen.

Als Jono wieder festen Boden unter den Füßen hatte, sank er weinend zusammen, den blutenden Arm wie einen Fremdkörper in die Höhe gereckt.

»Mach ihn los«, sagte Em.

Katherine reagierte nicht.

»Er hat sich die Schulter ausgekugelt, siehst du das nicht? Jetzt schneid ihn schon los!«

»Und dann?« Katherine blieb unbeweglich.

»Willst du ihn auch umbringen, um keine Zeugen zu haben? Gott, bist du krank!«

Katherine explodierte. »Du sprichst nicht so mit mir! Wer von uns beiden hat sich denn ständig die Arme und Beine kaputt geschnitten? Wer hat denn dauernd ein Riesendrama gemacht und körbeweise Handtücher und Badvorleger vollgeblutet? Wer war denn monatelang in der Irrenanstalt?«

Em kniete neben Jono, der jetzt nicht mehr ganz so laut heulte, und hielt ihn im Arm. Sie antwortete ihrer Tante, so ruhig sie konnte. »Das ist zwanzig Jahre her. Was ist dein Problem?«

»Mein Problem?« Die Stimme ihrer Tante kippte. »Du störst! Immer schon! Erst Ruth, und als die endlich weg war ...« Katherine verstummte. Sie stand einen Augenblick ganz still da. Dann drückte sie ihre Schultern durch und näherte sich ihnen mit dem Messer. »Geh weg von ihm!«

»Schneid ihn los!«

»Geh weg.«

Em strich Jono über den Kopf. »Bist du okay?«, fragte sie leise.

Er sah sie hilflos an, die Augen knallrot, das Gesicht nass, Rotz lief ihm aus der Nase. Sein Unterkiefer zitterte so stark, dass er nicht richtig sprechen konnte.

»Alles wird gut«, sagte sie. »Wir halten zusammen. Ja?« Langsam erhob sie sich und trat einen Schritt zurück. Katherine packte Jono an seinem gesunden Arm, riss ihn hoch. Er schrie vor Schmerz auf. Sie zog ihn an sich, umklammerte ihn und schnitt den Kabelbinder los. Jonos Arm fiel herab, als sei er nur noch durch einen Bindfaden lose an seinem Körper befestigt. Katherine drückte ihm die Klinge an den Hals.

»Bitte schön«, sagte sie zu Em und deutete mit dem Kinn zum Fenster.

Es sollte also nach Selbstmord aussehen. Und wenn sie nicht sprang, würde Katherine Jono das Messer in den

Hals rammen. »Katherine, ich versteh nicht, was hat meine Mutter ...«

»Quatsch mich nicht voll! Die Schlampe ist tot!«, brüllte sie. »Und jetzt mach endlich!« Dann gab sie einen gurgelnden Laut von sich, taumelte und krümmte sich zusammen. Jono schoss nach vorne, auf Em zu. Erst dachte sie, er wollte sie umrennen. Aber dann verbarg er sich hinter ihrem Rücken.

Em brauchte ein paar Sekunden, um zu verstehen, was geschehen war. Jono musste Katherine den Ellenbogen mit aller Kraft in den Magen gestoßen haben.

»Gut gemacht«, sagte sie zu ihm. »Und jetzt hau ab.«

»Nein.« Es klang nicht nach Jono, eher nach einem Kleinkind.

Katherine richtete sich schon wieder auf, schnaufte und schrie dann: »Ich hasse dich!« Sie stürmte auf Em zu, die abwehrend die Hände hob. Katherine erwischte sie am Oberarm, aber Em konnte sie mit aller Kraft von sich stoßen. Ihr Ledermantel hatte den Schwung des Messers etwas abgefangen, aber der Schnitt war immer noch tief genug. Sie spürte, wie Blut an ihrem Arm herablief. Sie bildete sich ein, es auf der Zunge zu spüren.

»Jono, hau ab«, sagte Em ruhig.

»Es ist so schade um Eric. Du hättest sterben sollen«, sagte Katherine, atmete schwer und bereitete sich auf den nächsten Angriff vor.

Aus dem Augenwinkel sah Em, wie Jono wegging. Aber er verließ nicht den Raum, er beschritt einen Halbkreis um Kimmys Schreibtisch herum und stellte sich dann hinter Katherine, die ihn gar nicht mehr beachtete. Em trat einen

Schritt zurück, um ihre Aufmerksamkeit zu halten. Und gerade als Katherine sich bereitmachte, Em erneut anzugreifen, packte Jono sie am Arm. Em sprang zur Seite, griff sich den anderen Arm. Katherines Messer fiel zu Boden. Der Stuhl am Fenster fiel um. Die beiden drückten Katherine an die Fensterbrüstung. Sie schrie.

Aus der Ferne waren Polizeisirenen zu hören.

»Kommen die zu uns?«, fragte Jono.

»Woher sollen die das wissen?«, antwortete Em. »Und jetzt geh.«

»Warum?«

»Ich komm alleine klar.«

»Vergiss es.«

»Geh, verdammte Scheiße.«

»Diese Frau hat mich aus dem Fenster gehängt. Egal, was du mit ihr vorhast. Ich bin dabei.«

»Jono!«

»Ich bin dabei.«

Katherine stieß Flüche und Beschimpfungen gegen Em aus. Em holte aus und schlug ihr auf den Hinterkopf. »Sei still!« Und zu Jono: »Geh raus. Ich mein es ernst.«

Er ließ Katherine los. Em packte sofort auch ihren anderen Arm und hielt sie weiter über die Brüstung gedrückt in Schach. Jono sammelte das Messer auf und ging langsam zur Tür.

»Ich warte hier«, sagte er.

»Mach die Tür zu.«

Er gehorchte.

Sie war allein mit Katherine. Sie hatte ihr beide Arme auf den Rücken gedreht, die Beine zwischen ihre geklemmt. Katherine war eine große Frau, aber sie war nicht sehr sportlich und fast dreißig Jahre älter als Em. Ohne eine Waffe war sie ihr unterlegen.

»Was war das mit meiner Mutter?«, fragte Em leise.

»Die ist tot.«

»Woher weißt du das?«

»Geht dich nichts an.«

»Doch.« Sie hob Katherine ein Stück an. Ihre Tante schrie auf. Sie ragte jetzt mit dem Oberkörper weit aus dem Fenster.

»Sie ist tot, okay?«, rief Katherine.

»Du warst das.«

»Und wenn schon.«

»Sag mir, was mit ihr passiert ist.«

Katherine hob gelangweilt die Schultern. »Die Themse ist ein großer, geduldiger Fluss.«

Em hatte das Gefühl, etwas Kaltes würde langsam über ihren Rücken kriechen. »Du hast deine eigene Schwester ...?«

»Sie hat es verdient. Sie hat sich mir dauernd in den Weg gestellt. Mit allem!«

»Aus Eifersucht hast du meine Mutter getötet?«

»Meine Güte. Wir haben uns gestritten. Wir wurden handgreiflich. Es war mehr oder weniger ein Unfall. Als ob das jetzt nicht ganz egal wäre.«

»Egal«, wiederholte Em. »Meine Mutter. Mein Bruder. Alan. Kimmy. Ich auch fast. Das ist alles *egal,* ja? Und wer wäre als Nächstes dran? Patricia? Oder wartest du da auf die natürliche Lösung? Weiß Frank davon?«

Katherine lachte. »Frank!«

»Ach. Du hast dafür gesorgt, dass er sitzt? Du hast Miles Fielding beauftragt, richtig?«

»Frank hat mich um Hilfe gebeten. Ich musste Robert irgendwie zeigen, dass wir stärker sind als er. Er hatte Frank in der Hand!«

»Womit? Seine Beteiligung an Braidlux?«

»Ha. Kleinkram.«

»Was dann?«

»Das wirst du sicher nicht erfahren«, sagte Katherine kalt.

Em nickte. Dachte nach. »Deshalb also der Anschlag hier auf den Tower. Um Robert nervös zu machen. Ihm zu zeigen, dass ihr die Kontrolle über seine Gebäude habt, wann immer ihr wollt. Und ihm sagen: Du kennst vielleicht unsere Geheimnisse, aber wir kennen auch deine. Richtig?«

Katherine lachte. »Dass deine verrückte Freundin aus dem Fenster springt, war ja nun nicht abzusehen. Und dann schriebst du auch noch, du wüsstest, wer das hier angezettelt hat. Ich *musste* handeln! Eric hätte gar nicht in der Wohnung sein dürfen. Er hatte eine Verabredung an dem Abend!«

Em konnte die Tränen nicht aufhalten. »Wer hat dir geholfen? Eric hat doch nie im Leben diesen Hacker, diesen Miles rekrutiert!«

Ihre Tante lächelte. »Der liebe Alex. Der hatte ja noch nie ein besonders gutes Verhältnis zu seinem Vater. Wusstest du das nicht? Ja, er ist ein hervorragender Schauspieler, der gute Junge. Er hasst Robert, weil er damals einfach seine Familie hatte sitzen lassen. Du hast deine Mutter immer geliebt, obwohl du doch auch dachtest, sie hätte euch sitzen lassen. Deshalb konntest du mich nie wirklich lieben, hab ich recht? Aber Alex, der hat seinen Vater immer verachtet. Wir verstehen uns wirklich ausgesprochen gut, Alex und ich.«

Die Sirenen kamen immer näher. Em sah bereits das flackernde Blaulicht. Katherines Augen weiteten sich vor Schreck.

»Sie kommen wirklich hierher«, sagte sie leise. »Woher ...«

»Du hast die Wahl«, sagte sie. »Du sitzt in der Falle. Also: Bring es hinter dich. Das hätte wenigstens etwas Anstand und Würde.«

Katherine schwieg. Aber Em spürte, wie ihr Körper zitterte.

»Ich finde, das ist ein gutes Angebot. Was sagst du?«

Sie sagte nichts. Ihre Muskeln spannten sich an. Aber sie sagte nichts.

Und Em entschied sich. Es war leicht. Der Schwerpunkt ihres Körpers lag jenseits des Fenstersimses. Sie musste nur loslassen.

Als die Streifenwagen vorfuhren, fiel sie schon. Diesmal blieb die Zeit nicht stehen. Diesmal würde sich Em an den Aufprall erinnern: Katherine landete direkt neben einem der Autos.

1. Mai 2013

46

Jay hatte in seinem Leben noch nie die Polizei gerufen. Die Nacht, in der er aus München zurückkam, war das erste Mal gewesen. Er hatte bei Em angerufen und sie nicht erreicht. Daraufhin hatte er sich ihr Facebook-Profil angesehen, und schließlich ihre Seite auf Twitter. Dann hatte er gewusst, wo sie war und mit wem. Und dass er alleine nichts ausrichten konnte.

Er fragte sich seitdem immer wieder, ob es etwas geändert hätte, wenn er früher mit den Beamten eingetroffen wäre. Zehn Minuten. Oder auch nur fünf Minuten.

Die offizielle Aussage von Jono und Em lautete, dass sich Katherine in den Tod gestürzt hatte, als ihr klar wurde, dass sie überführt war, die Polizei bereits vor dem Gebäude stand. Jay glaubte, dass mehr passiert war. Em wollte nicht darüber reden.

In der Nacht begleitete er sie zu Scotland Yard, brachte sie in den frühen Morgenstunden, als es schon hell war, nach Hause und erklärte ihrer Großmutter, dass er nicht vorhatte, irgendjemanden auszurauben, zusammenzuschlagen oder zu vergewaltigen. Er ließ die beiden allein, er hatte dort nichts verloren, wenn Em der alten Dame erklären musste, was mit ihrer Tochter geschehen war.

Zu Hause fand Jay keinen Schlaf. Er setzte sich an seinen Rechner und schrieb die Geschichte von Frank Everett auf. Weil er der einzige Journalist war, der sie kannte, hätte er die Möglichkeit, sie für ein erfreuliches Honorar an den

Guardian zu verkaufen. Er schickte sie an den Chef vom Dienst mit dem Hinweis: »Bitte nur Reisekostenerstattung.« Dafür wollte er kein Geld.

Der *Guardian* ging keine halbe Stunde später damit online.

Jay hatte mit Em darüber gesprochen, sie war vorbereitet. Er schickte ihr trotzdem eine SMS, dass es jetzt losging. Sie antwortete nicht. Weil die Quellen nicht leicht einsehbar waren, dauerte es etwas, bis auch die anderen nachzogen. Aber sie zogen nach. Bis Mittag war es auf allen Radio- und Fernsehsendern, und Jay wurde mit Interviewanfragen überhäuft. Er lehnte ab mit der Begründung: »Alles, was ich darüber weiß, liegt bereits schriftlich vor.«

So wusste das ganze Land, dass Frank Everett nicht nur Gesundheit und Leben Hunderter, wenn nicht Tausender Menschen aus Profitgier gefährdet hatte, sondern dazu noch ein Terrorist war.

Genau genommen war Frank Everett natürlich nie ein Terrorist gewesen, aber gerade in dieser Zeit hörte es sich für die Schlagzeilen besser an. Die Menschen reagierten auf das Wort, und »mutmaßlicher Terrorhelfer« klang nicht nur unspektakulär, es war auch schlicht zu lang für eine Überschrift. Dass es sich außerdem um eine Jugendsünde handelte, verlor sich ebenfalls im Kleingedruckten. Jay hatte Em prophezeit, dass es so kommen würde. Ihre Reaktion: »Da muss er jetzt wohl durch.«

Frank Everetts Geheimnis, das nun jeder kannte, war schnell erzählt: Als Student war er am Rande mit der RAF in Berührung gekommen. Er schien eine kleine Rolle bei der Mai-Offensive gespielt zu haben, genauer gesagt bei dem Bombenanschlag am 16. Mai 1972 in München auf dem Parkplatz des Landeskriminalamts: Dort explodierte eine Gasflaschenbombe, die sich in einem abgestellten Wagen befunden hatte. Zehn Menschen wurden teilweise schwer verletzt, Hunderte Autos beschädigt oder zerstört, und der Schaden belief sich auf eine halbe Million DM. Frank-Uwe Nesslinger, wie er damals noch hieß, Sohn eines Bundesrichters und seit einigen Jahren schon mit der linken Szene sympathisierend, wurde wenige Tage später festgenommen, dann aber umgehend wieder laufen gelassen. Der Vorgang wurde vertuscht und weitgehend aus den Akten gestrichen, vermutlich auf Einwirken seines Vaters. Frank-Uwe Nesslinger wurde in Deutschland daraufhin nicht mehr gesehen. Er tauchte unter. Offenbar war er nach London geflohen, um dort ein neues Leben als Frank Binder zu beginnen. Der ehemalige RAF-Sympathisant wurde zum Geschäftsführer einer der größten Privatbanken des Vereinigten Königreichs und bereute bitter seine Leidenschaft für das Konzept der Stadtguerilla. Mit jedem Attentat der RAF schämte er sich umso mehr und ging innerlich meilenweit auf Abstand zu seiner einstigen politischen Überzeugung.

Am Abend, nachdem sich die Meldung verbreitet hatte, gab es kaum noch Geschäftskunden, die ihr Geld den Everetts anvertrauten. Die Everett Privatbank war eine Aktiengesellschaft. Bereits nach der Online-Meldung im *Guardian* begannen die Kurse zu fallen, und richtig dramatisch wurde es, nachdem die BBC in den Mittagsnachrichten etwas darüber brachte. Nach Börsenschluss war die Bank so gut wie nichts mehr wert.

Als sich Em zwei Wochen später endlich bei Jay meldete, entschuldigte er sich noch einmal für alles.

Sie sagte: »Unsinn.«

»Ich hab gerade dein Erbe vaporisiert.« Er versuchte zu lachen.

»Mach dir keine Sorgen. Ich bin sicher, dass meine Großmutter rechtzeitig einiges zur Seite geschafft hat.«

»Ah. Ja. Mit solchen Dingen kenne ich mich nur theoretisch aus. Man liest darüber, weißt du.«

»Das nächste Bier geht auf mich.«

»Mhm. Mein Bier selbst zu bezahlen, das bekomm ich gerade noch so hin.«

Sie schwiegen einen Moment. Er beschloss, ihr von Samir zu erzählen. »Wir räumen heute seinen Laden aus.«

»Heute schon?«

»Er hat was Neues. Er sagt, er will es hinter sich bringen.«

»Oh, wo geht er hin?«

»Brixton Hill. Nur ein paar Häuser weiter die Straße runter.«

»Klingt gut.«

»Die Lage ist natürlich schlechter. Es ist ein bisschen kleiner und ein bisschen teurer. Aber nicht viel teurer, sagt er.«

»Ich kann ja mal vorbeischauen.«

»Ja. Wär schön.«

»Ja.«

Sie schwiegen wieder ein bisschen, dann sagte Em: »Also dann. Bis die Tage.«

»Bis dann.«

Jay half Samir mit ein paar Freunden beim Umzug. Tobs, dessen Schlüsselbein noch nicht ganz verheilt war, kümmerte sich darum, dass alle genug zu essen und zu trinken hatten, und koordinierte das Ein- und Ausräumen der Kisten. Es war bereits elf Uhr abends, als sie das meiste geschafft hatten. Sie nahmen sich die wackeligen Stühle, stellten sie vor den neuen Laden, ließen sich müde und kaputt nieder und beglückwünschten sich zu dieser Leistung. Es war ein warmer Tag gewesen, und die Nachtluft war angenehm.

Ein Taxi schlich die Straße entlang und hielt vor dem Laden. Em stieg aus. Sie hatte eine Sporttasche voller Bierdosen und Weinflaschen dabei und stellte sie vor ihnen ab.

»Dachte, ich schau mal, wie weit ihr seid.«

»Kommst gerade richtig. Wir sind fertig«, sagte Samir und schüttelte ihr die Hand.

»Dann muss ich nichts mehr helfen? Schade.«

»Gib's zu, du hast extra so lange gewartet.«

»Ich hab extra so lange bei meiner Großmutter gesessen, bis sie eingeschlafen ist. Ihr geht es im Moment nicht so gut.«

Alle schauten etwas unsicher zu Boden. Em nahm sich einen Stuhl und setzte sich zu ihnen. »Will jemand?« Sie verteilte die Bierdosen und stieß mit allen an.

»Wie geht's Jono?«, fragte Jay.

»Bei seinen Eltern in Südafrika. Er braucht dringend eine Auszeit, sagt er.«

»Kann ich verstehen. Und du? Wie geht's dir?«

»Nächste Woche geht's los, eine Veranstaltung. In Bristol.«

»Klingt gut.«

»Na ja. Ja.«

Jay sah sie an. Sie erwiderte seinen Blick nicht, tat so, als würde sie sich sehr für die Bierdose interessieren. Als sie sich später in einem unbedachten Moment die Ärmel zurückschob, sah er, dass sie neue Verletzungen hatte.

Er widerstand dem Impuls, seinen Arm um sie zu legen.

»Was ist das in Bristol?«, fragte er stattdessen.

Sie sah ihn an, grinste und fing an zu erzählen. Die anderen rückten mit ihren Stühlen näher, um besser lauschen zu können.

Jay hörte nur halb zu, dachte stattdessen an das, was sie sich in den vergangenen Wochen angetan hatte: die Schnitte.

Sie würden heilen. Irgendwann.